Edition Erozuna

Das Titelbild und das Bild auf der Rückseite dieses Buches werden auf der Webseite zur Anthologie **www.nachts-sind-alle-katzen-geil.de** versteigert.

Auktionende ist am 31. September 2007 um 24 Uhr.

Nachts sind alle Katzen geil

Erotische Geschichten

Herausgegeben von
Stephan Schlage & Krischan Schoeninger

Originalausgabe

Coverbild: „jour bleu" und das Katzenbild auf der Coverrückseite stammt von Anika Neufeld
Homepage der Künstlerin: www.lilarte.com
Satz: Edition Erozuna Schoeninger & Schlage GbR
Druck + Bindung: Books on Demand GmbH
Printed in Germany
ISBN 978-3-9811434-0-9

Inhalt

Marion Nikola

Badefreuden

Harry erstarrte!

Im wahrsten Sinne erstarrte er, drohte akut an mangelnder Zufuhr unentbehrlicher Atemluft zu verenden. Auf seinen Augäpfeln bildete sich ein zäher Film, welcher gottlob vereitelte, dass ihm diese aus den Höhlen hüpften. Sein Adamsapfel hüpfte dennoch. Vom trockenen Schlucken. Soeben wollte er dieses Sch...freibad, in diesem Sch...kaff, an diesem Sch…morgen missgestimmt abmelden, da trat SIE auf! Gerade verfluchte er noch die Sch...idee, ausgerechnet hier Entspannung zu suchen - und nun schwoll keineswegs nur sein Herz zur Größe eines Fesselballons, der seinen Brustkorb zu sprengen drohte. Das andere, tiefer gelegene Körperteil probierte ähnliches, übrigens mit der Badehose. Ihm fiel nicht auf, dass er, japsend, das schaurige Bild eines gefangenen Herings bot, der sein letztes Stündlein erahnte und die Realität ignorierte. Vielleicht warf ihm nur deshalb jenes göttliche Geschöpf einen Blick aus azurblauen Augen zu, denn sie schwebte ohne weitere Begutachtung auf endlosen Beinen vorbei.

Atme!, befahl sein Lebenserhaltungssystem gereizt.

Setz' deinen Hintern in Bewegung!, ächzten seine verspannten Muskeln.

Reiß' dich am Riemen!, raunzte sein Gehirn.

Gehorsam stieß er die abgestandene Luft aus, schubste die Pupillen ruckartig herum und brachte den Verstand wieder auf Trab. Letzteres war schwierig, aber nicht neu.

Er observierte, wie sie das Becken ansteuerte, dessen blaugrüne Farbe nostalgisch blätterte. Dabei schwang weizenblondes Haar rhythmisch mit dem strammen Hinterteil im spärlichen, giftgrünen Bikini, dessen noch geizigeres Oberteil offenbar heftig gewillt war, den Inhalt heraus zu katapultieren. Das Grün auf sonnengebräunter Haut brannte sich gnadenlos in seine Hornhaut. Jetzt erreichte sie die rostige Dusche. Litt er unter Halluzinationen? Oder warf sie ihm tatsächlich einen zweiten Blick zu, während sie sich aufreizend unter dem silbernen Strahl wand?

Mechanisch setzte er einen Fuß vor den anderen. Das eben noch schleimig-feuchte Gras unter den Sohlen wandelte sich in einen samtenen Teppich. Imaginäre Engelsharfen übertönten das Gekreische der Gören, die sich in der Nähe um einen winzigen bunten Ball balgten. Verdammt, was war mit ihm los? Was brachte ihn derart aus der Fassung? Mittels eines durchtrainierten Körpers und einem routiniert melancholischen Weltfernblick war seine Libido sattsam ausgewogen. Und ausgerechnet ihm, der sich unwiderstehlich dünkte, fiel nichts ein, wie er diese Dorfschöne anbaggern sollte. Nein, korrigierte er, dieses Mädchen war nicht einfach eine Dorfschönheit. Sie würde wahrscheinlich sogar Claudia Schiffer neben sich blass aussehen lassen. Da! Jetzt tauchte sie mit einem eleganten Sprung ins Wasser, glitt geschmeidig durch die glitzernden Wellen -- und warf ihm wieder einen Blick zu. Diesmal war kein Irrtum möglich. Er checkte exakt, dass diese Aufforderung ihm galt. Wem auch sonst, wenn nicht ihm, dem Adonis unter den Dorfhengsten? Hundertpro bekam sie nicht alle Nase lang ein solch vollkommenes Exemplar seiner Gattung zu Gesicht.

Steinzeitalter, primitiver Besitzerinstinkt zündete. Gereizt sicherte er nach allen Seiten, um etwaige Rivalen bereits im Vorfeld zähnefletschend aus dem Rennen zu knurren. Doch außer den kreischenden Bälgern befand sich niemand an so einem Sch...tag im Bad. Sogar die Terrasse des unmittelbar an das Becken grenzenden Restaurants war leer bis auf ein paar traurig im Wind flatternde, ausgebleichte Sonnenschirme.

Nun hatte er fast den Rand erreicht, bleckte im Voraus das

Gebiss zu kumpelhaftem Grinsen. Sie lächelte zurück. Whouww!! Und rekelte sich aufreizend lockend im Gewässer.

Womit fing er an?

'Schönes Wetter heute ...?'

Zu dämlich.

'Sind Sie auch zum ersten Mal an diesem entzückenden Ort ...?'

Bloß nicht!

Fieberhaft fahndete sein Hirn nach geistvollen Floskeln. Es fand keine. So sehr er auch die Windungen durchforstete, es war wie verhext. Alles leer. Die Erleuchtung streifte seine Nasenspitze und rollte ihm geradewegs vor die Füße. In Gestalt eines kleinen Balles, welcher von einer johlenden Horde verfolgt wurde.

Blitzschnell, ohne sich um das Unlautere seines Unternehmens zu kümmern, schnappte er den albernen Ball und klammerte die Faust darum. Um nichts in der Welt würde er, der Harry unter allen Harrys, die Beute herausrücken. Die Plagen suchten die Umgebung ab. ‚Sie haben es nicht gesehen', dachte er befriedigt. ‚Ich bin eben zu clever' sonnte er sich in zweifelhaftem Heldentum.

"Hast du den Ball gesehen?" Harry musterte das winzige Mädchen vor ihm. Unbehaglich wand er sich unter dem scheinbar wissenden Kinderblick. Er war nahe daran, sich zu schämen, als er die Kleine anknurrte. "Dahinten irgendwo ..." Er machte eine vage Handbewegung in die Richtung, wo einige Büsche so dicht standen, dass die Rotzgören eine Weile mit der Suche beschäftigt wären. "Ich hab' gesehen, wie der Ball hergeflogen ist", beharrte das Balg nervtötend. Der gesamte Pulk scharrte sich allmählich um ihn herum und glotzte fordernd.

Seine Faust drohte das bunte Gummi zu zerquetschen.

"Ich habe euren dämlichen Ball nicht gesehen. Verschwindet!"

Unbekümmert marschierte er zur Dusche. Aus den Augenwinkeln registrierte er höhnisch, wie die Brut sich tatsächlich trollte. Er schleuderte der Badenixe ein massives Lächeln hinüber. Sie aalte weiterhin verlockend in den Fluten, forderte ihn schamlos zur Unzucht heraus. Seine Zähne glänzten in makellosem persilweiß, als er am Rad der Dusche drehte. Das heroische Lächeln blieb, wo es hingehörte, aber ...

... Ein Indianer kennt keinen Schmerz ...!! Ein Indianer kennt keinen Schmerz ...!! Ein Indianer ...!!!

Seine Gesichtszüge drohten abzudriften. Besaß die Traumfee eine Haut aus Stahl?? Ihn erklomm der Eindruck, klirrende Eiswürfel klickerten an ihm herab, positionierten sich an der empfindsamsten Stelle unter der Badehose und ließen auf Minimum schrumpfen, was sein stolzes Selbstvertrauen repräsentierte.

Ein Indianer kennt keinen ....

Er schraubte das Rad langsam zu. Bloß keine Regung, die das unrühmliche Ausmaß der Pein erkennen lassen könnte. Er warf sich in die Brust und mit dem letzten Quäntchen Haltung ins Becken. Nach dem Kälteschock siedete das Wasser nahezu und provozierte seinen erlösten Geist - und nicht nur diesen - zum Angriff.

Vivat!

Er legte sich mächtig ins Zeug. Doch zu seinem Unmut kraulte die Trophäe aus der Zielbahn. Tat, als wäre er nicht vorhanden. "Okay, Baby“, knirschte er grimmig „wenn das Spielchen so läuft ..." Er durchfurchte das Becken, bekundete Desinteresse und begnügte sich mit bescheidenem Brustschwimmen. Würde er sich auf dem Rücken fortbewegen, flöge die Tarnung des Nichtregistrierens unverzüglich auf, da die Badehose ein unförmiges Zelt bildete. Es sähe außerdem lächerlich aus, wenn sein bestes Stück wie eine Haifischflosse durch das Wasser pflügte. Aha! Sie zeigte wieder Neugier, trieb dezent näher. Endlich konnte er den Joker ausspielen. Er warf den Ball in die Luft, fing ihn auf und wiederholte das Spiel, bis sie in seinen Radius geriet. Wenn sie das Spielzeug auffing, hatte er gewonnen.

Harry atmete tief durch und schmetterte ihn fort.

Sie erhaschte ihn mit einer leichten Bewegung! Ihm war nach Purzelbäumen und Siegesgebrüll. Gemächlich paddelte er zu ihr hinüber.

"Verzeihung", sagte er, "ich wollte Sie gewiss nicht belästigen."

"Gewiss nicht", lächelte sie.

Entzückt lauschte er diesen beiden melodiösen Worten. Sie warf den Ball zurück. Er fing ihn - konterte. Seite an Seite, Haut an Haut, balgten sie sich nach einer Weile um diesen albernen bunten Ball.

Probehalber griff er mehrfach daneben und streifte 'unbeabsichtigt' die prallen, grünumrandeten Brüste. Sie wich nicht einen Millimeter zur Seite oder tat gar empört. Harry freute sich wie ein kleiner Bub. Doch die Zeit und das angespannte Zelt unter ihm drängten zur echten Offensive. Er nötigte sie langsam in eine Ecke des Beckens.

Sie spielte mit!

Als die Falle zuschnappte, sah er ihr tief in die Augen. Beinahe unmerklich, für ihn jedoch bedeutsam wie eine schriftliche Aufforderung mit drei Durchschlägen, nickte sie. Verführerische Lippen teilten sich. Eine rosa Zungenspitze schnellte vor und leckte keck einen unsichtbaren Tropfen auf. Harry flehte innig, die Badehose möge den darin enthaltenen Naturgewalten trotzen. Ein wachsames Äugen schräg nach oben zur Terrasse hin - keine Menschenseele. Yeaahh!! Die gammligen Schirme schienen ihm sogar auffordernd zuzuwinken.

Eine kleine, keineswegs kraftlose Hand schob sich jäh, unerwartet und hemmungslos zwischen den Stoff der Hose und dem reizbaren Fleisch darunter! In wonnige Stromstöße hinein durchzuckte es ihn fassungslos: ‚Sie ändert die Spielregeln! Sie ändert einfach die Spielregeln! ICH bin doch ...' Er stöhnte. Er hechelte. Seine Hände grabschten hektisch nach den feisten Wölbungen vor seinem Kinn, zerrten an hinderlichem Stoff und zwangen die hochaufgerichteten, von dunklen Vorhöfen gekrönten Brustspitzen darunter zur Freiheit. Madonna ....!!!

Sein Mund schnappte ohne sein Dazutun einen der aufreizenden, prallen Nippel und saugte sich daran fest. Seine Finger schlitterten über ihren glatten Bauch, rissen Stoff beiseite und fanden ihren natürlichen Weg zu der kochenden Lava zwischen ihren Schenkeln.

Sie vibrierte! Er zerbarst!

Sie umkrallte seinen Stab, rieb und drückte daran herum, bis bunte Blitze an seinen Augen vorbeischossen. Die Spielregeln mussten erneut geändert werden. Heiß! Zu heiß, um noch einen Augenblick länger zu warten. Eifrig zerrte sie ihm die Badehose bis zu den Knien hinunter. Er legte die Hände auf den Beckenrand hinter ihren Kopf. Sie spreizte die Schenkel, umklammerte seine ungeduldig wippenden Hüften. Der Gegenstand seiner Mannbarkeit tastete bereits zielsicher den Ort seiner vorgesehenen Existenzberechtigung an ....

Neben ihnen explodierte die Wasseroberfläche!! Harry knebelte im letzten Moment den aufschäumenden Jähzorn! Wild mit den Augen rollend nahm er das pickelige Gesicht eines pubertierenden Halbwüchsigen ins Visier, der in nächster Nähe auftauchte. Wahrscheinlich war es jener Blick, samt dem unterschwelligen Knurren aus Harrys tiefster Kehle, der dem Burschen das anzügliche 'Hallo' unterhalb des Adamsapfels vereisen ließ. Das Grinsen erstarb jedenfalls augenblicklich. Verunsichert trat der Jüngling Wasser, wobei seine Badehose - eines dieser unaussprechlich hässlichen Dinger - wadenlang, viel zu weit und bunt gemustert - in Zeitlupe um die mageren, spindeldürren Beine schlotterte. Harrys mörderischem Ausdruck hätte auch kein erwachsener Rivale standgehalten. Und so stob der unreife Nebenbuhler verstört quer durch das Becken davon.

Sie hatte die Augen geschlossen und sich zurückgelehnt, als wäre nichts geschehen. Die Schlagader an ihrem Hals pulsierte. Die perlenden Tröpfchen darauf elektrisierten ihn aufs Neue. Die Luft rundum knisterte und änderte ständig ihre Farbe, als er quälend langsam in ihr zuckendes, ihn willkommend umschließendes Fleisch stieß ...

Es war unglaublich. So unglaublich, dass Harry seinen eigenen ekstatischen Schrei nicht vernahm. Und auch nicht registrierte, wie kurz dieser ihn überwältigende Akt tatsächlich war. Seine Selbstüberschätzung als begnadeter Liebhaber ließ eben die Definition eines einfachen Quickies nicht zu. Tiefe, wohlige Erschöpfung folgte.

Sie lächelten sich träge an. Harry angelte lahm nach dem grünen Höschen, das auf den aufgewühlten Wellen schaukelte und gab es ihr schweigend. Mühselig rupfte er an der eigenen klebrigen Hose. Dann ließ er sich entspannt zurücksinken und ein wenig treiben. Das Pulver war vorläufig verschossen. Im Hirn gleichermaßen wie in der Badehose.

Als er einen Blick zum Beckenrand warf, war sie verschwunden. Klasse. Alles bestens. Kein Händchenhalten danach oder was die Weiber sonst noch für Lästigkeiten hinterher auskochten. Er wedelte gemächlich zum Rand, hievte sich heraus.

Kaffee. Auf jeden Fall eine Zigarette. Beschwingt überquerte er die einsame Terrasse und fühlte sich wie Zeus, der gerade auf unfaire Weise Leda vernascht hatte. Ein wenig bedauerte er doch, nicht nach ihrer Telefonnummer gefragt zu haben. Er betrat das leere Restaurant in aufgeräumter Stimmung. Gleich neben der Tür führten Stufen hinunter. Womöglich barg dieses Etablissement sogar eine gemütliche Kellerbar. Der nasse Stoff klatschte unangenehm um seine Schenkel, aber er würde nicht lange bleiben. Dann würde er aus diesem Kaff verschwinden.

Stimmengewirr schlug ihm entgegen. War es oben öde und verlassen, so schien hier ein Treffen der Eingeborenen stattzufinden. Die Bar war tatsächlich überraschend angenehm. Und fast bis zum letzten Platz besetzt. Aus den Augenwinkeln nahm er sogar ein überdimensionales, modernes Kunstwerk mit überwiegend Blau- und Grüntönen wahr. Da er nach einem freien Platz Ausschau hielt, beachtete er das Gemälde nicht weiter. In einer hinteren Nische entdeckte er einen einsamen Tisch. Die Eingeborenen mussten ein lustiges Völkchen sein, überlegte Harry, denn während er sich durch Tische und Stühle zwängte, brandete hinter ihm und rundherum vereinzelt Gelächter oder verschämtes Kichern auf. Etwas unbehaglich spürte er förmlich die eigentümlich verstohlenen Blicke, die seine Person unter Beschuss nahmen.

Sch...! Er hätte sich doch zuerst umziehen sollen. Endlich erreichte er die auserkorene Nische. Der Kellner sprang dienstbeflissen herbei, was Harry angenehm berührte.

"Sie wünschen - ?"

Harry zögerte irritiert.

Der eigenartige Unterton erinnerte befremdlich an unterdrücktes Lachen. Er bestellte Kaffee, nannte seine Zigarettenmarke und setzte freundlich hinzu: "Geht's hier immer so munter zu? Ich bin zum ersten Mal hier und ..."

"Ich weiß ...!", unterbrach ihn der Kellner in unnatürlich hoher Stimmlage. Harry begriff überhaupt nichts mehr. Man sah es ihm an. Jetzt deutete der Kellner mit spitzem Zeigefinger stumm zu dem riesigen "Gemälde" hinüber. Harry schaute argwöhnisch hin. Unerwartet geriet das Bild in Bewegung! Unzählige Wasserbläschen stiegen auf, pulsierten um magere, spindeldürre Beine, die in einer dieser unaussprechlich hässlichen Badehosen steckten, waden-lang, viel zu weit und bunt gemustert. Daneben ringelte sich ein kleiner bunter Ball empor ...

Harry erstarrte!

Reimund Neufeld

Zum Achtzehnten

Etwas Besonderes. Zum Achtzehnten. Sie ist was Besonderes, Schönes, und viel mehr noch. Ein fixer Zeitpunkt, eine fixe Obsession hatte sie beseelt – nicht länger warten! Gedanken über Phantasien, um von diesem Punkt in eine andere Sphäre aufzusteigen, um zum nächsten, höheren Lebenslevel zu gelangen, bei dem es verheißungsvoll heißt: ENDLICH ALLES!

Und sie ist soweit, schon längst soweit! Ja, weiter noch. Schade oder nicht. Den Wunsch nach Besonderem braucht er ihr nicht gesondert zu entlocken. Er weiß: Sie ruht im Vertrauen, dass er ihr darin entspricht.

Warten. Noch eine Zeit lang. Nicht gerade lang. Vorfreuden verkürzen die Qual des Langwartens, Herbeisehnens.

Im größten Maße angetan von der Faszination der Liebe, von der Faszination des erotischen Gefühls, durchdrungen durch und durch, selbst übervoll davon, beglückt sie sich selbst – und ihn.

Davon etwas Besonderes zu kosten ist ihr großer Wunsch, so wusste er. In einem langen Brief schilderte er ihr ausführlich seine Idee, seinen Plan dazu, zum Achtzehnten – und genau an jenem Tag, vielmehr in jener Nacht. Zum Achtzehnten.

An jenem Tag würde er ihr noch einen weiteren Brief zukommen lassen, in dem er ihr ein Hotel nennen würde, wohin sie in einem von ihm bestellten Taxi, zu einer bestimmten Stunde, kommen möchte. An der Rezeption solle sie ihren Namen angeben, daraufhin würde das Taxi bezahlt und ihr ein Zimmerschlüssel ausgehändigt werden. Des Weiteren solle sie keinen besonderen Wert auf ihre Kleidung, Schuhe, Make-up und alles Übrige legen…

Das Taxi ist abgetan, die Ende-August-Sonne bleibt draußen, den Hotelzimmerschlüssel mit dem großen, elfenbeinfarbenen Anhänger in der Hand geht sie gezielt auf den Lift zu und ist überwältigt von all dem Luxus, der sie hier umgibt. Es ist nicht allein der ganze Marmor und die vielen polierten Spiegel, es sind nicht die Goldbeschläge, die riesigen Kristallleuchter oder der wertvolle rote

Teppichbelag, es ist nicht die kühlende, klimatisierte Luft – es ist die gesamte Hotelatmosphäre, die, wenn sie nicht zum gewohnten Lebensstil gehört, diesen faszinierenden Eindruck hervorruft. Dieses Gesamte prägen noch mehr die Menschen, die sich in dieser besonderen Sterne-Hotelwelt bewegen. Sie bewegen sich auf absonderliche Weise – so, als würde jeder seine eigene Wichtigkeit mit Gleichgültigkeit tragen. Ob in der Westentasche eines Designersmokings, in einer giftgrünen Armanikrokohandtasche, oder, offen und für alle sichtbar, verteilt auf beide hochmütige Schultern. Geschäftlich oder privat, oft sind die Grenzen fließend, allein der Status zählt. Hoch.

Durch diese Wesen gleitet ihre schöne schlanke, junge Gestalt. Natürlich ist sie schön. Und im vollen Bewusstsein dieser Tatsache ist sie weit davon entfernt, die Alltäglichkeiten solcher Menschen zu beneiden.

So fährt sie im vollen Bewusstsein der Genuss versprechenden Besonderheit mit dem Lift ins angegebene 18. Stockwerk und schaut dabei in den großen Spiegel, der ihre gesamte schöne Statur wiederspiegelt: Sie hatte es einfach nicht fertig gebracht, *keinen* besonderen Wert auf ihr Äußeres zu legen. Natürlich hat sie sich extra chic angezogen, sie steht da in einem blass-rosa geblümten Kleid und in hochhackigen weißen Lackschuhen, die ihre Waden zusätzlich verschönern und beugt sich zum Spiegel leicht vor. Ihr Gesicht, mit dem stilvollen und dezenten Make-up lacht frisch, da die hellroten Lippenstiftlippen dem Spiegel ein Siegel aufdrücken. Bevor der Lift zum Halten kommt, hebt sie für sich noch schnell das Kleid hoch und betrachtet das schöne Darunter.

Die weiße Lacklederhandtasche schwenkt mädchenhaft hin und her, als sich die Lifttür öffnet, und auch weiterhin, den ganzen langen Gang entlang, bis die Zimmertür Nummer 1848 gefunden ist. Sie klopft das ausgemachte Klopfzeichen und es wird ihr aufgetan.

Dunkelheit. Für einen kurzen Moment ein wenig durchbrochen durch das Öffnen der Tür – und doch erkennt sie nichts, und dann, beim Schließen – Dunkelheit. Jetzt erinnert sie sich wieder der weiteren Details aus dem Brief: Sie würde in ein Dunkel eintreten und er würde sie nicht ansprechen, würde während der gesamten Zeit dieser Begegnung nicht mit ihr sprechen, und auch sie dürfe nicht sprechen. Einzig erlaubt wären sämtliche Laute der Lust. Er würde daliegen, in Erwartung auf sie, und sie müsse sich herantasten im Dunkeln – zu ihm.

Ein ungekanntes Prickeln macht sich auf ihrer Haut bemerkbar, es ist, als stellten sich ihr sämtliche Härchen aufrecht, wie auf der Lauer. Ist er da? Liegt er da irgendwo auf einem großen Bett und wartet auf sie? Wird auch *er* es sein und nicht jemand anders? Liegt da überhaupt jemand? Langsam, fast lautlos, bewegen sich ihre Füße in kleinen Schritten vorwärts, die Hände halten die kleine Handtasche vor ihren Bauch gedrückt, und da, endlich ein vertrautes Etwas, ganz deutlich zu vernehmen – sein Parfum. Unverkennbar. So intensiv, wie gerade dick aufgetragen, den körpereigenen Geruch erstmal übertüncht, erst viel später wird es zu der individuellen Vermischung kommen, die den einzigartigen Körpergeruch ergibt, die keine zweite Person hervorbringt. Doch dieses Später scheint noch nicht eingetreten zu sein, ihre Nase vernimmt nur das alleinige Parfum. Weitere Schritte vorwärts, noch kleinere, bis sie plötzlich gegen ein Hindernis stoßen – was ein Bettrahmen sein könnte. Sie bleibt stehen, riecht und horcht auf. Ja, da ist jemand, er muss direkt vor ihr sein, denn sie hört einen Atem, leise, in mäßigem Rhythmus auf und ab gehen.

Ihre innere Anspannung hat einen hohen Grad erreicht, eine Vermischung von unbehaglicher, ängstlicher Unsicherheit und behaglichem, lustvollem Schauder. Wie gern hätte sie jetzt seinen Namen gesagt, damit er antworte, ihr Sicherheit gäbe, doch wie spannend und lustvoll ist die Atmosphäre dieser dunklen Unsicherheit! Erotisch!

Ja, sie wird sich gleich herunterbeugen, diesen Mut aufbringen und sich von ihm in Empfang nehmen lassen, und sie wird bei all der Dunkelheit seine Griffe spüren, seine Handhabungen, sie wird die Konturen seines Körpers, seines Gesichtes, seiner Haare erkennen, sie wird ihn schließlich erriechen!

Da plötzlich greift eine Hand nach ihr, und gleich eine zweite. Die Hände tasten sich zurecht bis sie ihre Hüften gepackt halten, rechts und links, nicht zu fest, und wandern höher, gleiten synchron über ihre Taille, und noch weiter höher bis unter die Achseln. Ihre Handtasche liegt schon längst irgendwo auf dem weichen Teppich, als dieselben Hände die feinen Trägerchen ihres dünnen Kleides über ihre Schultern herab streifen. Die eine Hand greift sogleich nach ihrem Rücken, und das Geräusch, das der Reißverschluss ihres Kleides verursacht, verschmelzt mit dem Gefühl, das an ihrem Körper spürbar ist – wie das so gleitet, ihren Rücken herunter… – sie spürt ein lustvolles Aufkommen bis tief in ihren Unterleib.

Und weiter bleibt eine Unsicherheit, weiter dringt durch das schwere Parfum nicht der geringste menschlich-männliche Körpergeruch, und an dem, wie diese Hände sie bisher behandelten, ließ *er* sich nicht erkennen. Noch nicht.

Das Kleid ist hinten offen, die Trägerchen hängen rechts und links über ihren Schultern herab und die Hände haben wenig Mühe, es in Hüfthöhe zu ergreifen, um es ihr ganz abzustreifen. So liegt es an ihren Füßen und sie steckt nur noch in ihren Schuhen, da sie keine Unterwäsche trägt. Ob er es ahnt? Oder schon gespürt hat?

Ja, jetzt weiß er es, da die Hände sich wieder auf ihre Hüften legen: kein Höschen! – und herauf gleiten, nach vorn, zu ihren kleinen Brüsten: kein BH!

Ja, das müssen seine Hände sein, so keck greift keiner nach ihrem Busen! Das weitere Vorgehen bringt sie in Verlegenheit: sie wird sanft gepackt und auf den Bettrand gesetzt, ihre Schuhe werden abgestreift, nackt wie sie ist, legt sie sich von selbst mit dem Rücken auf das Bett, streckt sich behaglich, und breitet erwartend Hände und Beine aus. Was wird er tun?

Mit offenen Augen in die Dunkelheit, die absolut geblieben ist, schaut sie in den Raum, nach ihm, ohne zu sehen, unsicher, ob sie weiterhin so passiv bleiben soll.

Der Gedanke ist verfehlt, schon ist ein Körper über ihr, schon tasten wieder diese Hände – es müssen seine Hände sein – nach ihren Handgelenken, fassen diese und richten sie hoch, rechts und links über ihren Kopf, an das Kopfende des Bettes, was einen Metallrahmen hat, das spürt sie deutlich, und sie lässt zu, gedankenlos, dass eine Hand nach der anderen, genau dort, rechts und links über ihrem Kopf, mit Tüchern festgemacht wird, und die Tücher, die sich erst so seidig anfühlen, ziehen sich beinah schmerzhaft um ihre Handgelenke fest, bis diese ans Bettgitter gebunden sind.

Übrig bleibt ihr nackter Körper im Dunkeln auf dem Rücken ausgestreckt auf einem großen, weichen Bett – die Arme über ihrem Kopf festgebunden. In hoher Erwartung auf eine besondere Lust. Sie ist bereit. Sie vertraut. Sie fällt. Was bleibt ihr auch übrig, als sich fallen zu lassen? Was kann ihr jetzt Schöneres wiederfahren? Sie winkelt ihre Knie leicht an und spreizt weit ihre Beine, und es ist ihr, als spürte ihre nackte, frisch rasierte junge Vagina einen kühlen Lufthauch, und so kommt ihr die Nacktheit ihres Unterleibs besonders deutlich ins Bewusstsein. Diese frische, erst vor knapp einer Stunde vollführte Intimrasur sollte für ihn sein, für sie beide sein – für eine besondere kleine und neue Überraschung sorgen.

Sie ist da, die Sehnsucht, die Sehnsucht nach leidenschaftlicher Vereinigung – mit ihm, körperlich, geistig, seelisch, diese leidenschaftliche Sehnsucht nach Verschmelzung – eins werden – mit ihm…! Phantastische bunte Bilder tanzen ihr in der Dunkelheit vor den offenen Augen, und sie will diese irrealen Szenen willkommen heißen. Sie heißen Erlösung – hier und jetzt! Sie schmecken nach süßer glatter Haut und nach einem Saft, den zu kosten sie kaum erwarten kann, sie sind begleitet von Harfen- und Posaunenklängen, keine Musik, nein, es muss etwas anderes, höheres sein – dabei erfüllt ein animalischer Moschusgeruch die Luft – doch schließlich die Szenenbilder: von nebelhafter Undurchsichtigkeit, und doch so bunt, kaum erkennbare Körper in Nacktheit, die alle auf sie zukommen, und über sie – ein erotischer Reigen… Wie wird es sich wohl anfühlen…?

Da! Seine Hände streicheln sanft ihre Innenschenkel, die noch immer weit gespreizt sind, und sie spreizt ihre Beine noch weiter, bis es nicht mehr geht. Hier durchbrechen erste verhaltene Laute der Lust die bis dahin so andächtige Stille, sie haucht mehrere lang gezogene Atemzüge gut hörbar ihm entgegen. Ihre Hände, weiterhin ans Bettgitter gefesselt, umgreifen die seidenen Tücher, damit diese sich nicht stärker festziehen und ihren Handgelenken Schmerzen verursachen. Das Streicheln ihrer Innenschenkel ist nur schwer zu ertragen, sie meint, dass es bereits zu fließen beginnt – aus ihr heraus, da unten, aus diesem schmalen kleinen Spalt. Eine kleine Wohltat also, da das Streicheln unterbrochen wird und sie ein weiches, ein großes Kissen zu spüren bekommt, welches ihr unter den Kopf gelegt wird, um ihn zu stützen. Oh, und dann noch ein zweites, ein kleines Kissen – unter den Po, der somit leicht in die Höhe kommt.

Ihre Augen werden feucht, da er seinen Körper leicht auf sie legt und zwischen ihre weit gespreizten Beine – sein Kopf ruht auf ihrem Busen. Auch er ist nackt, das spürt sie sofort. Doch unmöglich seinen Kopf zu erreichen, womit auch? – um seine duftigen Locken zu fühlen, zu riechen, rein zu greifen, um sicher zu sein, letzte Gewissheit, dass es auch *er*... – Aber wer sonst...

Ja, diese Küsse, dieser Mund auf ihrem Busen, so kann nur *er*, das ist *er*, das muss *er* sein, der sie dabei noch weiter streichelt, ihren schönen nackten, so jungen Leib, und seine Lippen umschließen feucht ihre wartenden Brustwarzen, die sich längst stark aufgerichtete haben, erst die eine, dann die andere, und ihr ganzer Körper beginnt leicht zu zittern, da sein Kopf weiter herunter sich einen geraden Weg sucht, über ihren Nabel, ihn nur kurz mit der Zunge umspielt – sie will wohl noch nicht zu viel verraten, und seine Hände drücken jetzt wieder ihre Schenkel, von innen, weiter auseinander – damit sein Kopf sich dem Ziel unbeschwert nähern kann – über einen kleinen süßen Hügel – rosige Venus: Ab hier beginnt das rosige Land, nur rosa Farben, die man nicht sehen darf, und die doch spürbar sind, da sie rosig duften, rosig schmecken – alles Rosa! – ja, wie schon zuvor ihre süßlichen Brustwarzen – hellrosa! – blaßrosa Haut auf dem Hügel der so glatt und seidig – und herunter – endlich! – Zentrum des rosa-roten Landes, das sich hier süß und überfeucht aufspaltet, wo rosa Lippen rosa Lippen kosten, wo die rosa Zunge die rosa Rosenknospe leckt, wo sich die Zunge tief eingräbt zwischen die rosa Lippenpaare, die kleinen, wie die großen, und wo dieselbe rosa Zunge ihr Hauptwerk verrichtet, ihren Dienst tut, unter Mithilfe der rosigen Lippen, *seiner* Lippen, die so feucht ihr nasses Rosa-Land beackern, wo seine flinke Zunge so übermütig wird, das Rosenfeld für kurz zu verlassen, um sich über einen Damm zu lecken, der zu einem dunkelroten, kleinen Loch hinführt, und die seine rosa Zunge erröten lässt vor Scham, da er daran leckt, und sie hineindrückt, um bald schleunigst wieder zurückzukehren, da wo ihre offenen Lippen nass seiner warten, seiner wohl tuenden Zunge, um... – ja, um hinzugelangen, in das feuerrote Lust-land der Verheißung: Erlösung…!

Längst schon sind ihre Lustlaute stärker geworden, der Rhythmus stark beschleunigt, ihr gesamter Körper beginnt leicht zu zittern und in ihrem Kopf haben sich Gedanken längst schon ausgedacht: ja, die letzte Gewissheit war da, dass nur *er* allein es tatsächlich ist, nur *er* allein besitzt diese Zungenfertigkeit, nur *er* allein hat dieses Talent, ja, sie hat ihn längst erkannt, entlarvt darin – seinen lang gehegten Wunsch, sie einmal auf genau diese Art und Weise zum Höhepunkt zu bringen, ein erstes Mal diesen direkt auf seiner Zunge zu spüren, und diesen seinen Wunsch ihr zum Geschenk zu machen – ja, so waren noch gerade ihre Gedanken, die in heller Klarheit übergingen in jenes überwältigende Gefühl, das weiter anhält, mit diesem Zittern am ganzen Körper, und mit beginnenden Kontraktionen, die den Höhepunkt ankündigen, die jetzt alles in ihr öffnen, sie laut schreien lässt und fließen lässt, die Nässe des ersten Orgasmus auf seiner Zunge – ihr, zum Achtzehnten.

Marlies Tauner

Die Lehrjahre von Simba ben Abda und wie er zum Manne wurde

Simba ben Abda war so ein bildhübscher Kerl, dass alle Leute in seinem Dorf für ihn schwärmten und ihn anhimmelten. Er war aber noch völlig unschuldig und hatte keine Ahnung, welch große Macht er mit seiner Sexualität haben konnte. Als er 18 Jahre wurde, sagte er sich „Nun bin ich alt genug, um in die weite Welt hinauszugehen und Erfahrungen zu sammeln." So feierte er seinen Abschied, verließ sein Dorf und wanderte in die nächste Stadt.

Dort wurde gerade ein großes Fest gefeiert mit Musik und Tanz. Der Rhythmus der Trommeln riss Simba mit. Er mischte sich unter das tanzende Volk. Er klatschte in die Hände, stampfte zum Takt, wiegte und schlängelte sich und bewegte sich so gut, dass alle Leute Platz machten, um ihm beim Tanzen zuzusehen. Ja, er war die Sensation des Festes: ein strahlend schöner Mann, der sooo hinreißend tanzte.

Die jungen Mädchen stießen sich an, tuschelten und kicherten miteinander, die jungen Frauen seufzten tief, sie hätten ihn zu gern in ihrem Bett gehabt. Und die alten Frauen jammerten laut: „Ohhh, wie schade, wie schade, dass wir schon zu alt für ihn sind." Und dazu wackelten sie mit ihren Köpfen im Takt.

Als Simba mit dem Tanzen aufhörte, protestierten alle und riefen: „Nein, bitte nicht aufhören, bitte, bitte tanze weiter für uns!"

Daraufhin sagte Simba: „Dann bringt mir Fußreifen, Armbänder, Halsketten und seidene Gewänder, dann will ich so für euch tanzen, wie ihr es noch nie erlebt habt."

Die Leute brachten ihm alles und er schmückte sich damit. „Er sieht jetzt aus wie eine verführerische, schöne junge Frau", murmelten sogar die Männer anerkennend und nickten mit den Köpfen. Simba rief: „Ich bin jetzt soweit. Macht Musik und singt dazu das Lied: Simba tanzt, Simba läuft weg und das ist gut so." Das sangen alle und zum Klang der Trommeln tanzte Simba so gut, dass alle Frauen gelle Beifallslaute ausstießen. Die jungen Mädchen trippelten vor Aufregung auf der Stelle, und die alten Frauen pressten die Beine zusammen, drückten ihre Hände auf die Brust und wackelten mir den Hintern. Simba tanzte durch die Straßen und alle folgten ihm voller Bewunderung.

Ganz plötzlich raffte Simba seine Röcke und rannte in den Busch. Ohne schlechtes Gewissen, denn die Leute hatten sein Verschwinden ja besungen. Die liefen aber heulend hinter ihm her, um ihm Schmuck und Kleider wieder abzujagen. Aber Simba war schneller und hängte alle ab, denn die Leute waren schon zu besoffen.

So wanderte Simba die ganze Nacht über weiter und kam in eine große Stadt. Aus einem der schönsten Häuser schauten aus den vergitterten Fenstern einige bildhübsche, junge Mädchen. „Ha, da bleibe ich“ sagte sich Simba und so setzte er sich auf die Treppenstufen vor dem Haus und wartete ab. Es wurde schon Abend, als der Hausherr, ein Richter, heimkam. Er betrachtete voller Wohlgefallen diese Schönheit und er sprach sie an „Was machst du denn hier? Kann ich was für dich tun, schöne, junge Frau?“

„Ach, du großer Kadi“ jammerte Simba kläglich „Ich brauche Hilfe. Vorgestern wurde ich verheiratet, gestern hat mich mein Mann geschlagen, und heute ich bin fortgelaufen. Ich will nie mehr zu ihm zurück. Jetzt sitze ich nun hier und weiß nicht wohin, denn zu meinen Eltern kann ich auch nicht zurück. Huhuhuuu, ich schäme mich ja soo.“ Inzwischen war der Kadi schon ganz scharf auf sie.“Schaun mer mal, wie ich dir helfen kann“ tröstete er und nahm Simba mit ins Haus. Bei der ersten besten Gelegenheit wollte er die junge Frau vernaschen, vorläufig sollte sie als Dienerin seiner Frau und seinen sieben Töchtern helfen. Hochzufrieden kam Simba mit, denn nun war er den sieben Schönheiten schon ein großes Stück näher gekommen.

Der Kadi stellte Simba seiner Frau vor und sagte: „Hier ist eine junge Frau als Dienerin für dich und unsere Töchter. Seid alle nett zu ihr, denn die Arme hatte schon viel Pech im Leben. Lerne sie gut an.“

Mit diesen Worten ging er wieder.

Die Frau nahm Simba bei der Hand und führte ihn zu den Gemächern der Mädchen. Unterwegs sagte sie erstaunt zu ihm: “Komisch, du bist zwar eine junge Frau, aber ich spüre den dringenden Wunsch, mit dir zu schlafen. Jetzt verstehe ich, warum Männer gern mit Männern schlafen. Denn ich weiß jetzt, dass auch eine Frau ihre Lust mit einer Frau haben kann."

Und sie umarmte Simba zärtlich und schmuste ihn an.

Das erregte Simba, aber er sagte: „Nicht doch. Bitte lass mich. Jetzt nicht, aber erkläre mir doch, wie denn ein Mann an einem Mann seine Freude haben kann?" Da lachte die Frau des Kadis und sagte: „Nichts leichter als das! Wenn du einen Mann umdrehst, kannst du dir doch leicht vorstellen, dass sein Geschlecht auch umgedreht ist. Man kann von der anderen Seite aus auch eine Öffnung ins Paradies finden. Ach, die Männer sind zu beneiden. Auf diese Weise können sie sogar Esel in Frauen verwandeln."

Inzwischen waren sie beim Zimmer der ältesten Tochter angekommen. Die Mutter stellte Simba dem bildhübschen Mädchen vor und ließ die beiden allein. Das Mädchen lud ihn ein, sich neben sie zu setzen, nahm ihn bei der Hand und sagte: „Komisch, du bist eine Frau und ich fühle mich ganz schwummerig. Ich glaube, ich liebe dich." Simba wurde wieder erregt. Er dachte an alles, was die Frau ihm erzählt hatte, aber diesmal sagte er – weil ihm das junge Mädchen so gut gefiel – „Komm in meine Arme, komm aufs Bett". Und beide legten sich auf das Bett, umarmten und streichelten sich. Simba schob ihr Gewand beiseite und bestaunte und betastete ihre entblößten Brüste. Auch ihre Hände schlängelten sich unter seine Kleidung. Da rief sie plötzlich: „Was hast du denn da unten? Du hast da was, was ich nicht habe. Schnell, zeig es mir!" So zogen sie sich beide aus und auch Simba fand bei ihr etwas, was er noch nicht kannte. Er erinnerte sich, dass die Frau etwas von einem Eingang ins Paradies erwähnt hatte. Also sagte er zu ihr: „Deine Mutter hat mit allerhand er zählt.

Komm, lass uns anfangen." Und sie fingen an.

Plötzlich schrie das Mädchen und Simba wollte schon aufhören. Aber das Mädchen flehte: „Mach weiter, mach bitte weiter. Nicht aufhören, es wird doch immer besser! Oooh, meine Liebste, das ist besser als alles, was ich je erlebt habe. Oooohh, tut das guuut!" „Ja, deine Mutter hat mir nur Gutes beigebracht" erwiderte Simba und beide fuhren fort, bis sie vor Lust und Wonne total erschöpft waren. Am nächsten Morgen seufzte das Mädchen: „Am liebsten würde ich dich für immer bei mir behalten. Aber ich habe noch sechs Schwestern. Bleibe bei jeder einen Tag."

Das Mädchen führte ihn zur nächstältesten Schwester. „Diese Dienerin hat uns Vater besorgt. Sie hat etwas, das wir nicht haben. Mutter hat ihr beigebracht, es anzuwenden. Du glaubst nicht, was sie mir für eine Freude damit gemacht hat. Es war das Beste, das ich je erlebt habe. Heute sollst du die gleichen Wonnen mit ihr auskosten, und morgen bringst du sie zur nächsten Schwester."

Und so wurde Simba jeden Tag zu einer anderen Schwester geführt und genoss sein Leben in vollen Zügen. Simba ben Abda war eben sehr gefragt, auch der Kadi schickte jeden Tag eine Botschaft zu ihm: „Bitte komm zu mir. Ich sehne mich nach dir! Komm, ich will dich heiraten." Aber jeden Tag antwortete eine Schwester: „Heute muss die junge Frau noch bei mir bleiben. Jede von uns Schwestern will sie einen Tag lang bei sich haben. Wie haben sie alle lieb gewonnen. Wenn die Woche um ist, kann sie zu unserem Vater gehen".

Am siebten Tag verabschiedete er sich liebevoll von den paradiesischen Schwestern und ging zum Kadi.

Feurig empfing ihn der Kadi. Er verschlang ihn mit seinen Blicken und stöhnte: „Endlich bist du zu mir gekommen, meine Schönste aller Schönen. Ich bin verrückt nach dir. Seit ich dich zum ersten Mal gesehen habe, kann ich nicht mehr essen, nicht mehr schlafen. Ich denke nur noch an dich, ich kann nicht mehr leben ohne dich. Komm, werde mein. Heirate mich, und ich werde dich verwöhnen wie eine Königin."

Simba senkte verschämt den Kopf und sagte: „Ja, ich will schon deine Frau werden, aber nur unter einer Bedingung: Wie du weißt, hat mich mein erster Mann geschlagen. Ich habe große Angst, dass alle Männer so grausam sind. Damit ich mich sicher fühlen kann, sollst du dich, wenn ich bei dir bin, von mir an Händen und Füssen fesseln und an Holzbalken festbinden lassen. Wenn du diese Bedingung in den Heiratsvertrag aufnimmst, will ich gern deine Frau werden."

Gerührt über die Scheu der Geliebten nahm der Kadi alles in den Heiratsvertrag auf und bereitete die Hochzeit vor. Während der sieben Tage der Vorbereitungen schlief Simba schnell noch jede Nacht bei einer der sieben Töchter. Dann wurde Simba feierlich zum Kadi geführt.

Das Hochzeitsfest dauerte sieben Tage lang. Dann endlich waren der Kadi und seine neue Frau allein in seinem Zimmer. Der Kadi umschlang seine Braut voller Verlangen, aber er wurde sanft zurückgedrängt. „Erst musst du meine Bedingung erfüllen." Der Kadi maulte etwas, ergab sich aber schließlich und sagte: „Wenn es denn sein muss. Mach aber schnell, fang an." Und Simba nahm Stricke, band Hände und Füße des Kadis fest zusammen und knotete die Stricke an den Bettpfosten. Dann drehte er den Kadi auf den Bauch. „Was machst du denn da? So geht es aber doch nicht" sagte der Kadi irritiert. Aber Simba beruhigte ihn „Mach dir keine Gedanken, es wird schon gehen. Seit ich deinen Töchtern gedient habe, habe ich eine Menge gelernt. Und deine erste Frau hat mir alles gesagt, was ich wissen muss. Männer muss man auf den Bauch drehen, wenn man seine Lust mit ihnen haben will."

„Waaas!?" schrie der Kadi und zerrte an seinen Stricken.

„Sei schon still. Lass mich nur machen, du brauchst jetzt nichts mehr zu sagen" sagte Simba, steckte ihm noch schnell einen Knebel in den Mund und zog ihm die Hosen herunter. Der Kadi stöhnte.

Simba brachte den Kadi in eine kniende Stellung, hockte sich hinter ihn und vergewaltigte den Kadi mit voller Wucht. Der Kadi stöööhnte und Simba vögelte, und beide machten weiter, bis es hell wurde.

Dann zog Simba seine Kleider wieder an, nahm alles Gold, was er finden konnte und verabschiedete sich vom Kadi mit den Worten: „Leb wohl. Sage deiner Frau vielen Dank für ihren guten Rat, den ich allen wärmstens empfehlen kann. Und grüße deine Töchter schön von mir."

Der Kadi: stöhnte.

Und Simba verließ leichten Schrittes das Haus und verließ eilig die Stadt.

Übrigens: Der Kadi musste eine Zeit lang das Bett hüten, alle seine sieben Töchter waren schwanger und seine Frau war stinksauer, weil sie als einzige nichts von Simba gehabt hatte.

Simba wanderte weiter. Sowie er das nächste kleine Dorf erreichte, kaufte er sich Männerkleider, zog sich um und verkaufte die kostbaren Frauenkleider und den Schmuck mit gutem Gewinn. Er deckte sich mit Proviant ein und kaufte sich noch eine Eselin. Dann ritt er weiter bis zur nächsten Stadt.

Durch die Erschütterung beim Reiten und durch die Wärme der Eselin wurde ihm ganz blümerant zumute. Er hielt an, stieg ab und trat hinter die Eselin. „Nun will ich doch mal sehen“ sagte er „ob der Rat der Frau des Kadi genauso gut war, wie die anderen Ratschläge. Ich hoffe, die Eselin ist genauso gut wie eine Kaditochter oder der Kadi selbst“. Und er ließ seine Hosen herunter und fing an, die Eselin zu poppen.

Alle Leute, die an Simba vorbei kamen, starrten ihn ungläubig an und regten sich furchtbar auf. Da überholte ihn ein Mann mit seiner schönen, jungen Frau, die beide auf Mauleseln saßen. „Was macht denn der Mann da mit der Eselin?“ rief die Frau ganz erstaunt. Als der Mann Simba so am werkeln sah, wurde er aber wütend.

„Schämst du dich nicht, es hier am helllichten Tag auf offener Straße vor allen Leuten mit einer Eselin zu treiben! Gibt es denn nicht genug Frauen? Eine Schande ist das!“

„Jaaaa, du kannst gut reden. Du hast ja keine Ahnung, wie sehr das arme Tier unter der schmerzhaften Krankheit Lustitis leidet. Es gibt nur diese eine Medizin dagegen. Glaubst du, es fällt mir leicht, meinem Tier diese Medizin zu geben? Aber es geht ja leider nicht anders“ rief Simba zurück und vögelte unverdrossen weiter.

Der Mann verbot seiner Frau, weiter dort hinzusehen, trieb seine Maulesel an und beide ritten schnell weiter.

Aber der Frau ging nicht aus dem Sinn, was sie da gesehen hatte. Immerzu murmelte sie vor sich hin „Was war das für ein schöner, starker Mann. Was ist das für eine glückliche Eselin. Ohhh, so ein schöner knackarschiger Kerl und sooo eine glückliche Eselin. Ohhh…“

Die beiden ritten lange weiter. Als sie in die nächste Stadt kamen, sagte die Frau immer noch „Der schöne, schöne Mann, ohh, die beneidenswerte Eselin, ohhh!".

Schließlich hielt es die Frau nicht mehr aus. Als sie an der Moschee vorbeiritten, schrie sie auf und ließ sich vom Esel fallen. Sie wälzte sich auf dem Boden hin und her, jammerte und schrie wie eine rollige Katze.

„Hast du Schmerzen, meine Liebe?" sagte der Mann, aber sie jammerte wie wild und stöhnte „Ich kann nicht mehr. Siehst du nicht, wie krank ich bin? Auuu, ohh, ich habe solche Schmerzen. Das ist bestimmt diese Krankheit ‚Lustitis'. Hilf mir. Schnell. Besorge mir sofort ein Heilmittel, auaaah, ich halte es nicht mehr aus! So hilf mir doch!"

Der arme Mann war ganz ratlos und kratzte seinen Bart „Aber was soll ich dir denn für eine Medizin besorgen. Ich weiß doch nicht, was man da so tut."

Da wurde seine Frau aber richtig wütend: „Das kannst du also auch nicht! Wieso weißt du es nicht? Andere Männer wissen Bescheid, was man da so tut. So hilf mir doch, um Gottes Willen, hilf mir schnell, aua, auuuuu…."

Da hellte sich das Gesicht des Mannes auf. Er sagte: „Ähh… warte mal, da war doch noch was. Mir fällt da gerade etwas ein. Gab der Mann, den wir unterwegs trafen, nicht seiner Eselin die Medizin? Ich reite noch mal zurück, um ihn zu holen".

„Jaaaa…" stöhnte die Frau „hole ihn so schnell du kannst. Und biete ihm Gold, damit er auch ganz bestimmt kommt. Beeil dich, beeil dich, aua, ohhh…"

Der Mann kehrte um und fuchtelte auf seinem Esel herum, um ihn anzutreiben, als Simba ihm schon entgegenkam. Der Mann hielt ihn an und bat: "Lieber Mann, bitte, bitte hilf mir. Meine Frau hat soeben auch die Krankheit Lustitis bekommen. Bitte komm mit. Hilf mir!"

„Das haben wir gern" erwiderte Simba „erst beschimpfst du mich und jetzt bin ich dir gut genug zum Helfen." „Entschuldige" flehte der Mann „Bitte gib ihr deine Medizin, sie leidet so sehr. Ich will dich auch mit Gold belohnen. Aber beeil dich und hilf mir. Bitte…"

„Na gut. Denn mal los" meinte Simba und beide ritten eilig zu der Stelle, wo die Frau immer noch lag. Als sie die Beiden kommen sah, wälzte sie sich wieder wie wild und stööööhnte…

Simba stieg ab und betrachtete die Frau von allen Seiten, besonders die Stelle, wo sie erkrankt war. „Ja" sagte er „hier muss wirklich sehr schnell und gründlich geholfen werden. Hmm…, ich werde mich hinhocken. Du, Mann, stellst dich hinter mich und hältst meine beiden Pobacken. Dann werde ich deine Frau anheben. Und du, Frau, schiebst deinen Rücken auf meine Knie und legst deine Beine auf meine Schultern. So, und dann… werde ich dir meine Medizin ordentlich einführen. Auf die Plätze, fertig, los -- Mann, schieb nach!"

„Jaaa…, das tut guuut." stöhnte die Frau begeistert, „oooohhhh ja, stoße fester, stoße tiefer, Mann, schieb doch nach! Jaaa… ohhh… AAAAAAHRRRRRR…... das ist die beste Medizin, die ich je hatte. Aaaaah, wenn es mein Mann doch auch nur so gut könnte, aaaaah ohhh…"

Und dann kam sie mit einem gewaltigen Schrei.

Ermattet und erlöst bedankte sie sich bei Simba ben Abda und versprach, ihn weiter zu empfehlen. Ihr Mann gab ihm ein Beutelchen mit Gold und alle ritten zufrieden weiter.

Weil Simba seine Sexualität so erfolgreich eingesetzt hatte, beschloss er, damit sein Glück zu machen. In der nächsten Stadt kaufte er sich die Farben Blau, Rot und Weiss. Damit bemalte er seinen Schwanz: die Spitze blau, den mittleren Teil rot und zum Körper hin den Teil weiss. Mit entblößtem Unterleib ging er dann auf den großen Markt, damit alle sein buntes Glied sehen konnten. Er war mal wieder DIE Sensation, nicht nur die des Tages. Auf Jahre hinaus würden die Marktfrauen die Kunde von ihm und was er nun tat, über das ganze Land verbreiten. Alle bestaunten sein Glied, viele kicherten verlegen und natürlich schimpften wieder einige Leute mit ihm: „Du Lüstling! Schämst du dich nicht, so herumzulaufen?"

„Wieso denn? Gott hat mich doch so geschaffen, und hat er es nicht gut gemacht?“ fragte er und schwenkte dabei sein Glied hin und her.

„Jeder zeigt doch das, was er hat oder was er kann. Ein Priester hat Weisheit und zeigt sie überall. Der Handwerker ist geschickt und zeigt das überall. Mein Schwanz bekam von Gott eine blaue Spitze, damit ich mit ihr Beamte zeugen kann, eine rote Mitte, damit ich mit ihr Bürgermeister zeugen kann (für ein rotes Rathaus) und ich muss so tief tauchen bis zum weißen Ende, damit ich Richter zeugen kann. Wieso soll ich nicht zeigen dürfen was ich kann?“ und er trat näher auf die Menschenmenge zu.

Die Frauen betrachteten den bunten Schwanz genauer, und was sie sahen, gefiel ihnen sehr. Der ganze Kerl gefiel ihnen überhaupt sehr. Sie fragten ihn, wem er denn die Beamten, Bürgermeister und Kadis zeugen würde. „Och“ antwortete Simba leichthin „Ich nehme jeden, der zahlt. Für ein Goldstück nehme ich den blauen Teil und zeuge damit einen Beamten. Für 2 Goldstücke zeuge ich mit dem roten Teil einen Bürgermeister und für 3 Goldstücke nehme ich den weißen Teil, um Kadis zu zeugen. Dazu kommen natürlich noch die Spesen, z.B. ein gutes Essen und viele Getränke.“

Eine der Frauen, die ihn besonders gründlich gemustert hatte,

trat auf ihn zu und sagte: „Willst du nicht meiner Tochter helfen? Sie ist eine junge, bildhübsche Frau. Aber sie ist sehr unglücklich mit ihrem Mann, denn er kann sie nicht zur Mutter machen. So wie du aussiehst und redest, traue ich dir das wohl zu.“ „Klar kann ich helfen“ antwortete Simba „es kommt nur auf den Preis an.“ „Geht in Ordnung“ sagte die Frau „Du wirst nach Leistung bezahlt, je nachdem, was du ihr für einen Sohn zeugst.“

Und schon führte die Frau Simba zu ihrer Tochter. „Bitte einen Sohn“ wünschte sich die Tochter „aber es wird nicht leicht sein. Mein Mann sagt immer, sein Eisen sei zu weich und mein Holz sei zu hart.“ „Ach, das schaffen wir schon“ meinte Simba. “Wenn ich die sieben Töchter des Kadis geschafft habe, wird es mir ein Leichtes sein, auch dein Tor zum Paradies aufzubrechen. Leg dich schon mal hin. Was für einen Sohn hättest du denn gern?“ fragte er und hielt ihr seinen bunten Schwanz unter die Nase. Sie rief „Oh, der ist aber groß und stark und schön! Fang schnell schon mal an!" und sie legte sich eiligst auf ihr Bett.

Simba ben Abda legte sich auf sie und fing an. Die junge Frau schrie auf vor Schmerz. Simba hörte sofort auf und sagte „Schade, dann wird es wohl nichts mit einem Steuereintreiber als Sohn." „Doch" protestierte die Frau. „Mach weiter, ich werde es schon aushalten. Ich will unbedingt einen Sohn." Simba stieß fester zu. Wieder schrie die Frau vor Schmerz auf, wieder zog Simba seinen Schwanz heraus. „Wieder nix mit einem Sohn als Bürgermeister". "Doch, doch" rief die Frau „Stoße tiefer zu, ich will es so." Also trieb Simba seinen eisernen Nagel tiefer und tiefer in die Frau, bis sie brüllte vor Schmerz. Aber sie ließ es nicht zu, dass er aufhörte zu nageln, denn sie wollte unbedingt einen Kadi zum Sohn. "Tiefer! Noch tiefer hinein mit dir" murmelte sie mit zusammengebissenen Zähnen.

Und Simba ben Abda trieb seinen Nagel bis zum Ende in sie hinein und schwängerte sie.

„Es war unglaublich schön" bedankte sich die Frau überglücklich bei ihm und gab ihm seine drei Goldstücke. "Aber jetzt kann ich nicht mehr. Ich bin fix und fertig. Versprich mir, dass du bald wiederkommst. Ich habe große Lust, noch einen zweiten Kadi zu bekommen. Und jetzt nimm dir zu Essen und trinken, soviel du willst." Das tat Simba denn auch. Nachdem er sich ausgeruht hatte, ging er zurück zum Markt, wo seine Fähigkeiten sich schon herumgesprochen hatten. Seine Kundschaft stand schon Schlange. Die Nachfrage nach ihm war so groß, dass er nur die jüngsten und hübschesten Frauen bediente. Als er den Ort durchgeackert hatte, wanderte er mit einem hübschen Batzen Gold weiter, neuen Abenteuern entgegen.

Er war nun sehr erfahren, sehr reich, hatte viele Söhne gezeugt, viel Geld verdient und war immer noch neugierig und unternehmungslustig. Als er in eine kleine, aber wohlhabende Stadt kam, fragte er nach dem reichsten Mann im Ort. „Das ist unser Dorfältester, der auch ein weiser Richter ist“ sagten ihm die Leute. „Er hat zwei wunderschöne Töchter, die beide noch nicht verheiratet sind.“

Natürlich ging Simba sofort dorthin und setzte sich unter das Fenster der Mädchen.

Er rührte sich nicht von der Stelle, bis ihn schließlich die älteste Tochter bemerkte. Sie sah ihn immer wieder an, und was sie sah, gefiel ihr immer besser. Am dritten Tag fragte sie ihn nach seinem Namen. „Ich heisse ‚Zwölfmal in einer Nacht'“ sagte er und sie kicherte spöttisch. „Und das kannst du wirklich? Ich wette mit dir um 100 Goldstücke, dass du das nicht fertig bringst. Du kannst das unmöglich!“ „Kann ich doch!“ beharrte Simba. „Zeige mir das Geld und ich wette mit dir darum, ich setze 100 Goldstücke dagegen.“ „Hier ist mein Geld“ sagte sie. „Ich lasse heute Abend mein Haar aus dem Fenster herab. Du kletterst daran hoch und kommst zu mir. Und morgen früh hat einer von uns beiden 100 Goldstücke gewonnen“. „So soll es sein. Ich komme heute Abend!“ versprach Simba.

Am Abend kletterte Simba ben Abda an ihren Haaren in ihr Zimmer. Sie umarmte ihn und zog ihn auf ihr Bett, Simba legte sofort los. Er vögelte sie wieder und wieder und als es dämmerte, hatte er sie bereits elfmal beglückt. Als er zum zwölften Mal ansetzte, begann sie stark zu bluten und er musste aufhören.

„Du hast es nicht zwölfmal geschafft. Ich habe die Wette gewonnen. Du musst mir 100 Goldstücke zahlen“ verlangte sie. „Falsch“ sagte Simba „ich kann doch nichts dafür, dass du angefangen hast, zu bluten. Ich gehe morgen früh zu deinem Vater, dem Richter, und lasse ihn unseren Streit schlichten.“ „Oh Gott, das darfst du nicht“ rief sie erschrocken „mein Vater bringt uns beide um!“ „Mach dir keine Sorgen“ beruhigte Simba sie. „Dein Vater wird den Streit entscheiden, ohne zu erfahren, um was es sich handelt.“

Am nächsten Tag ging Simba zu ihrem Vater. „Oh ehrwürdiger Richter, gepriesen sei deine Weisheit. Bitte entscheide du einen Streit, der zwischen meinen beiden Freunden ausgebrochen ist. Der eine behauptete, er könne zwölf Pampelmusen hintereinander essen, der andere wettete dagegen. Der erste Freund aß elf Pampelmusen. Als er die zwölfte aufmachte, konnte er sie nicht essen, denn sie enthielt kein Fruchtfleisch, sonder nur Blut. Wer hat die Wette nun gewonnen?“

Der Kadi antwortete: „Das ist doch sonnenklar: Der Esser hat die Wette gewonnen, denn die zwölfte Pampelmuse war ungenießbar. Kein Mensch kann Blut essen.“

Hochzufrieden kletterte Simba abends wieder an den Haaren der Tochter in ihr Zimmer, um seine 100 Goldstücke abzuholen. Diesmal war auch die jüngere Schwester mit im Zimmer.

Die Ältere sagte: “Hier sind deine 100 Goldstücke. Aber ich will eine Revanche. Ich wette mit dir, dass du es nicht schaffst, die ganze Nacht zwischen mir und meiner Schwester zu liegen, ohne uns beide zu poppen.“

„Wenn ihr mich nicht vergewaltigt, schaffe ich das locker“ erwiderte Simba, „Die Wette gilt.“

„Dann bleib mal gleich da.“ sagte die Älteste und sie zog sich aus. Ihre Schwester tat es ihr nach und beide Mädchen legten sich splitterfasernackt ins Bett. Simba zog nur sein Hemd aus. Die Hose behielt er an, darunter aber band er seinen Schwanz fest. Dann legte er sich zwischen die beiden nackten Schönheiten.

Die Mädchen nahmen seine Hände und legten sie auf ihre Brüste. Simba rührte sich nicht. Sie legten seine Hände auf ihre Muschis. Simba zuckte etwas, aber er blieb still liegen. Da wälzten sich beide Mädchen auf ihn und stießen ihn mit ihren Unterleibern. Simba biss sich auf die Lippen, bis es blutete, aber er rührte sich nicht und auch sein festgebundener Schwanz hob sich nicht.

Das fanden die Mädchen merkwürdig. „Das müssen wir uns näher ansehen“ fanden sie und zogen ihm seine Hose aus. Als sie sahen, dass sein Glied angebunden war, durchtrennten sie die Schnur und küssten seinen Schwanz. Da schnellte er aber sofort hoch. Auch Simba kam hoch. Er warf sich über die Mädchen und vögelte die beiden, bis es hell wurde.

„Diese Wette hast du aber verloren“ sagte die älteste Tochter „gib mir meine 100 Goldstücke zurück.“

„Gar nichts habe ich verloren“ erwiderte Simba. „Ihr habt mich vergewaltigt. Deshalb habe ich gewonnen. Komm, her mit deinen 100 Goldstücken.“

Weil sie sich nicht einigen konnten, ging Simba am nächsten Tag wieder zu dem Vater. „Oh du großer und gerechter Richter!“ begann Simba „Bitte schlichte einen Streit, den ich mit einem Freund habe. Er wettete mit mir, dass mein Pferd fressen würde, wenn es den ganzen Tag lang zwischen zwei Trögen mit Futter stehen müsse. Ich wettete dagegen, band aber den Kopf des Pferdes fest. Das Pferd frass nicht. Aber am Abend schnitt mein Freund das Pferd los. Da begann es zu fressen. Wer hat nun die Wette gewonnen?“

„Da brauche ich nicht lange zu überlegen“ sagte der Richter „Du hast die Wette gewonnen, denn dein Freund hat das Pferd mit Gewalt befreit.“

Simba bedankte sich herzlich beim Richter, ging am Abend zu den Mädchen, um sich die weiteren 100 Goldstücke abzuholen, bedankte sich auch hier und verließ die Stadt als reicher Mann.

Auf der Wanderschaft zur nächsten Stadt kam er an einem Dorfbrunnen vorbei. Dort sah er ein junges Mädchen stehen, das so schön war, dass er sich auf der Stelle unsterblich in sie verliebte.

Er sagte sich „Ich habe nun schon soviel gesehen und erlebt, aber so eine Schönheit ist mir noch nie begegnet. Da könnte ich glatt alle anderen vergessen. Ich werde versuchen, sie für mich zu gewinnen. Wenn sie nicht klüger ist als ich, werde ich mein Wanderleben aufgeben, mich zur Ruhe setzen, sie heiraten und hier wohnen bleiben. Etwas Besseres werde ich nirgendwo finden. Ich werde mir also etwas einfallen lassen, um sie rumzukriegen.“

So belauerte er das Mädchen und folgte ihr. Als sie eines Tages wieder am Brunnen Wasser schöpfte, stellte er sich nah bei ihr in die Sonne. Er ließ seine Hosen herunter und streckte seinen nackten Hintern dem Himmel entgegen, so dass ihn die heißen Sonnenstrahlen wärmten.

Das schöne Mädchen beobachtete erstaunt, was er da so trieb und sagte: “Pfui Teufel! Du bist aber unanständig. So was macht man doch nicht.“ „Ach, du hast gut Reden“ sagte Simba kläglich „bei euch ist es möglicherweise anders. Bei uns ist es im Winter so kalt, dass man erfrieren kann. Darum müssen wir im Sommer viel

Wärme sammeln, um uns im Winter vor der Kälte zu schützen. Genau das mache ich jetzt. Und wenn du schlau bist, tust du das auch."

Das Mädchen überlegte lange und sagte schließlich „Du bist aber schlau. Weißt du, ich friere im Winter auch immer. Ich mach es wie du und sammle viel Wärme." Und schwups, ließ sie ihren Schlüpfer fallen, hob ihr Röckchen, stelle sich neben Simba und reckte ihren nackten Po auch in die Sonne.

So standen sie beide eine Weile friedlich nebeneinander, dann sagte sie: „Du? Kann ich dich mal was fragen? Fühlst du, dass du schon viel Wärme eingesammelt hast? Ich merke nichts." „Tja" meinte Simba „ich bin schon reichlich mit Wärme gefüllt. Aber ich sehe schon, bei euch Frauen ist das anders. Ihr habt auch vorne noch ein Loch. Und die Wärme, die nun hinten hereinkommt, fällt bei euch Frauen vorne wieder heraus. Ihr müsst euch vorne das Loch verstopfen lassen, damit die Wärme drin bleibt." „Ja, das leuchtet mir ein." stimmte sie ihm zu „Aber was kann ich denn jetzt machen? Wer stopft mir denn die vordere Öffnung zu?"

„Ich helfe dir" versprach Simba „ich kann dir dein Loch vorne zustopfen." „Ach ja, bitte tu das, mach mich vorne dicht" bat sie ihn.

Simba baute sich vor ihr auf und deutete auf sein Gemächt. "Zufällig habe ich einen Propfen dabei, hier ist er. Mach deine Beine etwas breit, damit ich ihn gut einsetzen kann."

Das Mädchen öffnete ihre Schenkel und Simba schob seinen Zapfen in ihren Wärmeausgang. „Oh" stöhnte das Mädchen „das tut ja richtig gut! Ohh…ahh…stopfe weiter. Jaaaa…jetzt fühle ich die Wärme. Aber… sie kommt ja gar nicht von hinten. Ich fühle ganz viel Wärme in mir, aber sie kommt von vorne. Wie kann das denn sein?"

„Meine Kleine" meinte Simba "das kommt daher, weil wir beim Zustopfen gestanden haben. Wenn du willst, probieren wir es mal in der Hocke." „Ja, unbedingt" bettelte sie. Und Simba hockte sich hin.

Er legte das schöne Mädchen auf den Rücken, nahm ihre Beine über seine Schultern und stopfte ihre vordere Öffnung tief und fest.

Sie jauchzte und stöhnte und schrie: “Jaa… ist das toll, dein Zapfen ist wunderbar. Verschließe mich! Verstopfe mich, stoße mich! Stoße die Wärme in mich hinein. Mir ist jetzt ganz heiß da drinnen…. Nur mein Hintern ist immer noch kalt.“
„Och,…das stellen wir gleich ab“ tröstete Simba sie. „Wahrscheinlich ist diese Stellung noch nicht die beste, probieren wir also noch ein paar andere aus.“ „Mir ist alles Recht, was du willst“ antwortete sie „Hauptsache, ich sammle genug Wärme.“
Simba drückte sie an sein Herz und sagte: “Meine Schöne, du kannst dir gar nicht vorstellen, wie gern ich dir helfe. Komm, knie dich hin. Ich werde dich auch von hinten zustopfen.“ Und das Mädchen kniete sich hin und stützte sich auf ihre Arme. Simba beugte sich von hinten über sie und er trieb mit aller Macht seinen Keil ganz tief in ihren Spalt. Und sie wand sich und stöhnte begeistert: „Weiter so, weiter, tiefer, jaaa…ohhh… gib mir den Keil, gib mir die Wärme. Jetzt ist mir der Hintern aber heiss geworden. Aber… jetzt ist mit der Bauch ganz kalt geworden. Kannst du da nicht noch was tun? Ich fürchte mich doch so vor der Kälte.“
„Schätzchen, mach dir keine Sorgen. Ich weiß sehr viel, ich kenne noch viele Stellungen, die dir Wärme bringen“ sagte Simba. “Am besten gehen wir auf das Bett, denn dann liegst du weich und warm. Aber im Bett darf ich dich nur wärmen, wenn wir verheiratet sind. Heirate mich und ich werde immer bei dir bleiben und dafür sorgen, dass dir und mir immer warm ist. Du bist meine Einzige, mit der ich bis zu meinem Lebensende zusammen sein und Kinder haben möchte. Werde meine Frau, denn wir passen gut zusammen.“
Da lächelte sie glücklich und sagte: “Ja, ich will gerne deine Frau werden. Du gibst mir immer diese wundervolle Wärme und ich gebe dir so viele Kinder, wie du willst.“
So heiratete Simba ben Abda seine Geliebte und sie lebten glücklich zusammen. Gott hatte ihm die Frau gegeben, die zu ihm passte.
Gebe Er auch euch dieses Glück. Aber ihr werdet es nur finden, wenn ihr gründlich danach sucht und so viele Erfahrungen sammelt, wie es Simba ben Abda getan hat.

You know what to do, do it.

Anita Isiris

Zehn Frauen

J. ist eine typische Agglomerationsgemeinde. Sie könnte sich im Randbezirk einer jeden Schweizer Grossstadt befinden. Ländlich, aber nicht genug, um rural zu sein – städtisch, aber nicht genug, um urban zu sein. Depressive Mittelschullehrer um die Vierzig siedeln sich hier an, mit ihren Kleinfamilien, und bewohnen Reiheneinfamilienhäuser aus den späten 80er Jahren. Hohlwangige Ex-68er findet man – die sind in einer Zeit zugezogen, als hier noch Land war. Unberührtes, saftiges, nach Kuhfladen stinkendes Schweizer Bauernland.

Und, ja, hier, genau hier, hat sich vor fünf Jahren Barbaras Damenriege angesiedelt. Geliebter deutscher Leser – hier runzelst Du vermutlich die Stirn. „Was ist denn ne Damenriege?“ wirst Du Dich fragen, nicht?

Eine „Riege“ in helvetischem Sinne ist ein „Verein“ im allgemeinen, ein „Turnverein“ im speziellen. In der Mädchenriege üben Kinder einmal die Woche an Ringen, mit Bällen und an Klettergerüsten, in der Knabenriege wird gefussballt, die Männerriege frönt dem Volleyball. Die Damenriege, jetzt aber alle Achtung, frönt der Erotik. Nö, zugeben würde das keine. Fast alle sind sie Familienmütter, mit mindestens einem Töchterchen oder einem Sohn, alle sorgen sie dafür, dass für den Herrn des Hauses mindestens ein gekühltes Bier im Schrank steht. Sie jonglieren Bälle zu Musik von Abba und Mike Oldfield, sie lassen bunte Ringe um ihre appetitlichen Hüften kreisen, und sie tragen an den Turnfesten im Bierzelt billige, fluoreszierende, ultraknappe und supernuttige Kleidchen – violett, pink, hellblau oder so.

If you know what I mean.

Oh ja, und sie haben Fantasien, diese Frauen. Gerade dieses

spiessige Niemandsland, diese Nobodies von Männern an ihrer Seite, dieses „es-fast-schaffen-aber-doch-nie-ganz“ macht sie zu spitzen, geilen, frechen Hühnern.

Die Damenriege in J. besteht aus zehn Frauen zwischen 18 und 35.

Sie einigen sich jeweils unter der Ägide der charismatischen und gut gebauten Barbara auf ein Festprogramm, das jährlich im Schlosspark zu sehen ist. Frauen in diesem Alter sind erstaunlich kompromissbereit – sie finden sich rasch zusammen unter dem musikalischen Dach der Scorpions, oder demjenigen eines Alan Parson. Die Choreographie ist immer sehr einfach – Barbara, Frau des regionalen Migros-Filialleiters, weiss, worauf es ankommt. Sie ist illusionslos geworden in all den Jahren, in denen sie die Damenriege geleitet hat. Von Zelt zu Zelt, von Bühne zu Bühne: Es geht ja doch nur darum, Männeraugen zu sättigen mit dem „Mut zur Lücke" (siehe meine gleichnamige Story), schwabbelnden Brüsten („was soll da schön dran sein"), vollem, frisch gewaschenem Haar und kecken Bewegungen, die auch schon mal den Blick freigeben auf die frisch rasierten Achseln der Post-Schalterbeamtin oder zwischen die Schenkel der Konditorei-Lehrtochter. Man(n) steht ja heute keineswegs mehr auf Playboy-Hochglanz-Modelle, die wirken, als seien sie, Makrelen gleich, zum Verspeisen zubereitet. „Men Only", die britische Pornopostille, hat auch ausgedient. Sie gönnte, im Gegensatz zu „Playboy", den berühmten Blick auf die andernorts verhüllten „Bits", die Geschlechtsteile also. Vulven, grosse und kleine Labien, mit viel Glück die Cliti, dann und wann sichtbar gemacht. Heute steht Man(n) auf Amateurmodels. Schülerinnen. Nachbarinnen. Verkäuferinnen. Krankenschwestern. Mülleimerleererinnen. Serviererinnen. Friseusen (für Schweizer Leser: Coiffeusen).

Genau das gab es in Barbaras Damenriege zu sehen, von ganz nah… und erst noch unschuldig, im Verbund der Familie und der Berufskollegen.

„Ist die Uschi, die am Samstag das Schulhaus reinigt, unter ihrem Gymnastikdress totalrasiert?"

„Hat Leni Müller, bei der ich eben erst Briefmarken gekauft habe, Nippel, so prall wie Marillenknödel?"

„Sind Erikas Schenkel tatsächlich so fest, wie ich das erahne?"

Das, und nichts anderes als das, sind die Fragen, die in den Männerhirnen umher torkeln. Und, wie gesagt, die Mitglieder der Damenrige haben Fantasien. Diese Fantasien kreisen eindeutig um eine bestimmte Gruppe von Männern: Die Feuerwehr von J.!

Kichernd hat Steffi neulich unter der Dusche ihren Kolleginnen von einem Traum erzählt. Sie sei, ganz in weiss gekleidet, neben einem brennenden Haus gesessen. Die Typen kamen mit dem Schlauch an und hätten nicht etwa den Brand gelöscht, sondern sie (Steffi) so lange bespritzt, bis ihr Kleidchen ganz durchsichtig geworden sei. Hihihihi…

Barbara quittierte Steffis Traum mit keinem Wort, wusste aber im selben Moment, was sie da in der Hand hatte: Eine Horde geiler, naiver Hühnchen, mit denen sie am nächsten Schlossfest dem ganzen Dorf mächtig einheizen würde. Heirassa!

Die Feuerwehrmänner waren rasch überzeugt. Mit Herzklopfen sprach Barbara tags darauf in der Dorfschenke vor, wo sie alle vorfand, friedlich am Stammtisch vereint: Rudi, den Metzger, Walter, den Posthalter, Michel, den Bauern vom Unterhof, Theo, den Bauern vom Oberhof, Klaus-Heinz, den Automechaniker und Reto, den Sigrist. Die sechs Männer waren nicht mehr ganz nüchtern und beäugten die schöne Barbara gierig-geil. Sie widerstand den Röntgenblicken und überlegte sich kurze Zeit, ob diese Horde im Ernstfall überhaupt fähig sein würde, einen Brand zu löschen. Dann trug sie ihren Vorschlag vor. Es war Juni, und in einem Monat würde das nächste Schlossfest stattfinden. Ob sie Lust hätten, im Rahmen einer Darbietung „ihre“ zehn Frauen ein wenig zu bespritzen?

Der zweideutige Charakter ihrer Frage war ihr im Moment gar nicht bewusst. „Wenn Du willst, können wir Deine Damenriege zuerst besteigen und anschliessend bespritzen“ grölte Rudi, der Metzger. Er war für seinen deftigen Humor bekannt, tat aber keiner Fliege etwas zuleide - Schweine, Rinder und Kühe mal ausgenommen. Man wurde sich handelseinig – vor dem grossen Auftritt würden zwei Proben stattfinden.

Eine Woche später machte Barbara „ihre“ zehn Frauen mit den Plänen vertraut. „Wir studieren einen Tanz ein. Was Langsames. Dann, fürs Publikum völlig unerwartet, betreten die uniformierten Feuerwehrmänner die Bühne und bespritzen uns mit ihren Schläuchen. „Was für Schläuche denn?“ fragte Lora, angehende Krankenschwester, mit schalkhaftem Augenaufschlag. Nervöses Kichern machte sich breit. Die Frauen liiiiiebten Fantasien, in denen Feuerwehrmänner vorkamen. Jede hatte sich schon mal vorgestellt, einer würde sie aus dem Flammenmeer erretten und sie hinaustragen in die Frische der Nacht, auf ein verlassenes Feld, und ihren hungernden Körper dort mit kleinen Küssen übersäen. Die Realität: Ein paar Zentimeter weiter drüben schnarchte Hugo, der Mittelschullehrer, oder Wunibald, der Kürschner.

Bald darauf trafen die sechs Feuerwehrmänner und die zehn Riege-Frauen zum ersten Mal aufeinander. Sie kannten sich zumindest vom Sehen, klar. Auf eigentümliche Weise traf Fiktion auf Realität. Cornelia, die Gärtnerin, hatte sich neulich im Traum von Klaus-Heinz, dem Automechaniker, ficken lassen, und zwar auf ihrem Küchentisch. Heissa, war da die Post abgegangen. Nora, Full-Time-Hausfrau mit vier Kindern, hatte Reto, dem Sigrist, einen geblasen. Neben ihr schnarchte ahnungslos Robert, der Gemeindepräsident. Sehnsüchtig hatte sie sich tags darauf auf dem Weg zur kleinen Kirche gemacht. Und, meinerseel, da stand er, der Sigrist, in seiner vollen Grösse, und grüsste sie mit wissendem Lächeln und mit Namen! Die siebzehn Personen (sechs Feuerwehrmänner + zehn Riege-Frauen + Barbara) verstanden sich auf Anhieb recht gut und tranken sich Mut zu. Dann ging's ins Schulhaus zur Garderobe. Barbara hatte nicht bedacht, dass Geschlechtertrennung womöglich angesagt war, weil es sich nicht gehörte, dass Rudi, der Metzger, Lina, die Frau von Walter, dem Posthalter, in Unterwäsche oder womöglich sogar splitternackt sehen konnte. Der Einfachheit halber machte sich aber der ganze Pulk in der kleinen Schülerinnengarderobe breit, und man hörte Reissverschlüsse zippen, Knöpfe klacken und Socken ripsen. Es wurde beäugt, begafft, geblödelt, gesabbert und gelitten (Walter, der Posthalter, war ausgesprochen eifersüchtig und ertrug es nicht, dass seine Feuerwehrkollegen seine geliebte Lina in giftgrüner Unterwäsche sehen konnten). Aber die moralischen Standards wurden weitestgehend eingehalten, und am Schluss standen sich sechs perfekt uniformierte Feuerwehrmänner und zehn Riege-Frauen in sexy weissen Kleidchen gegenüber. Der Sportplatz war ausnahmsweise leer, die Bühne musste man sich einfach hinzudenken. Aus einem kleinen Kassettenrecorder erscholl ein laszіver Tango; die Frauen setzten sich in Bewegung. „Die eine ist schöner als die andere, ich wage einfach nicht abzuspritzen", witzelte Michel, der Bauer vom Unterhof. Das Wasser in den Schläuchen war warm, der Abend sommerlich und angenehm. Auf Barbaras Kommando hin zielten die sechs Männer auf die sich im Rhythmus wiegenden Frauen, und das Wasser spritzte zwischen den kreischenden Frauen hindurch.

„Stop, so nicht", fuhr Barbara dazwischen und brachte ihre Riege erneut in Position. Nach dem vierten Versuch machte sich eine gewisse Coolness breit, die Frauen tanzten zwischen den Wasserstrahlen ungerührt weiter. Erst als Klaus-Heinz, der Automechaniker, seinen Wasserstrahl exakt zwischen den Beinen von Claudia, der Krankengymnastin, hindurch zischen liess, kam es kurz zu Unruhe. Die beiden Gruppen gewöhnten sich aber aneinander und arbeiteten fieberhaft auf ihren Auftritt hin. Claudia liess es sich nicht nehmen, das Gefühl, das der warme Wasserstrahl zwischen ihren Schenkeln auslöste, mit lasziven Hüftbewegungen zu intensivieren. Es sah aus als reite sie auf einem farblosen Regenbogen. So entstand auch der Name für die bevorstehende Show: „Colourless Rainbow".

Es gab mittlerweile nichts, was die zehn Frauen unter ihren hautengen weissen Kleidchen verbergen konnten. Es war einfach alles zu sehen: Claudias „Camel Toe" zwischen den Beinen und ihre kleinen, spitzen Brustwarzen, Noras Orangenhaut an den Oberschenkeln, Cornelias schwere Titten, ihre Speckringe an den Hüften und ihr tiefschwarzes Schamhaar, Linas Bauchnabel…

Zurück in der Garderobe, waren die Feuerwehrmänner derart strunzgeil, dass sie kaum mehr an sich halten konnten. Wie gern, wie brennend gern hätte der eine oder andere hier einen Arsch, da ein Fötzchen, dort ein Nippelchen berührt oder zumindest daran gelutscht… Aber daraus wurde nichts – Barbara überwachte den Raum mit strengem Blick und duldete höchstens verbale Anmache.

Dann, endlich, war es so weit. „Licht aus, Spot an - The Colourless Rainbow Show" krächzte Willi, der Moderator, ins Mikrofon, und Barbaras Riege betrat die Bühne. Wie schön diese Dorffrauen waren, mit bunten Blumen im Haar, silbernen Armreifen und ihren frechen weissen Kleidchen, die kaum etwas verbargen. Die Musik setzte ein, und die Frauen begannen sich zu bewegen. Das Dorfpublikum hielt den Atem an. Etwa mitten im Stück betraten die Feuerwehrmänner gemessenen Schritts den vorderen Bühnenrand. Ein jeder hatte einen schillernden Schlauch in der Hand, und auf Barbaras Kommando zielten sie auf die Frauen, und zwar exakt auf deren Scham. Alle atmeten tief durch – das Publikum, die wackeren Feuerwehrmänner und die Riegedamen. Allmählich wurden die Kleidchen durchsichtig, und das Dorf konnte sehen, was es schon lange hatte sehen wollen: Das kecke Haardreieck oder die glatt rasierte Spalte von ganz gewöhnlichen Hausfrauen, Krankenschwestern und Postbeamtinnen. Lasziv schoben sie ihre Hüften vor- und zurück, vor- und zurück, waren für einen kurzen Moment in ihrem eintönigen Leben Vamp, Prinzessin, Madonna und Paris Hilton in einem.

Die Blasenentzündung kam einen Tag später.

Sophie Andresky

Feuervogel

Der Feuervogel hat brennende Flügel und einen glühend roten Schnabel. Ich habe ihn mir zwischen die Brüste tätowieren lassen, als ich Oskar kennen lernte. Seine Schwingen reichen bis zu den Brustwarzen und sein Kopf streckt sich im Flug Richtung Nabel. Wenn wir vögeln, wie es unsere Art ist, einander zugewandt an der Wand stehend, meine Arme weit ausgestreckt, die Hände mit Oskars verknotet und ein Bein um seine Hüften geschlungen, sieht es für Oskar so aus, als flöge der Feuervogel direkt aus meiner Brust auf ihn zu. Und so ist es auch.

Ich bin Janina. Ich bin eine Frau, die liebt, und eine, die jagt. Mehr gibt es über mich fast nicht zu sagen. Ich wusste immer, dass ich einen Mann wie Oskar nicht einsperren kann. Am liebsten würde er alle Frauen dieser Welt vögeln. Und er wusste, dass ich stumm werden würde wie eine Nachtigall im Käfig, wenn ich meine Freiheiten nicht habe. Ich brauche Abwechslung, Aufregung, ich probiere gern etwas aus. Also haben wir eine Verabredung getroffen. Während sich unsere Freunde scheiden lassen, neu verlieben, wieder trennen, sich betrügen und belügen, haben wir ein einziges Gesetz. Einmal im Monat gibt es eine Auszeit von der trauten Zweisamkeit. Kleine erotische Abenteuer abseits des Ehebettes. Dabei haben wir uns gegenseitig eine Bedingung gestellt: Er darf keine andere Frau als mich ansehen. Ich darf mit keinem anderen Mann als ihm sprechen. Er blind, ich stumm, so sind die Regeln. Man kann uns, ohne zu lügen, als glückliches Paar bezeichnen. Wir schleppen keine unerfüllten Phantasien oder hinuntergeschluckten Wünsche mit uns herum. Wir erleben sie lieber. Dabei sprechen wir nie darüber, was wir außerhalb unseres Nests erlebt haben. Wenn wir zusammen sind, ist es so, als gäbe es nichts anderes. Wir schalten die Handys aus, wir gehen nicht an die Tür, wir laden selten jemanden von unseren Freunden zu uns nach Hause ein. Wir sind uns völlig genug. Und wir haben uns immer noch nicht daran gewöhnt, dass wir fest zusammen sind und jederzeit Sex miteinander haben können. Und der Sex ist gut.

Oskar sitzt nackt im Schneidersitz auf dem Bett. Er ist relativ klein, athletisch gebaut und komplett rasiert. Seine Haut wirkt noch viel nackter durch seine dichten schwarzen Locken. Ich sitze auf seinem Schoß, die Beine um seinen Körper geschlungen, sein Schwanz tief in mir. Wir bewegen uns ganz sanft, eher schaukelnd als stoßend. Draußen wird es allmählich hell. Er sieht mich mit seinen schönen grauen Augen an, sieht, wie meine kleinen Brüste sich beim Atmen heben und senken, wie sich die brennenden Flügel darauf bewegen. Ich flüstere seinen Namen, singe ihn fast. Wenn ich mit ihm spreche, klingt es immer leise und zärtlich. Er liebt meine Stimme. Wenn es draußen warm ist, öffne ich alle Fenster und singe den ganzen Tag vor mich hin. Ich presse mich an seinen Bauch, sage ihm, wie weich seine Haut ist, wie ich seinen Schwanz in meiner Möse spüre, dass ich mich fühle, als würde ich schweben. Und er beobachtet mich, als wären ihm meine harten Brustwarzen völlig unbekannt, der ovale Bauchnabel und die kleinen Tröpfchen unter meinen Achseln. Und er erzählt mir, während wir etwas heftiger schaukeln, wie er mich das erste Mal leckte und er zwischen dem dunklen Kraushaar der Schamlippen meinen rötlich geschwollenen Kitzler sah und an eine exotische Blüte denken musste. Männer, die beim Sex kitschig werden, sind wunderbar. Bloß keinen mit abgeklärten Sprüchen oder medizinischen Vorlesungen. Ein echter Kerl ist sachlich und präzise am Tag und kitschig bei Nacht. So ist es richtig.

Ziemlich genau vier Wochen später klemmt sich Oskar seinen Laptop unter den Arm und verschwindet in seinem Büro. Ich sitze an meinem Schreibtisch, halb mit der Steuer, halb mit meinen Mails beschäftigt, und weiß, dass er jetzt auf die Jagd geht. Wir finden beide unsere monatlichen Abenteuer im Netz. Chatrooms sind die Wälder unserer Zeit. Später setze ich mich an seinen Laptop und lese seine Mails. Sein Kennwort ist „Janina“ und meins natürlich „Oskar“.

„Ich werde eine Sonnenbrille tragen“, schreibt er *„eine große Fliegerbrille mit sehr dunklen Gläsern. Man wird nicht sehen, dass ich darunter die Augen mit Pflastern verklebt habe. Ich kann nichts sehen. Ich werde dir völlig ausgeliefert sein.“*

Und die Antwortmail: „*Vertrau mir. Ich finde dich. Und an der Art, wie ich dich anfasse, streng und zärtlich zugleich, wirst du mich erkennen.*“

Der Treffpunkt ist das Phönix, eine Diskothek am Stadtrand, ein etwas heruntergekommener Laden, aber keiner seiner Freunde geht dahin, deshalb ist er perfekt.

Es war unglaublich, schreibt Oskar einige Tage später in das große Buch, in dem er alle Freiflüge, wie er das nennt, aufzeichnet. *Der Laden war brechend voll. Ich drehte mich zur Wand, verklebte mir die Augen und setzte die Brille auf. Ich stand an der Wand wie einer dieser apathischen Kontaktarmen, die immer nur wippen und zucken statt zu tanzen und den Text mitsingen, weil sie niemanden zum Unterhalten haben. Dann plötzlich fühle ich eine Hand am Schritt. Ich zuckte zusammen, denn es hätte ja gottweißwer sein können, ein Typ oder eine aus der bulgarischen Ringermannschaft, die da immer nach dem Training feiern. Und Zufall konnte es auch sein. Aber dann zog die Hand mir den Reißverschluss herunter und langte mir direkt an den Schwanz. Gut vorbereitet, keine Unterwäsche. Sie lehnte sich gegen mich und ich lächelte und tastete mich zu ihren Brüsten vor. Sie hatte so Nippelklemmen unter dem Hemd an mit Ketten, die von einer Brustwarze zur anderen gehen. Mit der anderen Hand langte ich an ihren Po und fühlte etwas wie Latex. Der Rock war nur so breit wie ein Gürtel. Sie hob ihr Bein und rieb einen messerscharfen Absatz an meinem Bein. Ich stellte mir einen Moment vor, sie würde im Gedränge das Gleichgewicht verlieren und mit diesem Folterinstrument auf meinem Fuß landen. Sie schwitzte unter dem Latex. Auch kein Fan von Höschen. Um mich herum schrieen, johlten und sangen irgendwelche Leute. Die Musik war dröhnend laut und wir standen so eng gedrängt, dass ich mit den Schultern an fremde Leute stieß. Niemand beachtete uns. Aber vielleicht doch. Vielleicht standen sie längst im Kreis um uns herum und sahen zu, wie ich meine Hand zwischen ihren Beinen verschwinden ließ und meine Finger durch die seimige Nässe ins Innere ihres Fötzchens rutschten. Wir haben nicht gefickt. Wir standen nur da in der Menge an einen Pfeiler gelehnt und wichsten uns. Ich fühlte ihren Atem an meinem Ohr schneller gehen, während ich über ihren Kitzler rutschte und ihre Brustwarzen durch den Stoff hindurch leicht kniff. Als ich abgespritzt hatte und es mir klebrig die Beine hinunterlief, zog sie ihre Hand aus meinem Hosenschlitz, setzte einen ihrer Mörderabsätze auf meinen Fuß und steckte mir ihre feuchten Finger in den Mund. Ich lutschte sie gehorsam, dann war sie plötzlich weg…*

Ich lächle, als ich mir Oskar vorstelle, blind im Gedränge, die fremde Hand im Hosenschlitz, und ich merke, dass ich feucht geworden bin. Ich schiebe eine Hand in meinen Slip und spiele ein bisschen an mir herum, während ich mir noch die Zeichnung ansehe, die er daneben gesetzt hat: ein Frauenunterkörper im glänzenden Latexrock, lang allerdings, mit einer kreisrunden Öffnung über dem Schritt, und darin eine prall geschwollene Möse. Ich reibe mich weiter und blättere in seinem Freiflugbuch. Manchmal sehe ich lange nicht hinein, obwohl es immer offen auf seinem Schreibtisch liegt, und dann wieder zieht es mich hin und ich entdecke neue Einträge. Eine ganze Doppelseite ist mit meinem Namen beschrieben. Es müssen hunderte Janinas sein. Der I-Punkt schwebt über der Schrift wie ein aufgescheuchter Spatz. Ich entdecke eine Zeichnung von einem Mann, der dick vermummt auf einer Parkbank sitzt und an seinem riesigen tropfenden Penis vorbei ins Weite sieht. *Ich soll auf der Bank warten, hat sie geschrieben*, lese ich, *den Schwanz schon aus der Hose geholt, hart wenn möglich, gar nicht so einfach, denn es war ziemlich kalt. Dann höre ich hinter mir Schritte auf dem Kies. Es ist fast völlig dunkel. Sie trägt einen Hut, tief ins Gesicht gezogen, einen Schal ums Gesicht, Handschuhe und einen langen schwarzen Wollmantel. Sie stellt sich wortlos mit dem Rücken zu mir vor mich, hebt ihren Mantel und entblößt vor mir ihren Arsch, weiß und nackt. Anfassen verboten, das ist der Deal. Das Kondom ist schon über meinen Schwanz gepellt. Jetzt zuckt er, als sie mit ihrer Möse die Spitze berührt. Sie senkt sich herab und ich bin ganz in ihr. Sie stützt sich auf meinen Knien ab, hebt und senkt ihren Hintern. Nicht ich ficke sie, sie fickt mich. Ich werde gefickt. Ich kann nichts tun, sie benutzt mich. Schließlich öffnet sie die Beine weit, nimmt mit ihrer behandschuhten Hand meine kalten Finger und legt sie sich auf die Fotze. Sie ist so nass, dass ich fast in ihr versinke. Ich wichse sie, während sie mich mit kleinen Stößen weiter fickt. Erst spritze ich ab, dann, nachdem ich ihre Möse ein paarmal halb gerieben, halb geknetet habe, sinkt sie in sich zusammen, steht auf und geht schnell über den Kiesweg weg. Sie hätte sechzehn sein können oder sechzig.*

Oskar erwischt mich, wie ich über seinem Notizbuch gebeugt dastehe und mich abfingere. Er lacht, streicht mir durch die Haare, dreht mich herum, sagt, ich solle doch Bescheid sagen, wenn ich es nötig hätte, setzt mich auf die Tischplatte, spreizt meine Beine und leckt mich mit spitzen kleinen Zungenstößen, flirrend wie ein Kolibri. Keine Sekunde lässt er mich dabei aus den Augen. Und bald kann ich den brennenden Vogel im Bauch wieder flattern fühlen. Und ich stöhne und flüstere seinen Namen und dass ich ohne ihn nicht leben kann. Wir küssen uns lange. Die Seiten seines Notizbuches sind dabei zerknickt, aber das macht nichts.

„Ich gehe nachher noch aus", flüstert er mir ins Ohr und ich lächle ihn an und wünsche ihm viel Spaß. Ich selbst werde den Abend auch nicht vor dem Fernseher verbringen. Ich brauche ein bisschen Gefahr. Risiko. Nervenkitzel. Ich werde zu einem Mann ins Auto steigen auf einem Rastplatz. Das habe ich eben im Chat abgemacht. Wenn der eine oder andere Trucker zusieht: bitte. Soll er doch sehen, wie ich mich vögeln lasse. Wir werden das Licht im Auto anschalten, die Knöpfchen runter, ich setze mich mit weit gespreizten Beinen auf die Rückbank und der fremde Mann besorgt es mir mit einem leise surrenden Spielzeug.

Wie üblich bin ich eher zu Hause als Oskar. Ich schlafe schon fast, träge und aufgeweicht durch ein langes heißes Bad, das ich mir nach meinem Ausflug gegönnt habe. Die Kleider sind in der Waschmaschine, meine Haut ist mit duftendem Öl eingecremt. Oskar schlüpft nach einer Dusche zu mir unter die Decke, schmiegt sich an mich, so dass sich unsere Bäuche berühren und wir gegenseitig unseren Zahnpasta-Atem riechen. Er hat kalte Füße. Kein Wunder. Auf dem Rastplatz war es eisig. Dabei hatte ich ihm im Chat extra noch gemailt, er solle sich bloß warm anziehen. Und während Oskar mit verbundenen Augen im dunklen Auto saß, wie er es sich in seinen Mails gewünscht hatte, stand ich eine ganze Weile fluchend im Stau und kam viel zu spät zum Treffpunkt. Aber dann wurde es doch noch richtig heiß. Den Blick dieses Truckers, der durchs Fenster starrte, als Oskar mir das Höschen auszog und mich mit dem Vibrator verwöhnte, werde ich lange nicht vergessen. Oskar murmelt „hattest du Spaß heute abend?" und ich nicke. Ich frage mich, ob er etwas ahnt. Ob er weiß, dass ich all diese fremden Frauen bin, die er auf seinen Freiflügen fremdvögelt, ohne sie zu sehen, die strengen in Lack und Leder, die Schulmädchen, die ihn in Hausfluren treffen, die flüchtigen Begegnungen in nächtlichen

Parks, dunklen Hotelzimmern oder Bars. Ich werde ihn nicht fragen. Das ist das Geheimnis eines Spiels: dass man es nicht unterbricht. Er will alle Frauen dieser Welt vögeln? Er kann sie haben. Ich kann sie alle sein. Wir reden noch ein bisschen über den Tag und den nächsten Urlaub, wie der Job war und wer morgen mit Einkaufen dran ist.

„Janina", flüstert er und schläft schon fast. Der Feuervogel auf meiner Brust bewegt ganz sachte die Flügel und fliegt ruhig und sicher. Direkt auf Oskars Brust zu.

Reneé Hawk
Sextalk

"Puh, das war 'ne Nacht" sagte Liane, während sie sich in den Korbsessel fallen ließ.
"Dein Date?" fragte ich und sie nickte bestätigend.
"Anstrengend?"
"Mhm" antwortete sie knapp und schaute sich in dem kleinen Bistro nach dem Kellner um.
"Ich hab' dir schon einen Latte Macchiato bestellt."
"Die Latte hätte ich im Bett gebrauchen können" gab sie schmunzelnd zurück.
"Wie? Nix gelaufen?"
"Nicht wirklich." Liane verdrehte ihre hübschen Augen.
"Hat er schlapp gemacht?"
"Er hat ihn nicht wirklich hoch gekriegt."
"Oh - verstehe" sagte ich überrascht.
Der Kellner kam an unseren Tisch und begrüßte Liane mit einem knappen und aufgesetzt wirkendem Lächeln.
"Bitte schön - deine LATTE" sagte er betont freundlich und schüttelte ansatzweise den Kopf. "Danke, Georg. Wie immer sehr zuvorkommend."
Liane riss verträumt ein Zuckertütchen auf und ließ die Kristalle auf die Schaumkrone ihres Kaffees rieseln.
"Mann-o-mann - ich kann dir sagen: so 'ne Nacht mach' ich nicht mehr mit."
Georg, der den Nachbartisch abräumte, schielte zu Liane hinüber.
"Nun aber von Anfang an, Liane. Ich kann dir nicht wirklich folgen" bat ich sie.
"Lass mich erst durchatmen ..." Dabei fummelten ihre Finger in der Handtasche nach Zigaretten. Sie steckte sich einen Glimmstängel zwischen die knallroten Lippen und nestelte erneut in der Tasche, auf der Suche nach einer Feuerquelle, als eine kleine gelbe Flamme an ihrer Zigarettenspitze aufflackerte.
"Danke, Georg. Sehr freundlich." Liane zwinkerte. Als der Kellner sich vom Tisch entfernte, blickte Liane ihm lüstern hinterher.

"Er hat einen hübschen Arsch" bemerkte sie "... ist mir gestern gar nicht aufgefallen."

"Aber Liane, ich bitte dich. Das ist doch NUR der Kellner."

Achselzuckend entgegnete sie: "Na und?! Deswegen kann er doch trotzdem gut im Bett sein."

"Papperlapapp ... Und nun erzähl mir von deinem Date."

"Ok. Pass auf:

Pünktlich war er ja. Er sah auch nett aus - Bluejeans, passendes Hemd, Sakko - und stell dir vor ..." Liane hielt sich die Hand vor den Mund "... Adidas-Turnschuhe. Sympathische Stimme und auch gute Manieren. Alles schien ok zu sein. Nach dem Essen - wir hatten Lammspieß auf Ingwer, dazu einen milden Portugiesen - plauderten wir über dieses und jenes. Du weißt schon. Ich klopfte ihn etwas ab, fragte nach seiner Einstellung zum Thema: Job, Frau, Familie und Karriere. Sehr emanzipierte Vorstellungen hatte er ja. Er erschien mir auch nicht als der typische Mann, also klassische Rollenverteilung käme für ihn nicht in Frage, betonte er noch."

Liane nahm einen Schluck Kaffee und blickte aus den Augenwinkeln zum Kellner hinüber, der die Theke wischte. Ich hörte ihr weiterhin gespannt zu:

"Alles war vorbereitet. Ich fragte, ob er mit dem Wagen da sei, er bejahte und wollte mich nach Hause fahren - gut eingefädelt." Sie giggelte vergnügt.

"Die Nacht hatte ich also zu diesem Zeitpunkt schon sicher.

Stell' dir vor: mit seiner Corvette fuhren wir quer durch die Stadt ..." und wieder kicherte Liane und ich runzelte die Stirn "... wenn er so schnell gewesen wäre wie sein Wagen - uiuiui - aber na ja, da komm ich noch hin. Jedenfalls brachte er mich vor die Tür. Meine obligatorische Frage: 'Darf ich dir noch was zu trinken anbieten?' kam für ihn unerwartet, aber selbstverständlich lehnte er nicht ab.

Wir - rauf zu mir. Ich machte die Tür auf und kaum dass er sie schloss, knutschten wir uns - wild und hemmungslos. Was soll ich dir sagen? Ich war heiß, geil und sah sexy aus.

Schwarze Spitzenwäsche, Strapse und den Rest kennst' ja ..."

Sie drückte ihre Zigarette im Aschenbecher aus.

Ja, ich kannte den Rest. Rasiert ist sie. Aber nicht einfach so. Nein.

Liane war beim Intimfriseur. Hat sich ein extravagantes Triblemuster rasieren lassen. Stolz wie Oskar hatte sie es mir am gleichen Abend noch gezeigt. Sie ist eine verrückte Nudel.

"Weiter" forderte ich sie auf.

"Jedenfalls lagen wir im Flur. Er hatte die Hose prall gefüllt, soweit ich das sehen und auch fühlen konnte. Ohne Umschweife wollte ich gleich zur Sache kommen, da flüsterte er mir zu, dass er keine Pariser dabei hätte. Na gut, dachte ich. Schnappte mir seine Hand und führte ihn ins Schlafzimmer. Kennst mich ja, hab' immer Vorrat in der Schublade ..."

Oh ja, Liana kauft beim Großhändler, dachte ich und musste kichern.

"... während er sich Hose und Hemd auszog, packte ich den Pariser aus und gierte schon auf seinen Schwanz. Tja ..."

Liane seufzte enttäuscht und wieder schielte sie zum Kellner hin über, der blitzartig ihrem Blick auswich

"... leider war er so schlapp wie ein nasser Lappen.

Ich lutschte, saugte, nuckelte und machte und tat. Sogar meine berühmte asiatische Fußmaßage half nichts ..."

Lianes asiatische Fußmaßage ist das Beste, was einem Mann passieren konnte. Diese sanften Bewegungen, das wärmende Öl ... Sehnsüchtig erinnerte ich mich an den Abend, als sie mich von ihrem Können überzeugte.

"Und?" wollte ich weiter wissen, dabei fiel mir der mürrische Blick des Kellners auf.

"Nix und. Ich hab' ihm noch ein Glas Sekt angeboten, aber selbst das half nix. Abgemüht hab' ich mich."

Liane seufzte erneut und ließ sich erschöpft in den Sessel zurückfallen.

"Wirst du ihn wieder sehen?"

In ihren eisgrauen Augen konnte ich ein Leuchten erkennen.

"Klar werd' ich ihn wiedersehen, mein Lieber. Muss doch wissen, ob er mehr drauf hat oder nur einen geilen Arsch hat."

"Und wann?" meine Neugier musste befriedigt werden.

"Mal sehen ... nichts genaues weiß man nicht" antwortete Liane lächelnd.

"Und? Was war mit deinem Date?"
"Nichts! Der Kerl kam nicht!"
"Wie? Der hat dich einfach sitzen lassen?"
"Ja ..." gab ich schmollend zurück. "Und gemeldet hat er sich auch nicht mehr!"
"Dann ruf DU ihn doch an. Ganz unverfänglich und frag einfach nach, warum er gestern nicht konnte."
"Aber Liane, ich weiß nicht mal wie er aussieht, und so eine Chatbekanntschaft hat doch eh nix beständiges" wehrte ich ab. Nein, ich zierte mich auch und irgendwie war ich verletzt. So etwas hatte ich nicht verdient.
"Och Markus, nun komm schon ... melde du dich bei ihm, vielleicht kam etwas dazwischen?"
"Dann hätte er sich ja melden können!"
"Hätte, hat er aber nicht" sagte Liane und griff nach meinem Handy.
"Was machst du da?" fragte ich und fingerte meinem Handy hinterher.
"Wie heißt er?" dabei tippte sie schon im Menü herum.
"Dede ..." sagte ich und gab mich gleichzeitig geschlagen. Gegen Liane hatte ich keine Chance, sie setzte immer ihren Kopf durch.
"Aha! Da ist er!" Liane tätschelte mütterlich meine Hand. "Es klingelt."
"Dede?" fragte sie ins Handy.
"Liane?" antwortete der Kellner, der gerade hinter der Theke ein paar Flaschen in den Kühlschrank räumte.

Tim Nebel

Sciencefícktion

„Ich bringe euch die Liebe!"

„Ich bringe euch das Licht!"

„Ich bringe euch das Leben!"

„Haltet´s Maul und verpisst euch! Und eure Scheiß-Alliteration könnt ihr auch gleich wieder mitnehmen."

Die Drei ziehen beleidigt ab und ich bin wieder alleine. Ich hoffe, sie kommen so schnell nicht wieder. Das Telefon klingelt:

„Bist du noch wach?"

„Nein, ich schlafe schon und du halluzinierst, dass ich mit dir spreche."

Was für eine Nacht! Was ist bloß los mit der Welt? Alleine am Vollmond kann es nicht liegen.

„Idiot! Was machst du gerade?"

„Ich habe gerade die drei Weisen aus dem Morgenland vertrieben, die als blinde Passagiere auf dem letzten Trip angereist kamen und jetzt will ich ein paar Stunden schreiben, bevor ich kotze, mich erschieße oder vielleicht einfach nur schlafen gehe."

„Willst du ficken?"

„Nein danke. Ist lieb gemeint, aber ich möchte lieber alleine sein. Die Deadline für den Artikel ist in drei Tagen."

„Das ist nicht lieb gemeint. Ich bin geil und will deinen Schwanz tief in meiner Muschi spüren. Du bist mir im Augenblick ziemlich egal. Von mir aus kannst du mich auch von hinten nehmen und das Notebook auf meinen Rücken stellen, falls du beim Stoßen schreiben kannst. Ich will spüren, wie du mich stößt und dann dein Sperma in mich spritzt. Das dürfte doch nicht zu viel verlangt sein?!"

Sie klingt beleidigt. Fast könnte ich meinen, sie hätte ihre Tage, aber dann will sie für gewöhnlich nichts weniger als ficken. Um ihr Gemüt vor Schaden zu bewahren, werde ich ihr also diesen Gefallen tun.

„Ok, dann komm´ meinetwegen vorbei."

„Oh Shit! Auf was für einem Zeug bist du denn da gewesen?!"

„Was meinst du?"

„Ich meine das da!"

Sie zeigt mit einem Finger auf den Bildschirm des Rechners, den ich zwar nicht auf ihren Rücken gestellt, aber in Erwartung eines nur kurzen Zwischenspiels nicht heruntergefahren habe. Jetzt sind wir hoffentlich fertig und sie hat das Schlafzimmer in Richtung des Badezimmers verlassen, wobei sie durch die zum Arbeitszimmer umfunktionierte Diele laufen musste. Auf dem Rückweg hat sie einen Blick auf den Bildschirm geworfen und einige Zeilen gelesen, die sie die Frage über Art oder Qualität der von mir kürzlich konsumierten Substanzen stellen lassen.

„Du bist doch Wissenschaftler?"

Der Zweifel in ihrer Stimme ist unüberhörbar und meine Verneinung ihrer Frage trifft nicht den Kern ihrer Bedenken:

„Nein, ich bin Philosoph. Du weißt, wie wichtig mir dieser scheinbar kleine Unterschied ist."

„Mit *Wissenschaftler* meine ich, dass du sicherlich ernst genommen werden möchtest. Und das da auf dem Bildschirm scheint meiner Meinung nach dieser Absicht ein ganz klein wenig zuwider zu laufen."

„Was stört dich daran?"

„Ich bin ja nur ein Laie auf diesem Gebiet, aber den ersten Zeilen nach zu urteilen, ist Nietzsches *Geburt der Tragöde* - ein Meisterwerk logisch zwingender, empirisch fundierter Wissenschaft - dagegen."

Das ist hart – Nietzsche hat es nicht verdient und kann sich nicht mehr dagegen wehren, als Kronzeuge der Wissenschaft missbraucht zu werden. Sie beginnt mit betont gespielter Begeisterung vorzulesen:

„*Wenn man bedenkt, dass gemäß vieler Mythen die Erschaffung der Welt nicht das absichtsvolle Resultat eines rationalen göttlichen Planes war, sondern als unbeabsichtigte Folge einer ekstatischen, kosmischen Vereinigung beschrieben wird, dann ist die Frage erlaubt, ja sogar zwingend notwendig, welcher Nutzen der Wissenschaft hinsichtlich ihres sich selbst gegebenen Ziels noch innewohnt. Zumindest muss der Gedanke erlaubt sein, das Streben nach Wahrheit und Erkenntnis aus den sterilen Laboratorien und Studierzimmern zu befreien und eine neuerliche Vereinigung von sinnlicher Lust, Wissen und Wahrheit in*

Betracht zu ziehen, in deren Folge eine Neubestimmung des Verhältnisses dieser Bereiche stehen wird…
Oh Mann, das meinst du doch hoffentlich nicht ernst? Ich glaube, im Bett bist du besser als am Schreibtisch."
„Naja, an der Formulierung werde ich noch etwas arbeiten müssen."
Inzwischen hat sie weitergelesen und ist bei meiner zugegeben etwas überspitzten These angelangt:
„*So lautet die Forderung: Lest weiter im Buch der Natur, doch schlagt eine neue Seite auf. Verlasst die trägen Kapitel über Vernunft und Verstand und fordert die Herausgabe des indizierten Teiles, der in den Giftschränken der rationalistischen Inquisition schlummert. Lest über die bisher bekannten Grenzen hinaus und wendet euch den Abschnitten zu, die mit Sperma und Blut auf zarte Haut geschrieben wurden und ...*
Das kannst du doch nicht ernst meinen!!!?"
Das schüchtern hoffende Fragezeichen schließt sich kaum merklich an die drei aufgebrachten Ausrufezeichen an.
„Ich dachte eben, ich bringe mal etwas anderes."
„Du schreibst hier, die Weltformel könnte unter Umständen in einem drogeninduzierten Porno gefunden werden?!"
Frage und Ausruf verschmelzen in ungläubiger Indifferenz.
„Das ist keine Behauptung, immerhin habe ich das im Konjunktiv geschrieben."
„Dir ist echt nicht zu helfen. In welchem Magazin soll dieser Artikel denn erscheinen? Oder soll ich fragen, welcher Name deinen akademischen Grabstein zieren wird?"
„Das ist eine ganz neue Sache, die wir gemeinsam aufbauen wollen. Es gibt noch nicht einmal einen endgültigen Namen. Heutzutage ist das gar nicht so leicht. Die Konkurrenz am Markt ist groß. Da muss schon ein griffiger Titel her."
„Na dann macht mal eine Marktanalyse. Findet vorher aber noch heraus, ob eure Zielgruppe eher auf Esoterik oder auf Porno steht. Wissenschaftliche Kreise würde ich meiden. Ich wünsche dir alles Gute! Und: Ich rate dir zu einem Pseudonym."
Sie zieht sich an und geht. Wie undankbar: Kaum hat sie ihren Fick, zieht sie ab, anstatt mir aus der von ihr diagnostizierten misslichen

Lage zu helfen. In ihrem Blick liegt eine Mischung aus Mitleid und Unverständnis. Den Kuss zum Abschied deutet sie nur an. Die Tür fällt ins Schloss. Ich bin wieder alleine.

Ich ziehe meinen Morgenmantel über und setze mich wieder an den Schreibtisch, wo das Notebook als verschwiegener Zeuge des Geschehenen auf mich wartet. Ich versuche, ihre Einwände oder Bedenken zu verstehen. Ich zünde mir einen Joint an und beginne zögerlich weiterzuschreiben. Irgendwie ist die Sache noch nicht rund. Es fehlt ein richtiger Knalleffekt. Sowas in der Preisklasse von cogito ergo sum – mindestens! Mir kommt ein neuer Gedanke, der zwar nicht neu ist, den ich aber noch gut unterbringen kann, um dem Ganzen – mit etwas Namedropping verbunden – doch einen etwas intellektuelleren Touch zu verleihen: Die Grenzen zwischen Kunst, Philosophie und Wissenschaft sind fließend. Die Wahrheit darüber liegt im Auge eines in seine jeweilige Kultur eingebetteten Betrachters. Et cetera bla bla. Vielleicht kann ich da nachher wieder einen Bogen zum Ficken schlagen. Sex sells und Ficken kommt immer gut an. Mal schauen. Das Telefon klingelt:

„Bist du noch wach?“

„Ja.“

Ich würde gerne weitersprechen, aber in dem Moment öffnet sich mitten im Nichts des Raumes ein Fenster, aus dem die drei Weisen heraus grinsen. Sie rufen im Chor:

„Liebe! Licht! Leben! Liebe! Licht! Leben! Liebe! Licht! Leben!“ Dann lösen sie sich wieder auf.

„Hast du das eben gehört?“

„Was?“

„Ach, nicht so wichtig.“

„So langsam mache ich mir Sorgen um dich. Du arbeitest zu viel. Vielleicht solltest du mal etwas kürzer treten. Am besten rufst du sofort deine liebe kleine Freundin an, bittest sie zu dir her, ihr fickt bis morgen Mittag und dann geht´s dir gleich wieder viel besser. Du wirst sehen, das entspannt und erweitert obendrein das Bewusstsein.“

Ich ziehe am Joint. Wow, das Zeug haut echt rein!

„Aber ...“

„Keine Widerrede!"
Er legt auf. Ich will nicht ficken. Aber das kann ich nicht schreiben. Ficken kommt gut an, Nicht-Ficken interessiert keinen.
„Liebe! Licht! Leben!"
Wieder höre ich die Worte, doch nirgends im Zimmer ist einer der drei heiligen Typen zu entdecken. Ich suche die ganze Wohnung ab. Nichts. Ich bin alleine und die Worte kommen diesmal offensichtlich direkt aus meinem Kopf. Ich spreche und höre mit meinem Kopf, ohne den Umweg über die Stimme oder das Gehör zu nehmen. Es spricht aus mir. Ich gehe in die Küche, um ein Glas Wasser zu holen. Dann sind sie plötzlich wieder da. Sie stehen vor dem Schreibtisch und werfen ungläubige Blicke auf den Bildschirm. Einer der drei beginnt zu sprechen:
„Also so kann das ja mal gar nicht funktionieren."
„Wie meinen?"
„Ich meine: Wir drei haben jetzt alle so um die zweitausend Jahre hinter uns und ich sage dir, was du da schreibst, ist völliger Quatsch!!!"
„Ich wäre euch ja für Hilfe dankbar, aber geht´s vielleicht etwas genauer?"
„Hör´ mal zu, mein Junge. Mein Schwanz hat jetzt schon über tausend Mösen und fast genauso viele Ärsche von innen gesehen und glaube mir: Erleuchtung findest du in keiner noch so dunklen Höhle, selbst wenn die Lippen noch so mystisch orakeln."
„Aber was ist mit den ganzen spirituellen Sex-Techniken? Tantra? Kamasutra? Sadomasochismus? Soll das etwa alles nur Scharlatanerie sein?"
Ich blicke auf mein Bücherregal, wo ich in Kürze wohl wieder sehr viel Platz haben werde. Er antwortet:
„So ist es: Alles Lug und Trug!"
„Und was ist mit Drogen? Pilze, Hanf, Opium und all die ganzen Gaben von Mutter Natur?"
„Teufelszeug! Nicht mehr und nicht weniger. Geschaffen, um die Menschen zu blenden und zu verwirren. Luzifer ... "
Ich falle ihm ins Wort und vollende den Satz auf meine Weise:
„ ... bringt das Licht."

Er errötet. Ich habe einen wunden Punkt entdeckt und werde nicht mehr locker lassen:

„Sei ehrlich, alter Mann! Das Licht, das ihr bringen wollt, ist doch sicherlich keine alte Fackel oder gar eine Taschenlampe! Was verheimlichst du mir? Warum seid ihr überhaupt gekommen? Schließlich habe ich euch nicht gerufen."

Verlegen sieht er zu Boden und tritt von einem Fuß auf den anderen. Durch sein langes Gewandt hindurch kratzt er sich an seinem Gemächt, bevor er mir wie zur Versöhnung die Hand reichen will. Aus verständlichen Gründen weiche ich aus.

„Na schön, ich war eben nicht ganz aufrichtig zu dir."

„Nicht ganz aufrichtig – das scheint mir etwas untertrieben."

Er kratzt sich am kahlen Kopf. Dabei fällt mir auf, dass die beiden anderen keinerlei Interesse an uns zeigen. Stattdessen haben sie es sich mit einer großen Tüte vor meinem Rechner bequem gemacht und spielen Solitär. Er fährt fort:

„Eigentlich ist es ganz einfach: Wir sehen dir schon seit einigen Tagen aus unserer Paralleldimension über die Schultern und dein Artikel interessiert uns sehr. Du hast sehr gute Ansätze, mit denen du die Menschen vielleicht sogar überzeugen kannst. Die Macht deiner Worte ist nicht zu unterschätzen. Aber jeder noch so unscheinbare Dämon wird erkennen, dass das alles nur Kopfgeburten sind. Deine schlimmsten Drogenerfahrungen scheinen sich darauf zu beschränken, nach 20 Uhr noch eine Tasse Schwarztee zu trinken – immerhin ohne Milch! Natürlich sehe ich hier das ganze Dope herumliegen, aber nach dämonischen Maßstäben bist du ein Teetrinker. Sogar eher Kamille als Pfefferminz. Wir machen dir also ein Angebot: Du bekommst eine zeitlose Nacht mit drei Jungfrauen, drei erfahrenen Gespielinnen, unbegrenzt Drogen und darfst uns drei Fragen stellen, die wir dir nach bestem Wissen und Gewissen beantworten werden. Danach wirst du deinen Artikel schreiben können."

„Und was wollt ihr dafür?"

„Euch dabei zusehen, wie ihr´s treibt."

„Seid ihr die Typen aus der Bibel?"

Der Alte lächelt mitleidig, bevor er langsam den Kopf schüttelt.

„Wir kommen von viel weiter her."

„Macht ihr sowas öfter?"

„Leider nicht oft genug."

Die Nacht ist so verrückt, dass mir das Angebot noch das vernünftigste Ereignis zu sein scheint. Also willige ich ein, stelle meine erste Frage und vernehme die Antwort des Alten.

Und dann beginne ich zu schreiben. Ich schreibe und schreibe wie von Sinnen was mir in den Sinn kommt und dann verliere ich plötzlich die Besinnung, werde zu reiner, sinnlicher Wahrnehmung. (Die drei Alten spielen in vorfreudiger Erregung mit sich selbst, ich spiele mit Worten. Beides ist nicht völlig befriedigend.) Wie gelähmt, aber mit offenen Augen, liege ich auf meinem Bett und beobachte die Veränderungen, die im Zimmer vor sich gehen. Ich schwöre, es sind unglaubliche Dinge, aber das Unglaublichste: Meine Topfpflanzen verwandeln sich in jene bezaubernde Frauen, die der Alte mir eben noch versprochen hatte. Meine Lähmung verschwindet. Sie reichen mir Haschisch und Opium, das sie aus ihren Rippen ernten und mit jedem Mal, mit dem ich eine von ihnen erkenne, erkenne ich mehr. In ihren Augen brennt Wissen, ihre Mösen sind Höhlen, nach denen Platon sich gesehnt hätte und von ihren Lippen orakeln die geheimsten Mysterien. Ihre Körper sind mit kosmischer Energie benetzt, die sie auf mich übertragen. Ich sehe Licht am Ende des Tunnels.

Es ist eine sehr lange Nacht. Aber ich will die Einzelheiten für mich behalten. Klar, stimmt schon: Sex sells, Ficken kommt immer gut an und so weiter und so fort. Aber ich bin ein ernsthafter Philosoph, kein Schreiber von Wichsvorlagen!

Irgendwann stelle ich die zweite Frage und alles um mich herum wird schwarz. Ich bin allein.

Wir liegen nebeneinander im Bett. Mein Schädel dröhnt, aber ich fühle mich gut. Mein Körper ist entspannt und mein Bewusstsein scheint irgendwie erweitert. Als ich die Augen öffne sehe ich, dass sie mein Manuskript liest. Habe ich es inzwischen fertig geschrieben? Ist mir eine Pointe eingefallen? Was hat ihren Sinneswandel herbeigeführt? Wann ist sie zurückgekommen? Ihre Stimme ist so

verführerisch, selbst wenn sie Skepsis ausdrückt. Ich will sie augenblicklich ficken, aber sie hat vermeintlich Wichtigeres zu fragen:
„Glaubst du daran? Meinst du, das könnte stimmen?“
„Das ist mir eigentlich egal.“
„Glaubst du an irgendetwas?“
„Weiß nicht.“
„Du tust mir leid.“
Noch immer schwirren die Worte durch meinen Kopf: Liebe! Licht! Leben! Jetzt weiß ich es; ich bin der Lösung näher als dies jemals zuvor ein menschliches Wesen auch nur annähernd gewesen war. Ich muss den Dreien nur noch eine Frage stellen. Die dritte und letzte, die mir noch zusteht. Ich rufe in die Stille der Apartment-Nacht:
„Kommt zurück! Ihr heiligen Gnome, ich brauche eure Hilfe.“
Angestrengt lausche ich in die Dunkelheit, aber ich höre nichts außer dem Atmen der Frau neben mir und den sich entfernenden Hufschlägen der Kamele im Wüstensand meiner Imagination. Auf der Straße unter dem Fenster wird eine Katze angefahren. In den letzten Augenblicken ihres Sterbens ist sie zugleich tot und lebendig. Es liegt im Auge des Betrachters. Sie schreit in Angst und Schmerz. Ich schreie in Angst und Verzweiflung:
„Ihr Schweine! Ihr Schweine! Warum habt ihr mich verlassen?“
Dann ist es still. Und die Nacht ist immer jung.

Netzfundstücke I
Wer ist der Vater?

Kuriose Antworten aus Antragsformularen

Die folgenden Antworten sind alle von Frauen, die ein Formular für die Beantragung von Kindergeld in England ausgefüllt haben. Es geht um die Frage wer der Vater ihres Kindes ist.

01. Bezüglich der Identität des Vaters meiner Zwillinge: Kind A ist von Jim Munson. Ich bin unsicher über die Empfängnis von Kind B, aber ich glaube es passierte in derselben Nacht.

02. Ich bin mir unsicher wer der Vater ist. In der Nacht habe ich mich besoffen aus einem Fenster gelehnt um frische Luft zu schnappen, dabei wurde ich plötzlich von hinten genommen. Ich kann eine Liste der Männer zusenden, die auf der Party anwesend waren, wenn das hilft.

03. Ich weiß nicht wer der Mann meiner kleinen Tochter ist. Ich war auf einer Party in der 3600 Grand Avenue, wo ich ungeschützten Sex mit einem Mann hatte. Ich weiß nur noch, dass der Sex so gut war, dass ich in Ohnmacht gefallen bin. Wenn sie herausfinden wer dieser Mann war, könnten sie mir bitte die Telefonnummer zukommen lassen?

04. Ich weiß nicht wer der Vater ist. Er fährt einen BMW, der ein Loch von meinem Wagen hat, da wir einen Unfall hatten. Vielleicht können sie bei BMW Werkstätten rausbekommen, ob er den Schaden reparieren lies.

06. Ich kann ihnen nicht sagen, wer der Vater von Kind A ist. Er informierte mich darüber, dass dies seine Tarnung auffliegen lassen würde, was wirtschaftliche Schäden für ganz England bedeuten würde. Ich weiß nicht ob ich ihm oder ihnen glauben sollte. Bitte helfen sie mir.

07. Ich weiß nicht wer der Vater ist, da alle Soldaten gleich aussehen. Jedenfalls war er ein Royal Green Jacket.

08. Peter Smith ist der Vater des Kindes. Wenn sie ihn anschreiben, fragen sie bitte, was aus meinen AC/DC CD's geworden ist.

09. Nach dem Datum zu urteilen war meine Empfängnis im Euro Disney. Es scheint wirklich das Magic Kindom zu sein.

10. Ich kann mich nicht mehr an viel erinnern. Im Fernsehen lief eine Sendung über Eierkocher. Wäre ich nur daheim geblieben, anstelle zu der Party in 146 Miller Drive zu gehen, da wäre ich nun nicht schwanger.

11. Ich weiß es nicht mehr. Wenn sie eine Dose Bohnen essen, dann wissen sie doch auch nicht mehr von welcher sie Furzen mussten?!

Quellenangabe: Diese Texte sind auf den verschiedensten Internetseiten veröffentlicht.

Carlos von Kent

Florina, die Seepferdchen und der Sohn des Metzgers

Frostiger Winterwind fegte fisselnde Schleier aus Schnee durch die leeren Straßen von Winterhude. In den eisbeschlagenen Fenstern rund um den Schinkelplatz spiegelte sich mürrisch ein grauer Wintermorgen. Das schwarzhaarige Mädchen mit der feinen Stupsnase gähnte ausgiebig und rekelte sich wie eine schläfrige junge Katze. Sonntag! Wie schön. Und wie aufregend zugleich. Immer sonntags gehörte ihr die Wohnung, ihr ganz allein. Ein herrliches Gefühl von Freiheit und Unabhängigkeit kroch in ihre Gedanken. Aber aufstehen? Viel zu früh! Und viel zu kalt. Außerdem war sie noch unglaublich müde. In der vergangenen Woche hatte sie kaum ein Auge zugetan. Die Lustschreie ihrer Mutter, frischverliebt und ausgehungert nach Liebe, waren in schöner Regelmäßigkeit durch die Mauern der Mietwohnung gedrungen, die dünn waren und indiskret.

Draußen wurde das Schneetreiben immer dichter. Das verträumte Mädchen lächelte in sich hinein. Sie dachte daran, wie sie erst ge stern noch mit ihrer Mutter zusammen gebadet hatte. Wirkten sie nicht auf den ersten Blick wie zwei Schwestern? Die gleichen wildgelockten schwarzen Haare, die gleichen Augen, dunkel und feurig, die langen Beine, die schmale Taille und die geschwungenen Hüften. Auch die festen kleinen Brüste mit den kecken Zitzen, die vollen Lippen, selbst die buschigen Schamhaare, die gelockt waren wie bei Persianerkätzchen – alles hatte sie von ihrer Mutter. Wie schön ihre Mammi doch war! Prickelnder Stolz überkam sie, wenn sie gemeinsam durch die Stadt gingen. Denn nie wusste sie, wem die anerkennenden Blicke der Männer und die Pfiffe der Jungs eigentlich gelten sollten.

Aber warum, so fragte sie sich, hatte sich ihre doch so begehrenswerte Mammi ausgerechnet mit diesem Mann eingelassen? Er hieß Stanislav, wohnte ein Stockwerk unter ihnen, und er arbeitete als

Metzger im Schlachthof. Und so sah er auch aus, kantig, grob und ungehobelt. Schon von der Statur her passte er so ganz und gar nicht zu ihr, mit seinem massigen Körper, dem kahl rasierten Schädel und den tief liegenden Augen. Außerdem war er über zwanzig Jahre älter. Das Mädchen erschauderte. Sie stellte sich vor, wie der bullige Mann sich über den grazilen Körper ihrer Mutter hermachte und dabei stöhnte wie ein Eber im Stall.

Dennoch gönnte sie ihrer Mutter dieses Abenteuer. Schon viel zu lange war sie allein gewesen... Aber mehr als ein Abenteuer konnte es wohl doch nicht sein bei all diesen Gegensätzlichkeiten, dachte das morgenmüde Mädchen und gähnte noch einmal in die Kissen hinein. Irgendwie freute sie sich über die lautstarke, dampfende Sinnlichkeit, die des Nachts regelrecht durch die Mauern zu tropfen schien. Nur diese seltsamen, klatschenden Geräusche, die hatte sie sich lange Zeit nicht erklären können. Bis sie eines Tages zufällig das englische Fotomagazin im Kleiderschrank ihrer Mutter zwischen der Wäsche entdeckt hatte. Genau, das war es. „Happy Spanking" stand auf dem Titel und entsprechend waren die Fotos. Seitdem machte Florina sich ihre Gedanken, wenn sie wieder einmal diese Geräusche hörte. Ob Stanislav ihre Mammi wohl gerade übers Knie legte? Oder ob er seinen Gürtel auf ihre nackten Pobacken niedersausen ließ? Jedenfalls waren ihre Schreie hell und eindringlich, aber nicht unbedingt leidend, und Florina hatte absolut nicht den Eindruck, dass es ihrer Mammi ernsthaft wehtun würde. Unruhig wälzte sie sich von der einen Seite auf die andere. Zärtlichkeit... ja, Zärtlichkeit war es, was sie sich zuallererst von einem Mann erträumte. Aber andererseits... ihre Hand schob sich zielstrebig unter das Nachthemd. Kribbelnde Ungewissheit stieg in ihr hoch, als sie sich über ihren Bauch streichelte, und legte sich wie ein heißes Netz auf ihre Gedanken. Was wohl dort unten in dem Schlafzimmer vor sich gehen mochte, wenn sich ihre Mutter dem klobigen Metzger hingab? Ihre Finger teilten die geschwollene Kerbe zwischen den Beinen und fanden feuchte Klebrigkeit. Bald warf sie den Kopf hin und her und biss sich in die Hand. Manchmal wusste sie eben selber nicht, was sie eigentlich wollte. Sie seufzte und stellte sich vor, wie sie sich unter den drängenden Stößen eines hübschen jungen Lovers aufbäumte. Meist dachte sie dabei an Prominente aus Film und vom Fernsehen, oder auch an Idole aus dem Sport. Aber in letzter Zeit stellte sie sich immer häufiger vor, dass es Boris war. Seine blauen Augen, sein blonder Wuschelkopf, seine jungenhafte Art, all das faszinierte und erregte sie. Und wie die anderen Mädels hinter ihm her waren, wenn er vom Tennisplatz kam! Richtig eifersüchtig war sie dann. Aber er schien wohl eher die Braunhäutigen und Karamellfarbenen zu bevorzugen, so flüsterte man jedenfalls, wenngleich sie ihn immer nur allein sah. Aber ob Schokomädchen oder Tänzerin oder auch nicht, jedenfalls schmückte sie auch heute ihre Lieblingsphantasie mit allen Details, die ihr gerade zu Boris einfielen, freudig assistiert von ihren Fingern, deren zärtliche Zudringlichkeiten sie schließlich mit befreiten Jubelschreien hineinfallen ließen in wallendes Wohlgefühl. Dann streckte sie sich aus, von langen Zitterschauern ermattet, und schlief sofort ein.

Lange Zeit später erwachte sie erneut. Vor dem Fenster tanzten dichte Schneeflocken einen Reigen mit undurchschaubarer Choreografie. Da war doch etwas...? Ungläubig öffnete sie die Augen und richtete sich im Bett auf. Hatte nicht eben jemand ihren Namen gerufen? Wie seltsam, sie war doch an diesem verschneiten Sonntag allein in der Wohnung. Das Mädchen schüttelte den Kopf, beschloss, von Schmetterlingen zu träumen, von zwitschernden Vögeln und von dem Geruch von Sonnenmeer. Dann versank sie wieder in der wärmenden Daunenpracht.

Bald darauf hörte sie wieder ihren Namen.

"Florina! ...Florina! rief eine dünne Stimme.

Ein Vogel. Das konnte nur das Piepsen eines Vogels sein. Aber woher um Gottes Willen konnte ein Vogel ... Das Mädchen fuhr hoch, rieb sich die Augen und sah sich im Zimmer um. Kein Vogel weit und breit. Aber die Stimme, diese Stimme war immer noch da.

" Florina!...hier oben, Florina ...genau über dir."

Sie rieb sich die Augen. Richtig! An einer Kette aus Muscheln hing doch über ihr an der Wand seit ein paar Tagen das getrocknete Seepferdchen. Aber wieso...

"Ich bin`s, das Seepferdchen", wisperte die Stimme. "Ich heiße Kiri. Mein Körper ist erstarrt, weil ich dem Bann des grünen Gründels verfallen bin. Nur du, du kannst mich befreien, Florina. Du bist der erste Mensch, der mich hört. ... Hilf mir, und ich führe dich zum Lord der Träume. Er wird dir dafür etwas geben, das nur wenige Menschen besitzen: Die Freiheit der Träume. Was immer du zu träumen beschließt, es wird im Schlaf zu dir kommen."

Florina folgte den Anweisungen, welche die Stimme ihr jetzt gab. Sie wollte dem zarten Tierchen helfen. Außerdem war sie unglaublich neugierig, was nun passieren würde. Sie ging ins Badezimmer, ließ warmes Wasser in die Wanne laufen und setzte, genau nach seinen Anweisungen, den fingerlangen, starren Winzling hinein. Regungslos sank der getrocknete Körper bis auf den Boden der Wanne.

„Ich habe wohl doch nur geträumt", dachte sie, als sie ihr Nachthemd über den Kopf zog und es zu Boden gleiten ließ. Und wenn nicht? Wenn diese Stimme doch keine Einbildung war? „Na ja, ein bisschen verrückt war ich ja schon immer. Das habe ich wohl von meiner Mammi." Sie lächelte vor sich hin, als sie an ihre Mutter dachte und streichelte sich die Brüste. Aber dann riss sie sich von ihren Gedanken los und stieg vorsichtig hinein in die nasse Wärme, streckte sich genüsslich aus und schloss die Augen. Kurz darauf breitete sich perlendes Prickeln in ihrem Körper aus und jagte ihr kleine Wonneschauer über den Rücken. Sie seufzte tief und wohlig und atmete den Duft ein, den der Badezusatz aus Rosmarin verströmte, den sie auf dem Wochenmarkt am Goldbekufer gekauft hatte. Dort, wo im Frühling die kleinen Schrebergärten erblühten, die sich an den idyllischen Goldbekkanal schmiegten, wo sich dann

Rhododendron, Flieder und Goldregendüfte mit den Gerüchen von frischen Früchten, Bratwurst und Knoblauch mischten, und wo sich im Sommer die kleinen Ruderboote tummelten wie gutgelaunte Farbtupfer auf hitzespiegelndem Nass.

Aber bald wucherten ihre sonderbaren Gedanken durch den Kopf. Sie dachte an die bulligen Möhren, die nirgends dicker zu sein schienen als in dem Verkaufsstand des alten Moorbauern, und sie stellte sich den eleganten Spargel vor, den der Grieche mit dem feurigen Blick anbot, der sie immer halb auszog mit seinen Augen. Dazu gesellten sich Gedanken von ungekannten Empfindungen, die sie umfingen wie feuchte Glitzerketten im Abendnebel.

Nach einer Weile spürte sie ein sanftes Kitzeln an ihrem Bauch. Dann eine zappelnde Bewegung. `Das Seepferdchen`, schoss es ihr durch den Kopf. ‚Sollte es etwa' ... ungläubig öffnete sie die Augen und sah an sich hinunter. Tatsächlich! Das Seepferdchen – es lebte! Ganz munter schwamm es in der Wanne umher und fühlte sich ganz offensichtlich pudelwohl. Jetzt kitzelte der geringelte Schwanz an ihrem Bauchnabel.
"Wo willst du denn hin?", kicherte Florina.

"Ich will dir danken. Dafür, dass du mich errettet hast. Wenn du willst, führe ich dich nun zum Lord der Träume". Schließe einfach die Augen und folge mir."
Und ob Florina wollte. Mit amüsierter Spannung schloss sie die Augen. Was würde wohl geschehen? Erst einmal jedoch geschah eine ganze Weile gar nichts. Außer, dass sie wieder fürchterlich müde wurde. Aber dann erneut dieses Kitzeln an ihrem Bauch. Diesmal stieg es langsam höher. Immer höher, bis es die Ansätze ihrer Brüste erreicht hatte. Allmählich wurde das Kitzeln zu einem sonderbaren nassen Streicheln. Florina erbebte. Sie spürte die leichten Schauer einer Gänsehaut, die unaufhaltsam auf ihrer Nacktheit herumkrochen. Prickelnd und drängend bis zu den sanften Hügeln, dann hinauf zu den Spitzen, die sich langsam aufrichteten.

Dann begann der Tanz des Seepferdchens. Reibend und flatternd drängte es sich an die rosigen Knospen. Immer wieder schlug der weichgeschuppte Schwanz gegen die schwellenden dunklen Stifte. Florina stöhnte leise. Was geschah mit ihr? Allmählich begann sie die leichten Schläge zu genießen, sich sogar danach zu sehnen. Und schon bald merkte sie, dass sie die Berührungen des lüsternen Wasserkoboldes steuern konnte, indem sie sich streckte und ihren Oberkörper aus dem Wasser dehnte. Dann war das Seepferdchen machtlos und tänzelte lockend an der Taille herum. Wollte sie aber, dass dieses seltsame Wesen sie wieder berührte, ließ sie sich tiefer sinken und lieferte sich erneut seinem Liebestänzeln aus.

Nach einiger Zeit begann sie, die Kontrolle über das Geschehen zu verlieren. Kiri glitt an ihr herunter, strich an ihren Hüften entlang. Tänzelte eine Weile um ihren Bauchnabel herum, spielerisch und unaufdringlich. Schließlich tauchte es ganz und gar unter. War das Spiel zu Ende? Florina war enttäuscht. Wie schade! Gerade jetzt, wo sich die schönen Ströme so verdichtet hatten, dass sie glaubte, die Knospen würden ihr von den Brüsten springen vor Lust. Gerade jetzt, wo sich dieses köstliche Ziehen in ihrer Mitte bemerkbar machte. Enttäuschung stieg in ihr auf.

Es verging eine ganze Zeit, bis Florina erneut sanfte Liebkosungen spürte. Zuerst an ihren Kniekehlen, dann schlängelnd an den langen Schenkeln empor, bis sie in den dunklen Haaren ihrer Scham spielten, um dann aufzutauchen und sich gleich darauf wieder in das buschige Dreieck zu wühlen. Die blubbernden Blasen von Kiris Atemluft raubten ihr fast die Sinne. Keuchend warf sie sich auf die Seite, das Wasser schwappte über den Rand der Wanne. Das Wesen jedoch ließ nicht locker, tauchte wieder und wieder in das Delta, ließ dem Mädchen keine Ruhe, drangsalierte die schwellenden Schamlippen mit immer neuen Zudringlichkeiten.

Florina konnte sich kaum noch beherrschen. Das Ziehen zwischen ihren Beinen machte sie zur willenlosen Gespielin dieser märchengleichen Erscheinung. Ihre wilden Bewegungen wühlten das Wasser auf, es war ihr, als wenn warme, glatte Flammen empor krochen an ihrem schwellenden Fleisch. Weiter, immer höher, bis sie sich schlängelnd und peitschend an ihrer Lustperle vergnügten. Sie geißelten ihr empfindlichstes Teil mit raffinierten Schwanzschlägen, bis sie kreischend mit den Schenkeln schlug. Wie Meereswellen wogte das Wasser über den Wannenrand und kehlige Schreie prallten echohallend gegen die Wände.

Dann war Kiri verschwunden. Dafür wimmelte auf einmal die Wanne von schwanzschlagenden Wesen. Brüder und Schwestern von Kiri? Wer konnte das wissen. Es blieb Florina auch gar keine Zeit, darüber nachzudenken, denn plötzlich kamen sie von allen Seiten. Es mussten über ein Dutzend sein. Und sie waren längst nicht so sanft wie Kiri. Es war eine gierige Meute weich geschuppter, liebestrunkener Lüstlinge, die sich in rastloser Gier auf den Leib des Mädchens stürzten. Sie gönnten ihr keine Ruhe. Geißelten sie mit ihren Schwänzen. Überall und ohne Unterbrechung. Aufdringlich, rücksichtslos, und mit einer Raffinesse, die Florina ihre letzten Hemmungen vergessen ließ.

Wie herrlich gemein diese kleinen Biester waren! Immer, wenn das Verlangen in dem Mädchen hochstieg, zogen sie sich zurück,

fast wie auf ein geheimes Kommando. Aber sobald sich ihr Körper beruhigt hatte, fielen sie erneut über sie her. Am wildesten trieb es ein nahezu handgroßes Exemplar, offensichtlich der Anführer des Rudels. Seine peitschenden Schwanzschläge zwischen ihren Schenkeln brachten Florina zum Toben. In ungezügelter Leidenschaft warf sie sich in der Wanne hin und her, mit wühlenden Bewegungen, zappelnd wie ein Fisch in einem Netz aus purem Verlangen und Wollust.

Und dann, mit einem Mal, wurde die Wanne größer und größer. Florina konnte die Arme und die Beine ausbreiten. Langsam schmolzen die Wände, der Boden sank tiefer und immer tiefer, das ganze Badezimmer wurde zu einer riesigen Wanne, in der sie mit lusttrunkenen Schreien versank.

Das Klingeln an der Wohnungstür brachte sie in die Realität zurück. Eilig stieg sie aus der Wanne und hastete zur Tür, öffnete sie, noch halb geistesabwesend und mit zitternden Knien. Sie erblickte die Gestalt eines jungen Mannes. Es war Boris.

"Hi Nachbarin! Ey, was ist denn bloß los bei euch? Das Wasser tropft unten schon durch die Decke. Mein Vater ist auf Hundertachtzig. Sei froh, dass er nicht selber hochkommt."

Florina konnte nicht antworten. Sie fühlte sich, als hätte sie Bleischuhe an, die sie in einen Ozean aus Schamgefühl hinunterzogen. Da stand sie nun, tropfnass und nackt. Und sie zitterte am ganzen Körper. War es die Kälte vom Flur? War es das Nachbeben der Gefühle, die sie in der Wanne einfach weggerissen hatten in die Welt ihrer dunklen Phantasien? Sie hatte den Eindruck, als wenn jeder auf den ersten Blick erkennen musste, was sie gerade getrieben hatte. Und trotzdem musste sie gerade jetzt an den Lord der Träume denken! Kiri hatte ihr doch zugeflüstert, dass sie zum Dank für ihre Befreiung all das wahr werden würde, was sie sich in ihren Träumen ersann. Galt das auch für ihre verbotenen Phantasien? ...Jetzt erst wurde ihr klar, dass sie völlig nackt war. Nackt und schutzlos den Blicken des jungen Mannes ausliefert, den sie schon so oft in ihre Phantasien hineingezogen hatte. Was, wenn er es seinem Vater erzählen würde? Ausgerechnet Stanislav! Oder gar ihrer Mammi...?

Auch Boris wirkte jetzt wie gelähmt. Nur seine Augen nicht, diese großen, blauen Augen mit denen er geradezu körperlich Besitz von ihr zu ergreifen schien. Schließlich verfing sich sein Blick in ihrem Schamhaar. Und was er dann sagte, war so ungeheuerlich, dass ihr das Blut ins Gesicht schoss. Sie spürte, dass ihre Wangen brannten wie nach einer Ohrfeige. Sie konnte seine Worte nicht gleich verarbeiten, sie stürzten sie weit mehr noch als das frivole Spiel mit den Seepferdchen in Verwirrung. Während das Blut in ihrem Kopf pochte, und gleichzeitig in ihrer Scham, stand sie einfach nur da, ohne Regung, während ein Nebel gegensätzlicher Gefühle durch ihren Körper kroch. Noch einmal hallten seine Worte in ihr nach:

„Hey, du Schnalle. Bist ja richtig obercool gebaut. ... und das Bärchen – original gelockt wie bei deiner Mutter".

Er schloss die Wohnungstür, trat auf sie zu, löste den Ledergürtel von seinem Hosenbund und legte ihn zusammen. Langsam und wie in Trance, die Hände nun notdürftig schützend vor ihrem Geschlecht, wich Florina vor ihm zurück.

Bleib stehen und dreh dich um!
Florina bemerkte, dass ihre Flanken zitterten. Als sie seine Anweisung befolgt hatte, durchfurchten sie neue Schamgefühle: Sie stand vor dem großen hohen Spiegel an der Flurgarderobe! Nun war sie seinen Blicken von vorne und von hinten ausgeliefert!

Aber der überraschende Besucher wollte noch mehr.
„Und jetzt die Hände hinter den Kopf!"
Und während sie ihn, den Lederriemen in der Hand, im Spiegel auf sie zukommen sah, vermischten sich die Worte des Seepferdchens in ihren Ohren mit einem hellen Sirren: „Was immer du zu träumen beschließt, es wird im Schlaf zu dir kommen."
Oh, Mami... dachte sie. Blitzartig schossen ihr die Szenen durch den Kopf, wie sie das Magazin zwischen der Wäsche ihrer Mutter gefunden hatte und was sie erlauscht hatte, als sie unten bei diesem Stanislav war. Stanislav? Zweifel stiegen in ihr auf. Aber sie konnte den Gedanken nicht mehr zu Ende führen.

„Na, dann wolln wir doch mal sehn, ob du noch mehr Gemeinsamkeiten mit deiner Mutter hast..."

Dann hörte sie das klatschende Geräusch, als der Sohn des Metzgers mit den Ledergürtel, als wolle er ihn prüfen, mehrfach auf die Innenseite seiner Handfläche schlug.

Skorpion

Heimlich

Er konnte es nicht erwarten. Sehnsucht. Nach ihr. Bald würde sie kommen, er wusste es. Seit Wochen schon trafen sie sich regelmäßig. Heimlich. Der Sommer war etwas Wundervolles – so viele Ecken boten ein lauschiges Plätzchen. Es war so einfach.

Ein Zittern ging durch seinen Körper. Oh Gott, er war verrückt nach ihr. Schon an ihrem Gang erkannte er sie. Eine zierliche Gestalt, so wunderschön. Ihre langen schwarzen Haare flatterten sanft im Wind. Sie kam immer näher. Er glaubte, ihren Duft schon riechen zu können. So beschwingt, so voller Vorfreude. Jetzt winkte sie, strahlte übers ganze Gesicht. Ihm ging das Herz über. Nie hatte er eine Frau so geliebt, begehrt. Und es war nicht nur Lust. Sie brachte eine Saite in ihm zum Klingen. Durch sie hatte er wieder erfahren, was es bedeutete zu leben. *SIE*. Der schönste Grund zu leben – raus aus seinen Depressionen. Er konnte sich gar nicht satt sehen.

Nur noch wenige Meter, sie war fast da. Sein Herz schlug schneller, es raste in seiner Brust. Er musste grinsen wie ein Idiot. Aber sie – sie lächelte, ein zauberhaftes Lächeln. Ihre Augen waren so wach, so sprühend, so voller Leben. Für einen Blick in diese Augen würde er alles tun...

Endlich. Sie war da. Bei ihm. Lachte, hell und klar. Ihre Umarmung, voller Liebe, Hingabe, Leidenschaft. Sekundenlang sah sie ihm in die Augen, wortlos.

Allein ihr Blick bewirkte, dass ihm das Blut in die Lenden schoss. Ein wenig verschwörerisch sah sie sich um, ob sie auch keiner beobachtete. Ein gefährliches Spiel, welches sie da spielten. Sie führten beide auch noch ein anderes Leben, waren nicht frei. Doch sie befreiten sich regelmäßig aus diesen Zwängen. Es war so unfair.

Eine andere Zeit, vielleicht ein anderer Ort... es hätte um so vieles leichter sein können. Doch er würde es ertragen. Ihretwegen. Für sie würde er alles tun. Wenn sie nur ihm allein gehören könnte. Konnte man jemandem gehören? Er wollte es so gerne.

Weg mit diesen Gedanken. Nicht jetzt. Sie war hier – und nur das zählte.

Und nun würden sie zu ihrem „Versteck" gehen. Durch Zufall hatte er den Platz entdeckt. Im Rhododendren-Park. Dort gab es ein riesiges Labyrinth – und einen kleinen Geheimgang. Er war sehr schwer zu finden. Doch dahinter verbarg sich ein schöner Platz. Nicht besonders groß, aber herrlich romantisch. Dorthin gingen sie auch jetzt. Es war ihr Platz, schon seit so vielen Wochen.

Vorsichtshalber liefen sie nur nebeneinander her, keine Berührung der Hände, kein in den Arm nehmen. Aber Blicke, immer wieder Blicke.

Erst als sie an ihrem geheimnisvollen Ort angelangt waren, schmiegten sie ihre Körper aneinander. Sie wirkte so weich in seinen Armen, so voller Hingabe. Sein Atem ging schneller. Diese Schönheit. Für ihn war sie perfekt, seine Traumfrau. Sein Verlangen nach ihr wurde von Mal zu Mal größer. Je öfter sie sich ihm hingab, desto mehr wollte er sie.

Ob sie sich ihrer Ausstrahlung bewusst war? Oh ja, sie musste es wissen. Wie sonst könnte sie so kokettieren, so mit ihren Reizen spielen, locken, ihn verführen? Genau wie jetzt. Wo sie sich wenige Schritte von ihm entfernte, sich lasziv in den Hüften wiegte und langsam - ganz langsam – begann, sich auszuziehen. Jetzt, in diesem Moment, als sie ihr Shirt über den Kopf zog und ihre vollen Brüste so einladend nach einer Berührung verlangten, wo er Mühe hatte, bei sich zu bleiben. Noch nicht. Nein, noch würde er sie nicht nehmen. Er wollte warten. Obwohl es schmerzhaft in seinen Hoden zog, sein Schwanz lüstern pochte und immer noch ein Stückchen mehr zu wachsen schien.

Beinahe verlor er dennoch die Beherrschung, als sie sich umdrehte und ihren nackten Hintern entblößte. Zentimeter für Zentimeter schob sie den dünnen Stoff ihrer weißen Hose herunter. Er hielt die

Luft an als sie sich bückte, mit durchgedrückten Knien, um sich von dem Kleidungsstück zu befreien.
Ihre Vulva glänzte in der Sonne. Er konnte die Feuchtigkeit zwischen ihren geschwollenen Lippen schimmern sehen. Ein winziger Streifen, der so viel verriet. Ihre Lust preisgab. In diesem Augenblick hätte er sie so gerne an der Taille gepackt und seinen Stab mit einem gewaltigen Stoß tief in ihr versenkt.
Aber nein. Auch sie würde noch warten müssen. Sollte sie sich ruhig seinen Liebkosungen hingeben. Später. Später würde er sich nehmen, was er so sehr wollte.

Und sie? Sie wand sich unter seinen forschenden Händen, stöhnte lustvoll, als er sich mit seiner Zunge langsam ihrem Dreieck näherte. Er würde ihr einen erlösenden Orgasmus schenken, sie mit seiner Zunge so lange verwöhnen, bis sie vor Lust zerfloss – bis es heiß und wild aus ihr heraus strömte.

Diesen Moment passte er ab. Als ihr Stöhnen lauter wurde, sich steigerte. Er wusste, sie würde gleich schreien. Jetzt. Jetzt löste er sich aus seinem Versteck. So viele Wochen hatte er dem Treiben der Beiden zugesehen. Seiner Frau, dieser Hure, diesem Miststück. Seiner Liebe. Er kannte ihren Rhythmus.

Er kommt schnell näher. Noch drei Schritte... zwei... noch einer... Ihr Schrei. Sie reißt die Augen auf. Lust. Angst. Panik. Jetzt wird er sich nehmen, was er will, was ihm gehört. Er holt weit aus und - sticht zu, sieht ihre Augen brechen.

Jetzt gehört sie mir, mir ganz allein. Niemand wird sie mir mehr wegnehmen.

Amelié de Lyn
Romantisch

Ich stehe im Verruf, gewisse Perversionen auszuleben. Das kommt vielleicht daher, weil ich nie ein Blatt vor den Mund nehme und offen ausspreche, was ich denke, mir vorstelle, oder wünschen würde; dass ich Geschichten erzähle, so wie sie sich zugetragen haben, ohne etwas dazu zu dichten, oder auszulassen, weil es mir etwa peinlich wäre. Nein, peinlich ist es mir nicht, ganz im Gegenteil – ich bin stolz auf meine Abenteuer, ich habe nichts zu verbergen, und ich stehe zu meinen abwegigen, manchmal unerwarteten Gelüsten. (Wer meine anderen Erzählungen kennt, weiß, wovon ich rede.) Diejenigen, die den Kopf schütteln über meine geschilderten Ausbrüche, sind meistens sexuell sehr unbefriedigte Leute, deren Zurückhaltung zu explodieren droht, weil sie voll sind mit Bildern, Phantasien, Vorstellungen von den abstrusesten Momentaufnahmen und Fetischs. Versteckt, nie nach Außen getragen, nie auch nur erwähnt, und schon gar nicht ausgelebt. Das ist in meinen Augen nicht nur ungesund, sondern auch unmoralisch gegenüber dem eignen Ich, selbst wenn diese Menschen vielleicht gerade der Moral wegen ihre versteckten Persönlichkeiten nicht zulassen wollen. Aus diesem Grunde habe ich mir nicht nur angewöhnt, mit aller Leidenschaft all meinen inneren Lüsten nachzugehen, sondern auch, sie zu erzählen und weiterzugeben, damit sie vielleicht dem Einen oder Anderen Ansporn und Inspiration sein können.

Das allerdings brachte mich in Verruf. Nun repräsentiere ich das Image einer sex-geilen, keine Grenzen kennenden Frau, der es nur daran gelegen ist, ihre Phantasien bis ins Detail auf die Wirklichkeit zu projizieren, immer verrückter, immer härter, immer perverser zu sein und sich selbst in jedem Akt noch zu übertreffen. Aber so ist es nicht. Ich bin ein großer Anhänger der Romantik, und wie jede Frau liebe ich es, bei Kerzenschein, leiser Musik und zärtlichen Berührungen sachte zum Höhepunkt geführt zu werden. Ebenso wie die abgedrehte, nur einem Zwecke dienende Vögelei, genieße ich Liebesspielchen vor dem Kamin, oder im frisch bezogenen Federbett, Sonntag morgens.

Ich möchte dem Vorurteil, ich hätte einen gewissen Hang zur Perversion, eine Geschichte entgegensetzen, die durchaus deutlich machen wird, dass ich auch anders kann, dass ich auch der Zärtlichkeit nicht abgeneigt bin und, wie das weibliche Geschlecht im Allgemeinen, romantisch-sensibel veranlagt.

In einem Café lernte ich diesen netten jungen Mann kennen, mit dem ich mich auf Anhieb gut verstand und unterhalten konnte, mit dem ich mich einige Male zu einem Spaziergang und auf einen Kinobesuch verabredete und den ich hin und wieder küsste, ohne dass wir jedoch, über eine Berührung unserer Zungenspitzen hinaus, intimer wurden. Er wäre gelogen, wenn ich behaupten würde, dass ich nicht daran dachte und nicht gerne einmal meine Hand zwischen seine Beine hätte gleiten lassen wollen, um die ungefähre Größe seines Schwanzes schätzen zu können. So manche Nacht nach unseren Treffen - die immer nur in einem ausgiebigen Zungenkuss vor meiner Wohnungstür endeten, bei dem es mir heiß und kalt den Rücken herunterlief – verbrachte ich damit, mir vorzustellen, wie er wohl riecht und schmeckt und wie wohl seine Stimme klingt, wenn er stöhnt. Aber ich wollte uns Zeit geben und nichts überstürzen, ich wollte es langsam angehen lassen, denn es kam mir so vor, als sei ihm sehr viel daran gelegen, dass wir langsam, zärtlich und liebevoll miteinander umgehen. Natürlich machte das einen sehr guten Eindruck auf mich, da er bewies, dass nicht nur der nackte Sex anzustreben ist, sondern dass sein Empfindungsvermögen weit über einen one-night-stand, ein schnelles, wildes Ficken hinausging.

Eines Tages, wir hatten uns nach einem ausgiebigen Waldspaziergang auf einer Lichtung niedergelassen, lagen wir nebeneinander auf einer kleinen Decke und ordneten den Wolkenformationen verschiedene Tiere zu, da spürte ich seine Hand auf meinem Oberschenkel und alsbald auch seinen Mund an meinem Hals. Er küsste mich sacht im Genick, ließ seine Zungenspitze über meinen Kieferknochen gleiten und hauchte mir, fast wie zufällig, seinen warmen Atem in mein Ohr. Mein ganzer Körper fing an zu beben, ich bog mich unter seinen Berührungen und konnte ein leises Stöhnen nicht mehr unterdrücken. Langsam schob ich meine Hand unter sein Hemd, ließ die Fingernägel leicht auf seinem Brustkorb spielen und spürte, wie sich sein hartes Glied an meine Hüfte presste. Als er meine Bluse aufknöpfte, sprang mein Busen ins Freie und stand fest und aufrecht wie zwei Hügel vor ihm. Mit der flachen Hand strich er über meine Brüste, deren Knospen hart waren und abstanden, als befiehlten sie ihm, an ihnen zu saugen. Er aber küsste sie sanft, ließ seine Zungenspitze über meine Nippel gleiten und umkreiste sie, bis ich am ganzen Körper zu zittern begann.

(Mein Becken hob sich, meine Muschi schrie, schmatzte, wollte geleckt, wollte umzüngelt, wollte gebissen werden und ich wünschte mir im Geheimen, er würde meinen Busen kneten, seine Latte dazwischen stecken und sie mit meinen Rundungen massieren, ich wünschte, er würde meinen Rock heben, das Höschen runter reißen und seinen gigantischen Schwengel in mein Loch schieben, so weit, dass sein Sack ein Stück weit mit hinein gleitet.)

Es war sehr romantisch. Der schöne Mann, *(an dessen Oberkörper ich mich reiben wollte, bis er über und über mit Saft bedeckt war)* fuhr seine Fingerspitzen über meine Haut, an meinen Beinen entlang, unter den Rock, bis zum Ansatz meines Dreiecks und malte mit dem Daumen kleine Kreise auf meine Unterwäsche.

(Ich hielt es nicht länger aus, ich wollte seine Zunge an meiner Muschi spüren, ich wollte, dass er mich ausleckt wie eine Auster und stellte mir vor, wie ich ihn seiner Hose entledigte und mit einer Hand seinen Keil umschloss, mit der anderen seine Hoden knetete, bis auch er stöhnte und zu beben begann. Ich malte mir aus, wie ich mir das Höschen herunter streifte und mich über ihn hockte, sodass meine kleine nasse Votze direkt über seinem Gesicht schwebte, während ich mit feuchten Lippen seinen Schwanz umschloss und solange daran leckte und sog, bis ich erste Tropfen seiner Lust auf meiner Zunge spürte. Ich stelle mir vor, wie es schmecken würde. Ich malte mir aus, wie es dann seinen pumpenden Stock in meine Höhle schob, nein stieß, bis ich aufschrie und seine Spitze an meine Gebärmutter klopfen spürte.)

Er ließ nun seinen Zeigefinger unter mein Höschen gleiten, langsam und vorsichtig strich er wie ein Windhauch über meine geschwollenen Lippen, während seine Zunge noch immer meine Nippel liebkoste. Meine Atmung ging schnell und es war, als würde ich ohnmächtig werden, weil ich soviel Geilheit nicht ertragen konnte.

(Ich wollte sein hartes, abstehendes Schwert vor Augen haben, ich wollte die rosa Spitze sehen und wie sie glänzte, weil Sperma schon an ihr herabfloss, ich wollte sie mit meinen Zähnen umschließen und ein Ungeheuer machen aus diesem zahmen Tier, ich wollte, dass er zum Stier wird und gegen mein rotes Tuch rennt, gegen meine Wand aus geschwollenen Blutkörperchen. Ich wollte, dass er sein Schwert wieder und wieder in meinen dafür vorgesehenen Eingang rammt, ich wollte, dass er es mir so sehr besorgt, dass die Wolken keine Wolken mehr sind, sondern Götter, die uns lechzend zusehen.)

Schließlich streifte er meine Wäsche ab und bahnte sich mit seinen Lippen einen Weg zu meiner Vagina, um sie mit kleinen Küssen zu bedecken.

(Es kam mir vor, als hätte ich eine fleischfressende Pflanze zwischen den Beinen, meine Pussy schien sich verwandelt zu haben und ein eigenständiges Leben zu führen, ja mir war, als wären auf einmal die Rollen vertauscht, als sei sie der Mund, als würde sie die Zunge umschließen, an ihr saugen, sie aufnehmen, und laut dabei schmatzen. Meine Schnecke schien sich nach außen zu stülpen, sabberte, rülpste, war einer Bestie gleich, die, vollkommen ausgehungert, darauf wartete, etwas fressen zu können.)

Seine Zungenspitze schnippte leicht gegen meine Klitoris, die bereits so weit ins Freie stach, dass sie nicht hätte verfehlt werden können und ich war an diesem Punkt so außer mir, dass ich tatsächlich schrie, aufsprang, den Mann, der noch immer zwischen meinen Beinen hockte, auf den Rücken legte und mich mit einer gekonnten Bewegung auf sein Gerät setzte, welches ich dann mit kreisenden Hüftbewegungen zu provozieren vermochte.

(Dabei stellte ich mir vor, wie mein Schrei vielleicht andere Wanderer angelockt haben könnte und wie diese jetzt in den Büschen hocken und uns zuschauen, sich dabei einen runterholen, oder es selbst päärchenweise in der Hündchenstellung treiben, um uns weiter anstarren zu können.)

Dieser Gedanke entfachte ein so starkes Feuer in mir, dass all meine Muskeln sich verkrampften und mir ein Stöhnen aus der Kehle glitt, wie ich es lange nicht von mir gegeben habe. Ich hüpfte auf und nieder, wobei mein Busen wippte und meine Haare flatterten, und auch der Mann schien seinem Samenerguss sehr nahe zu sein. Als ich dann noch meine Hand an seine Hoden legte und sie leicht gegen mein Arschloch drückte, konnte wir beide uns nicht mehr zurückhalten und es überkam uns ein Orgasmus, der von so viel Zittern, Beben und Schreien begleitet war, dass unsere Körper anschließend wie taub in sich zusammen sackten.

An diesem Tag hatte ich mir bewiesen, dass ich auch anders kann, dass ich auch romantisch bin und auf einer Decke unter freiem Himmel Liebe mache, dass ich Zärtlichkeiten zu schätzen weiß und sanfte Berührungen genieße und dass meine Liebesabenteuer nicht immer in abstrusen Situationen enden müssen.
Dass mir manchmal auch einfach nach Blümchensex gelüstet.

Frank Sandmann

Du alte geile Ledersau

23.30 Uhr. Um 6.30 Uhr klingelt der Wecker. Ich bin allein in 30 qm in der Provinz, mit Küchenzeile neben dem Bett. Es ist kalt und dunkel. Der Laptop glüht in dieser Kahlheit. Das Internet brennt vor mir mit Chattereien.

„Hi – wie geht's, wie steht's? – Meiner ist schon ganz hart und vorn glitscht es saftig!" Ich will, dass das geil ist, bin allein. Wochenendbeziehung. Auf dem Bettrand auf Kniehöhe habe ich ihn in der Hand – ganz wirklich und spritzen wollend. Was anderes kann ich gerade nicht – will mich weg wichsen von der provinziellen Abgeschiedenheit. Jetzt bin ich drin im Thema: Sex – C6 – so richtig pervers und tabulos „Ich stehe auf wichsen, blasen und lecken." Ist mal was ganz ausgefallenes. Sexlyrik. Einer will auf 10 runter zählen und dann mit mir bei Null: „Jaaaaaaaaaaaaaaaaaaaaaaaa!" schreiben. Kann er haben – mache ich mit, aber ich komme nicht, sondern gehe nach dem üblichen „cu".

Strom aus – Auto an.

Es gibt da eine Stelle in dieser verdammten Scheißdreck-Provinz-Nöhl—EX-DDR. Eine Stelle, die eher eine Ecke ist. Eher ein Spielplatz. Ein ganzes Bundesland und ein einziger Spielplatz, wo sich fickwillige Ehemänner treffen – mit Schwulen, die ihnen den Arsch durchorgeln oder richtig hart einen wichsen.

Zwischen Plattenbauten laufen wir im Kreis – immer um den Sandkasten herum. Ich sehe einen, der akzeptabel ist. Muss akzeptabel sein, er ist der Einzige. Wir tun so, als gäbe es noch was zu überlegen oder abzuwarten. Er läuft an mir vorbei, ich rauche teilnahmslos. Er guckt mich mit diesem Cruising-Blick an, als könnte er sich das leisten, der Enrico oder Rocco oder wie er heißt. Ich bin ein Arschloch. Mario kommt auf mich zu, hat eine Kunstlederhose an, macht auf hart, greift mich fest am Hosenbund, dreht ihn ein wenig in seiner Faust. Dann kommt, was kommen muss: er redet.

„Bist de ooch sö ne alte gaile Lädohrsau!" Nun ja, ich trage Jeans - was ne „Lädohrsau" in seiner Vorstellung ist, kann ich nur ahnen. Mit Sicherheit fährt er regelmäßig nach Köln, Berlin oder Leipzig in eine Kneipe, wo man mit Fachwörtern kommuniziert. Scat, Bottom, Top, Rimming, PP, Siff, Sneaker, Fisten und so. Macht der sicher auch, aber nur wenn die neue Celine Dion dazu schreit – die ist ja jetzt mehr uptempo. Ich spiele das Spiel ein bisschen mit und greife ihn mit der Hand hart im Nacken und schlage ihm auf die Brust. „Du alte, geile Lädohrsau!" sagt er noch tabuloser. Ich hoffe auf Entschädigung für diesen Sextalk, suche nach einem großen Glied. Lasse von ihm ab und ihn stehen. Er glaubt an ein Spiel, guckt weiter sexy ledrig. Er guckt wahrscheinlich heute noch so und denkt sich irgendwann: „Was war denn das für eine alte blöde Lädohrsau!" Ich fahre nach Hause und sitze vor dem PC, will endlich den kleinen Tod in meinen Händen. Er wird nicht hart, aber willig und so mache ich kreisende Bewegungen auf der Eichel mit Spucke, bis es aus mir raus läuft. Geschafft. Ich will hier weg, ich „alte geile Lädohrsau!"

Ralf Thomas

Der zweite Frühling

Es war Frühling, mitten im April. Die Menschen lechzten nach Sonne und Wärme, strömten aus ihren Häusern und Wohnungen, in denen sie den ganzen Winter gefangen waren. Fröhliche Kinder tollten aufgeregt auf den Wegen und Wiesen herum.

Malte trottete am Seeufer entlang. Die Promenade war letztes Jahr frisch renoviert worden. Unzählige Bänke luden zum Verweilen ein. Die meisten waren besetzt. Entweder von meist älteren Damen und Herren, die ihren Sonntagspaziergang unterbrochen hatten, oder von zumeist jungen Päarchen, die dicht beieinander saßen, so, als ob sie sich trotz der Frühlingssonne noch gegenseitig wärmen müssten.

Bis letztes Jahr hatte Malte noch wehmütig reagiert, wenn er an zwei frisch Verliebten vorbei kam. Hatte weg gesehen, wenn sie sich engumschlungen küssten. Denn dann war die Sehnsucht nach einem liebevollen Menschen an seiner Seite einfach zu groß. Seine Ehe war vor 3 Jahren in die Brüche gegangen. Sie hatten sich auseinander gelebt, sich gegenseitig nichts mehr zu sagen.

Es dauerte lange, bis er sich in dieser neuen Situation zurecht gefunden hatte - an das Alleinsein konnte er sich lange nicht gewöhnen. Auch war es gar nicht so einfach für ihn, auf das andere Geschlecht zu zugehen. Erstens war er schon Ende vierzig und zweitens überhaupt nicht der Typ, der sich bei irgendwelchen Treffpunkten und Veranstaltungen herumtrieb oder auf After-Work-Parties und in Discos auf Fleischbeschau ging. Außerdem konnte er auch gar nicht Tanzen. Also schrieb er auf diverse Bekanntschaftsanzeigen in der Sonntagszeitung. Ließ sich dafür sogar beim Fotografen ein Bild machen. Aber seine Briefe blieben sämtlich unbeantwortet.

Doch jetzt, in diesem Frühling, war das alles anders. Malte kam mittlerweile sehr gut allein zurecht. Er hatte im Herbst einen Kochkurs belegt, konnte nun problemlos mit der Waschmaschine umgehen und seine Hemden faltenfrei bügeln. Er hatte sich von dem inneren Zwang befreit, eine neue Partnerin finden zu müssen. Wenn er irgendwann ein passendes Gegenstück finden sollte – o.k. Und wenn nicht, dann würde er eben alleine bleiben.

Malte sog die frische Luft, die vom See leicht herüber wehte, tief in seine Lungen. Lehnte sich an den Mast mit dem Rettungsring und ließ seinen Blick über das sanft gekräuselte Wasser schweifen. Ein paar Segelboote waren schon unterwegs, brachten kleine, bunte Farbtupfer auf den hellblauen Untergrund. Er schaute zum wiederholten Male auf die Uhr. Es war kurz vor drei. Er war sichtlich aufgeregt, denn gleich würde er SIE wieder sehen. Noch gestern früh hätte er im Traum nicht daran gedacht, heute eine Verabredung mit dieser außergewöhnlichen Frau zu haben.

Malte war zum 50. Geburtstag seines Nachbarn Harald eingeladen. Und da hatte er SIE getroffen - im wahrsten Sinne des Wortes. Er war stets hilfsbereit und so war es auch keine Frage, dass er schon am Mittag ins Vereinsheim des Ruderklubs kam, um bei diversen Aufbauarbeiten mitzuwirken. Schließlich öffnete er die Sektflaschen, um die Bowle anzusetzen.
„Wo kommen die Gläser hin?" fragte plötzlich eine ihm unbekannte, weibliche Stimme schräg hinter ihm.
„Oh, bitte gleich hier", erwiderte er.
Malte drehte sich um und zeigte auf den Tisch. Dabei hatte er dummerweise den Korken losgelassen - und der schoss genau in diesem Augenblick aus der Flasche, traf SIE am Backenknochen, nur knapp unter ihrem linken Auge. SIE hatte zum Glück das Tablett schon abgestellt, sonst hätte es Scherben gegeben. Malte hätte in Grund und Boden versinken können, so peinlich war ihm das.

Natürlich war sein Missgeschick von allen Anwesenden sofort bemerkt worden.
„Immer diese Junggesellen", lachte Harald trocken.

SIE hielt sich die Backe, es tat ihr sichtlich weh.
„Entschuldigen Sie bitte vielmals“, stammelte Malte verlegen.
Schnell griff er in den Kübel, in dem sich schon ein paar Eiswürfel befanden. Er fischte einen davon heraus, wickelte ihn in eine Serviette und hielt ihn vorsichtig gegen die sich rötende Stelle.
„Ich weiß gar nicht, wie... äh, was... äh, ...“, suchte er verzweifelt nach den passenden Worten.
„Es ist halb so schlimm“, wollte sie ihn beruhigen, „ist gleich wieder in Ordnung.“
„Das hätte ins Auge gehen können“, war er weiter untröstlich.

Der Eiswürfel kühlte angenehm, Malte hielt ihn immer noch an ihr Gesicht, bemerkte aber nicht, daß die anderen Finger seiner Hand sanft ihre Wange berührte. Aber SIE spürte es.
„Sie können es ja heute Abend wieder gut machen“, lächelte sie ihn an.
Malte schaute fragend, verstand nicht ganz.
„Sie gewähren mir den ersten Tanz“, erklärte sie ihrem verdutzten Gegenüber.
„Daraus wird nichts“, unterbrach sie Harald kurzerhand, „erstens gehört der Eröffnungstanz deinem Bruder und zweitens kann
Malte gar nicht tanzen!“

Malte hätte abermals in den Boden versinken können. Ausgerechnet Haralds Schwester!
„Malte? Ein eher ungewöhnlicher Name für die Gegend hier“, lenkte SIE das Gespräch in eine andere Richtung.
„Ja, ich komme eigentlich aus Hamburg“, nahm er es dankbar auf.
„Und Sie? Darf ich fragen, wem ich fast ins Auge getroffen habe?“
„Miriam. Miriam Goldbaeck.“
Sie lächelte ihn an, reichte ihm die Hand. Malte nahm den Eiswürfel von ihrem Gesicht und ihre Handflächen griffen ineinander.
„Sie haben einen kräftigen Händedruck“, stellte sie fest.
„Das zeugt von Tatkraft.“
Ihre Stimme veränderte sich beim leicht bei diesem Satz.

„Äh, ja. Das ist ein guter Punkt. Ich werde mich mal wieder nützlich machen, ich halte sonst hier alles auf."
Malte schnappte sich die nächste Flasche und Miriam kümmerte sich um die weitere Dekoration des Raumes. Nach einer guten Stunde war alles soweit fertig, den Rest würde der Party-Service später bringen.

„Tut es noch sehr weh?" erkundigte er sich noch bei ihr, als sie zusammen das Vereinslokal verließen.
„Nein, überhaupt nicht. Aber zur Strafe müssen Sie heute Abend mit mir tanzen", zwinkerte sie ihm zu, „bis nachher."
Dann stieg sie zu ihrem Bruder ins Auto und entschwand seinen Blicken. Malte dachte sich noch nichts weiter dabei. Aber er freute sich doch irgendwie auf den Abend. Er stieg ebenfalls in seinen Wagen und fuhr nach Hause. Er rasierte sich ein zweites Mal an diesem Tag, duschte ausgiebig und warf sich in Schale. Die dunkelblaue Hose, weißes Hemd, die seidige Krawatte mit dem tanzenden Paar darauf.

Als er am Vereinsheim vorfuhr, waren schon allerlei Leute da. Harald und seine Frau standen am Eingang und begrüßten die Gäste.
„Ah, da kommt ja unser Jäger", flachste das Geburtstagskind als er ihn sah.
„Alles Gute zum Geburtstag, altes Haus", klopfte ihm Malte herzhaft auf die Schulter, ohne auf seine Bemerkung weiter einzugehen. Malte betrat den Raum, stellte sein Geschenk auf den entsprechenden Tisch. Er begrüßte ein paar Leute die er kannte, schaute sich im Raum um. Miriam war nirgendwo zu sehen. Er reckte den Kopf in die Höhe, schaute im ganzen Raum umher. Doch dann schritt SIE aus der Küchentür heraus, mit einem Tablett gefüllter Sektgläser. Er nahm sein Herz in beide Hände, ging direkt auf sie zu. Miriam hatte kräftig Rouge auf die Wangen aufgelegt, versuchte damit den blauen Fleck unter ihrem Auge zu verdecken.

„Der Täter kommt an den Ort seiner Missetat zurück", sprach er sie mit schuldvoller Miene an.

„Das sind natürlich erschwerende Umstände", flachste Miriam.
„Jetzt müssen Sie mindestens drei Mal mit mir tanzen!"
Sie stellte das Tablett auf den Tisch und ergriff zwei der Gläser. Mit einem warmherzigen Lächeln auf den Lippen reichte sie ihm eines. Dabei sorgte sie dafür, dass sich ihre Hände berührten. Ein leichter Schauer lief seinen Rücken herunter - und Miriam konnte seine Reaktion deutlich fühlen.
„Eigentlich sollte der Täter bestraft werden, nicht das Opfer", erwiderte Malte, als er das Glas entgegen nahm.
„Jetzt machen Sie sich mal keine Gedanken mehr darüber", schaute sie ihn lachend an.
„Heute Abend ist Spaß und gute Laune angesagt!"
„Einverstanden", Malte war sichtlich erleichtert.
Sie stießen ihre Gläser aneinander, tranken einen kleinen Schluck.
„Warum sind wir eigentlich so förmlich? Ich bin die Miriam."
„Oh, ja, natürlich. Angenehm. Malte", war er etwas überrascht.
Abermals klirrten die Gläser.

„Darf ich mal kurz vorbei? Danke."
Ein Angestellter vom Partyservice bahnte sich, beladen mit zwei großen Tabletts, den Weg in die Küche. Geistesgegenwärtig legte Malte seine Hand auf ihren Rücken und schob sie etwas zur Seite. Es knisterte. Eine elektrische Entladung zuckte von seiner Hand auf ihrem Körper. Erschrocken blieben sie beide stehen. Kaum einen Schritt voneinander entfernt. Seine Hand entfernte sich zögernd von ihrem Kleid.
„Wir haben noch etwas vergessen", fand Miriam zuerst die Worte wieder.
Sie ignorierte seinen fragenden Gesichtsausdruck, führte ihre Hand mit dem Sektglas über seinen Unterarm und setzte den Rand an ihren Mund. Mechanisch hob auch Malte sein Glas und nahm einen kräftigen Schluck.
„Miriam."
„Malte."
Miriam trat an ihn heran, hob leicht den Kopf und spitzte die Lippen. Abermals funkte es. Genau in dem Moment, als sich Malte

herunterbeugte und sie sich einander berührten. Etwas verlegen schauten sie sich an. Konnten ihren Blick nicht voneinander lassen.

„Es hat gefunkt“, flüsterte sie zweideutig.

„Ich, äh, es, ...“ suchte er nach der passenden Antwort.

Ein Tusch von der Combo ließ den Saal zur Ruhe kommen, rettete Malte aus dieser prekären Situation. Harald hielt eine kurze Ansprache und eröffnete dann das kalte Buffet. Miriam und Malte warteten, bis der erste Ansturm vorbei war, stellten sich dann gemeinsam an und nahmen nebeneinander an einem Tisch Platz. Sie unterhielten sich angeregt, vergaßen dabei fast das Essen. Erneut machte die Combo auf sich aufmerksam.

„Die Tanzfläche bitte freimachen, das Geburtstagskind eröffnet den Reigen“, murmelte der Bandleader ins Mikrophon.

Harald erhob sich, griff nach der Hand seiner Frau und betrat mit ihr das Parkett. Im dreiviertel Takt wogen sie sich zum „Schneewalzer“ über die Fläche. Dann trennten sie sich und Harald kam auf Miriam zu.

„Darf ich bitten, Schwesterlein?“ fragte er mit einem angedeuteten Diener.

Blitzschnell erhob sie sich und begleitete ihren Bruder auf die Tanzfläche.

Miriam war eine exzellente Tänzerin, das bemerkte selbst Harald sofort. Geschmeidig wie eine Katze bewegte sie sich zum Takt der Musik. Malte sah sie fasziniert an. Sie trug ein rotes, schulterfreies, nur durch dünne Spaghettiträger gehaltenes Tanzkleid. Am Oberkörper eng anliegend, verbreitete es sich ein wenig ab der Hüfte, reichte genau bis zum oberen Ansatz ihrer Knie. Bei jeder Drehung hob sich der Saum leicht an, zeigte noch etwas mehr von ihren grazilen Beinen. Leicht wie eine Feder war ihr Schritt, sie schwebte förmlich über das Parkett. Er hätte ihr stundenlang zuschauen können. In diesem Moment bereute er es, dass er nie eine Tanzschule von innen gesehen hatte.

Die Combo machte die erste Pause und plötzlich stand Miriam wieder neben ihm.

„Du schuldest mir noch etwas“, sah sie ihn erwartungsvoll an.

„Eigentlich hätte ich eine Strafe verdient und nicht du", war Malte immer noch etwas unsicher.

„Das lass mal meine Sorge sein", erwiderte sie bestimmt.

„Aber erstmal brauche ich eine kleine Erfrischung. Begleitest du mich?"

Ohne eine Antwort von ihm abzuwarten hakte sie sich bei ihm ein und führte ihn zur Sektbar. Sie griff nach zwei vollen Gläsern, drückte ihm eines in die Hand.

„Auf den schönen Abend", prostete sie ihm zu.

„Und du willst deine Gesundheit wirklich noch einmal riskieren?" nahm er das Thema wieder auf.

„Das bekommen wir schon hin. Ich zeige dir ein paar Schritte, mit denen man fast alles tanzen kann."

Sie leerte das Glas in einem Zug und stellte es auf den Tresen zurück. Dann schob sie ihn ein wenig weiter, stellte sich direkt neben ihn.

„Also, schön aufpassen und mitmachen! Eins – zwei – drei – vier. Eins – zwei – drei – vier."

Malte schritt brav neben ihr her.

„Prima!" frohlockte sie, „und jetzt immer weiter."

Mit diesen Worten machte sie eine halbe Drehung, legte ihren linken Arm auf seine Schulter und griff nach seiner anderen Hand. Zaghaft legte er seine Rechte auf ihren Rücken.

„Nicht so schüchtern, junger Mann, ich bin nicht aus Glas und ich beiße auch nicht", lachte sie herzlich.

Malte kam ein wenig näher, berührte sie nun mit der ganzen Handfläche in der Taille.

„Eins – zwei – drei – vier. Eins – zwei – drei – vier."

„Und noch einmal."

„Eins – zwei – drei – vier. Eins – zwei – drei – vier. Hey, das klappt doch schon ganz toll", lobte sie ihn.

In diesem Moment fing die Combo wieder an zu spielen.

„Ein Foxtrott. Komm, wir probieren es gleich aus."

Miriam packte ihn am Ärmel, zog ihn mit sich direkt auf die Tanzfläche. Mit schlotternden Knien folgte er ihr.

„Eins – zwei – drei – vier. Eins – zwei – drei – vier“, zählte Malte in Gedanken. Aber nicht lange, dann ging es fast wie von alleine. Miriam führte ihn übers Parkett. Es war der blanke Wahnsinn. Malte fühlte ihren warmen Körper in seinem Arm, spürte, wie sie sich wog. Und wie sie ihn dabei die ganze Zeit über anlächelte. Dann kam ein Walzer. Auch das bekam er relativ schnell hin. Ebenso sie Sache mit der Polka. Bei den anderen Tänzen musste er passen, überließ sie aber immer nur vorrübergehend in die Hände eines versierteren Tänzers.

Die Zeit verging wie im Fluge, es war bereits kurz vor vier Uhr morgens und die Combo läutete die letzte Runde ein. Der Takt war langsam. Miriam schmiegte sich an ihn. Zwangsläufig fuhr seine Rechte weiter um ihre Hüfte herum. Deutlich konnte Malte ihre Weiblichkeit an seiner Brust spüren. Er vergaß fast zu atmen, so intensiv wollte er diesen Augenblick auskosten. „...sayin' something stupid, like I love you“, hauchte der Sänger den alten Sinatra-Hit ins Mikro. Miriam zog auch ihren anderen Arm an seine Schulter, ließ sich somit ganz von ihm umarmen. Amor legte ein unsichtbares Band um die beiden, zog die Schlinge langsam zu. „..like I love you“, ertönte es, als er nach langer, langer Zeit wieder einmal den warmen Atem einer Frau an seiner Wange spürte, zarte Lippen die seinen berührten.

„Wartest du schon lange?“ riss ihn eine liebliche Stimme aus der Erinnerung an die letzte Nacht.

Malte drehte sich um und augenblicklich strahlte er mit der Frühlingssonne um die Wette.

„Nein, nein. Nur ein paar Minuten“, schwindelte er und fügte sogleich an: „Ich freue mich so, dich wiederzusehen.“

Dann nahm er sie zärtlich in seine Arme, drückte ihr sacht einen Kuss auf die Stirn. Ihre offene Handfläche strich sanft über seine Wange. Hand in Hand, so wie viele andere Paare auch, schlenderten sie in der wärmenden Sonne die Uferpromenade entlang. Sie setzten sich in ein Strandcafe, zogen von dort aus weiter in die Altstadt.

Währenddessen redeten sie miteinander über sich, ihre Gefühle, über das, was letzte Nacht mit ihnen passiert war.

Langsam senkte sich die Sonne dem Horizont entgegen. Vom See zog eine leichte Brise herüber und es wurde merklich kühler.

„Hast du Hunger?“ erkundigte er sich bei ihr, „gleich um die Ecke da drüben gibt es einen guten Italiener.“

„Penne rigate! Ja, das wär's jetzt“, stimmte sie zu.

Die beiden machten sich auf den Weg. Betraten nach kurzer Zeit den Gastraum und bekamen einen Tisch für zwei Personen in einer lauschigen Ecke zugewiesen.

„Penne rigate. Oder besser: diabolo“, bestellte Miriam.

„Du magst es scharf?“ fragte Malte und bereute sofort seine unüberlegten Worte.

„Oh ja! Aber es kommt auf die Zutaten an...“ kam es prompt als Antwort und dabei schaute sie ihn vielsagend an.

Der Ober konnte sich ein Schmunzeln nicht verkneifen.

„Also gut. Penne diabolo. Für mich auch.“

Sie genossen die scharfen Nudeln bei einem feurigen Wein, verließen das Restaurant erst, als es schon dunkel war.

Es war ziemlich kühl geworden und Miriam fröstelte es ein wenig. Sie kuschelte sich eng an seine Flanke und Malte legte seinen Arm wärmend um ihre Schulter. Mit forschem Schritt gingen sie in Richtung Stadtrand, bis zu ihrem Auto, das unmittelbar vor Maltes Wohnung parkte. Auf den letzten Metern wurden sie immer langsamer. Schließlich befanden sie sich direkt zwischen ihrem Wagen und dem Hauseingang. Sie hielten inne, wandten sich einander zu. Malte ergriff ihre Hände, wollte eigentlich etwas sagen, brachte aber kein Wort heraus.

„Wenn es jetzt meine Wohnung wäre, würde ich dich fragen, ob du auf einen Kaffee mit hinauf kommst“, baute sie ihm eine goldene Brücke.

„Mit Kaffee kann ich leider nicht dienen, tut es auch ein Glas Sekt?“ nahm er die Vorlage gerne an.

„Oh, das ist ja noch viel besser", war sie hocherfreut, hauchte ihm einen zärtlichen Kuss auf seine Nasenspitze.
Malte holte tief Luft.
„Wenn du willst..."
Er machte eine kleine Pause.
„Du brauchst heute den langen Weg nicht mehr heimzufahren, ich kann auch auf der Couch schlafen."
Anstatt ihm eine Antwort zu geben strich sie sanft über seine Wange, schlang ihre Arme um seinen Hals und küsste ihn zärtlich auf den Mund. Erst vorsichtig, dann inniger, schließlich spürte er ihre Zunge in seiner Mundhöhle. Malte wusste nicht wie ihm geschah. Nach einer kleinen Ewigkeit ließen sie voneinander ab.
„Ich hol' meine Sachen aus dem Kofferraum", flüsterte sie.
Malte nahm ihr die Reisetasche ab, reichte ihr seinen Arm und geleitete sie ins Haus.

In der Wohnung angekommen begab Miriam sich erst einmal ins Bad, während Malte den Sekt aus dem Kühlschrank holte und im Wohnzimmer eine Kuschelrock-CD in den Player schob.
Er rückte den Tisch beiseite und schob den Sessel aus dem Weg. Ja, das würde gehen. So würde er mit ihr hier ein wenig tanzen können.
Er hielt gerade die Sektflasche in der Hand, als Miriam den Raum betrat. Sie hatte sich das Kleid von der Feier gestern Abend wieder angezogen.
„Wow!" platzte es aus ihm heraus.
Maltes Kinnlade klappte nach unten. Es knallte und der Korken schlug dumpf gegen die Decke. Sprudelnd schwappte das klebrige Nass aus der Flasche. Miriam hatte instinktiv den Kopf eingezogen.
„Ist das deine Masche?" schmunzelte sie zu ihm herüber.
„Nein, nein, eigentlich nicht." versicherte er.
Malte beeilte sich, die beiden Gläser zu füllen, bevor alles auf den Boden lief.
Er stellte die Flasche auf den Tisch, reichte ihr ein Glas.
„Auf dich, du siehst wunderschön aus." raunte er ihr zu.
„Auf uns." erwiderte sie leise.
„Auf uns."

Sie stießen ihre Gläser an, nahmen einen kräftigen Schluck. Malte ging zum Player, selektierte ein bestimmtes Lied und drückte auf Start. Leise erklang der erste Song. Malte ging auf sie zu, verbeugte sich ein wenig.

„Möchtest du mit mir tanzen?"

Miriam nickte. Malte ergriff ihre Hand, legte die andere auf ihre Hüfte. Langsam durchschritten sie zusammen den Raum.

Wie am Vorabend konnte er ihren Duft riechen, ihre Bewegungen erfühlen. Schritt für Schritt schmolz der Abstand zwischen ihnen, heizte sich der geringer werdende Luftspalt immer mehr auf. Immer öfter stieß ihre Oberweite gegen seine Brust, bohrten sich zwei feste Punkte durch sein Hemd. Längst hatte sich ihr Tanzen in eine erotische Erkundungsreise verwandelt, befanden sich ihre Hände schon lange nicht mehr dort, wo sie eigentlich hin gehörten. Obwohl ihre Schritte langsamer und langsamer wurden, beschleunigte sich zusehends ihr Puls, ging ihrer beider Atem immer heftiger. Stöhnen quittierte seinen falschen Schritt zwischen ihre Beine.

Sie tanzten aus dem Wohnzimmer heraus, durch den Flur, hinein ins Schlafzimmer. Eine Spur verlorener Kleidungsstücke markierte den Weg dorthin: ein Hemd, zwei Paar Schuhe, eine Hose, ein rotes Kleid, Socken, Seidenstrümpfe, ein halterloser BH, zwei Slips. Wie der Wüstenboden den ersten Regen nach einer langen Trockenzeit, so überfluteten die sanften Berührungen ihrer Hände die Sinneszellen seiner Haut. Er sog die Wärme ihres Körpers in sich auf, um die Eiszeit, die ihn so lange gefangen hielt, endlich zu beenden. Heißer Atem auf seiner Stirn, seinem Hals, seiner Brust, erwärmte seinen Körper und seine Seele.

Ihre Leiber glühten heiß, als sie schließlich engumschlungen vor dem französischen Bett standen. Ihre Zungen tanzten miteinander einen fordernden Tango. Ihre Hände tasteten einander ab, überbrachten die zärtlichsten Grüße. Malte hielt ihren Kopf fest in seinen Händen, löste seine Lippen von ihrem Mund. Verteilte nun seine Küsse auf ihrer Stirn, ihrer Nase, ihren Wangen, ihrem Kinn, ihrem Hals. Auf ihren Schultern, den Schlüsselbeinen, auf ihrem

Dekolletee. Seine Hände fassten sie am Rücken, als die Spur seiner Zärtlichkeit zwischen ihren Busen führte.

Miriam hatte ihre Augen geschlossen, den Kopf weit in den Nacken gelegt. Seine heißen Lippen ließen ihre Haut vibrieren, seine zärtlichen Hände ihre Muskeln anspannen. Seine Zunge fuhr um die Konturen ihrer Brüste. Sie konnte sich kaum noch auf den Beinen halten. Tiefer glitten seine Hände auf der Rückseite ihres Körpers, ließen dort keinen Fleck ihrer Haut unberührt. Vorne folgten seine Lippen und seine Zunge, steuerten unbeirrt ihrem Ziel entgegen. Ihre Knie begannen zu zittern, sie beugte sich nach vorne und suchte Halt an seinen Schultern. Mit festem Griff packte er ihr Gesäß, ließ ihr keine Chance, seinen Zärtlichkeiten auf ihrer Hüfte zu entgehen.

Vor Miriams Augen begann alles zu zerfließen. Die Haut ihrer Oberschenkel zog sich zusammen, stellte die feinen Härchen aufrecht. Sie fühlte seine Hände über die Pobacken nach unten rutschen, wie sie sich den Weg zwischen ihre Schenkel bahnten. Sie bäumte sich auf, als seine Nase durch ihren kleinen Wald striff. Sie griff ins Leere, fiel nach hinten aufs Bett, als seine Zunge zielgerichtet ihren empfindlichsten Punkt antippte.

Sie wusste nicht, wie lange sie fiel, ob sie jemals ankommen würde. Ihr Becken explodierte, riss sie zurück in die Höhe. Wieder und wieder. Ihre Hände suchten nach Halt. Fanden ihn schließlich an seinen Schultern. Sie zog ihn zu sich heran, umklammerte ihn, krallte sich fest an seinem Rücken. Seine Lippen sogen sich an ihrem Hals fest. Alles versank um sie beide herum, als sie spürten, wie sie eins miteinander wurden. Undurchsichtige Nebelschwaden umzüngelten ihre Wahrnehmungen. Sie fühlten nur noch ihre gemeinsame Ekstase und die rhythmischen Wellen, die ihre Körper durchfluteten.

Als Miriam aus dem Badezimmer kam, hatte er schon frische Brötchen vom Bäcker geholt, war der Frühstückstisch bereits gedeckt. Nach einem Schluck Tee rief sie erstmal im Geschäft an, dass sie

heute später kommen würde. Schweigend saßen sie sich dann gegenüber, stärkten sich für den Tag.
„Hast du nächstes Wochenende schon etwas vor?“ fragte sie ihn leise.
„Eigentlich – ja.“ überlegte er.
Enttäuschung beschlich ihr Antlitz. Malte machte eine kleine Pause. Sah ihr dann tief in die Augen.
„Tanzen. Ich würde so gerne mit dir tanzen.“
„Kannst du zu mir kommen?“ erhellte sich ihr Gesicht auf einen Schlag.
„Ja, auf jeden Fall.“ nickte er ihr zu, legte dabei seine Hände fest auf ihre.

Malte trug ihre Reisetasche zum Wagen. Mit einer innigen Umarmung und einem zärtlichen Kuss verabschiedeten sie sich von einander. Miriam startete den Motor, winkte ihm noch einmal zu und fuhr los. Als sie um die Ecke gebogen war ging Malte nochmal in die Wohnung. Er griff nach dem Telefonbuch und suchte nach der Nummer der örtlichen Tanzschule...

Krischan Schoeninger

Was man über den Disco-Hasen wissen sollte

Ein besonderes Appetithäppchen auf der Beuteliste eines erfahrenen Erotomanen ist der Disco-Hase. Dieser lasterhafte Leckerbissen ist grundsätzlich weiblichen Geschlechts und im Dschungel eines großstädtischen Party-Schuppens genauso heimisch, wie auf der profansten Dorfdisco. Wo immer Sie auch zwei Boxen an einen Plattenspieler klemmen werden, der Disco-Hase nimmt Witterung auf und schon nach kurzer Zeit können Sie einige Exemplare dieser schnuckligen Spezies beim Balztanz beobachten. Auch optisch unterscheidet sich der Disco-Hase von anderen weiblichen Gattungen beträchtlich. Besorgen Sie sich ein vergammeltes Exemplar der Zeitschrift Elle aus den frühen Achtzigern, einen abgelaufenen Otto-Katalog aus dem vorigen Jahr und die aktuelle Bravo. Kombinieren Sie aus den abgebildeten Modellen eine neue Person. Aus dem Otto-Katalog die Klamotten, aus der Elle die Frisur usw. Pinseln Sie das Make-up kräftig nach. In diesem Fall ist weniger eben nicht mehr und besprühen Sie das Bild mit dem Deospray der Marke "Impuls". Die Illusion dürfte perfekt sein. Mit diesem Phantombild in der Jackentasche identifizieren Sie jeden Disco-Hasen auf hundert Meter mit absoluter Sicherheit.

Etwas schwieriger scheint die Frage zu sein: - "Wie legt man einen Disco-Hasen flach?" Doch mit ein paar Grundkenntnissen über das an sich simple Innenleben eines Disco-Hasen ist dies eine der einfachsten Übungen. Picken Sie sich ein beliebiges Häschen heraus und unterhalten Sie es mit netten Belanglosigkeiten. Ein nettes Kompliment hier, ein kleine fiese Bemerkung dort, kombiniert mit etwas Prahlerei über Ihr neuestes Automobil. Vermeiden Sie auf jeden Fall, ihren Disco-Hasen intellektuell zu überfordern. Da sich diese Gattung vorzugsweise aus Friseusen, Krankenschwestern oder Tippsen rekrutiert, können Sie mit einem Referat über Nietzsche, oder der wortgetreuen Wiedergabe eines Feuilletons Ihres Lieblingsschriftstellers keine Punkte sammeln.

Legen Sie lieber weltmännisch Ihren Arm um ihre Hüfte, füllen Sie sie mit Champagner ab und kreisen Sie beim Tanzen kräftig mit den

Hüften, falls Ihnen der Gesprächsstoff ausgeht. Wenn Ihr Disco-Hase rote Wangen bekommt und häufig kichert, haben Sie gewonnen. Sie können sich schon langsam mit dem Gedanken beschäftigen, ob es günstiger ist, zu ihr zu gehen, wenn Sie danach lieber abhauen wollen, oder doch vielleicht zu Ihnen, wenn Sie mehr der Typ des Rausschmeißers sind.

Sexuell werden Sie zufrieden sein. Unkompliziert verlangt ein Disco-Hase es, ordentlich durchgerammelt zu werden. Nun gut. Zu ungewöhnlichen Praktiken ist es meist nicht bereit und selten verfügt es über große Brüste, aber neidisch werden die leer ausgegangenen Konkurrenten sein. Sonnen Sie sich im Glanz des Disco-Hasen und bleiben Sie trotzdem sauber, moralisch und anständig und grüßen Sie mir alle, die Sie barfuß treffen.

Eva Maria
Ramonas Tanz

„Freu' mich schon auf heute Abend, gegen einundzwanzig Uhr bin ich bei dir …", tönte es aus dem Telefonhörer.
Ramona lag auf dem Sofa, die Beine baumelten über der Lehne, als sie mit ihrer Freundin Steffi telefonierte: „Ja, ja ich bin pünktlich."
„Und mache dich schick!"
„Schick? Du! Ich gehe so wie immer.", verärgert kräuselte Ramona ihre Stirn.
„So wird das nie was. Ziehe doch den kurzen Rock an, den wir neulich zusammen aussuchten. Darin siehst du umwerfend aus und dazu…"
„Hör' bloß auf! Was soll das?"
„Was das soll? - Doofe Frage. Du bist lange genug alleine, viel zu lange schon. Es wird Zeit für einen neuen Typen…"
„Wieder deine alte Leier. Also bis dann!"
„Okay, okay! Bis dann, ich bin pünktlich."

Wütend legte Ramona den Hörer auf. Immer wieder mischte sich Steffi in ihre Angelegenheiten. Wie oft sollte sie ihr noch sagen, dass sie keinen Mann brauchte.

Missgestimmt stand Ramona auf und ging ins Schlafzimmer.
Dort öffnete sie die Kleiderschranktüren. Im Schneidersitz setzte sie sich davor und suchte nach der passenden Garderobe für den Abend. Leise murmelte sie vor sich hin: „Was, ja was trage ich heute?" In ihren Gedanken wanderte sie zur letzten Tanzveranstaltung zurück, diese war, wie die anderen zuvor, öde. Steffi fand schnell einen Verehrer, mit dem sie am späten Abend oder besser gesagt am frühen Morgen sang- und klanglos verschwand. Sie dagegen ärgerte sich mit irgendwelchen Typen herum, tanzte mit diesem und jenem, um dann schließlich allein nach Hause zu gehen. Sie hatte keinen Bock mehr auf schnellen Sex ohne Orgasmus, ohne sich ineinander zu verlieren und danach blieb nur ein bitterer Nachgeschmack zurück.

‚Soll dieser Abend wieder so verlaufen?', überlegte sie. Plötzlich rief sie lauf: „Nein, dieser Abend wird mir gehören, mir alleine."

Kurz vor einundzwanzig Uhr klingelte es. Ramona öffnete die Tür. Galant stellte sie sich in den Rahmen. Steffi riss die Augen auf, als sie ihre Freundin sah, welche den Minirock trug.
„Du siehst super aus. Sage ich doch, wenn du willst, schnappst du dir jeden!"
„Ich?"
Ramona lachte schallend auf: „Ich will nicht J e d e n. Ich will mich amüsieren, mehr nicht!"
„Warten wir es ab. Ich bin ja gespannt! Heute werden die Kerle bei dir Schlange stehen", kicherte Steffi.
Ramona zog sich noch schnell eine Jacke über, nahm ihre Handtasche und schloss die Wohnungstür.
Während die beiden Frauen die Treppen hinunter eilten, nörgelte Steffi: „Warum nimmst du die Tasche mit. Die passt nicht dazu!"
„Die brauche ich heute."
„Wozu brauchst du so ein hässliches Teil?"
„Nichts weiter, nur so!", murmelte sie, dabei huschte ein geheimnisvolles Lächeln über ihr Gesicht.

Endlich kamen die Beiden im Lokal an. Gerade rechtzeitig. Pünktlich um zweiundzwanzig Uhr wurde der Tanzabend eröffnet. Bereits nach den ersten Takten rückte Steffi mit ihrem Hintern nervös auf dem Stuhl hin und her, dabei begutachtete sie das vorhandene Männerangebot. Es dauerte nicht lange und sie wurde aufs Parkett geführt. Ramona hingegen schaute sich nicht um, wenn ihr ein Mann zulächelte oder gar auf sie zukam, wehrte sie ihn mit eiskalten Blicken ab.
Sie wollte ihren Abend haben.

Der Alkohol floss, die Stimmung stieg, die Tanzfläche füllte sich immer mehr. Aber Ramona weilte noch immer auf ihrem Platz.
Geduldig beobachtete sie das Treiben, bis es ihr an der Zeit schien, ihren Plan in die Tat umzusetzen. Deshalb machte sie sich auf den

Weg zur Toilette. Dort öffnete sie ihre Tasche und holte die Liebes-Kugeln heraus. Kurz zögerte sie, fragte sich still: ‚Soll ich wirklich, soll ich sie hier ausprobieren, hier vor allen?' Der Gedanke gefiel ihr, gleichfalls spülte er ein verheißungsvolles Verlangen in sie. Mit geschlossenen Augen schob sie sich das Spielzeug in ihre Scheide. Es fühlte sich gut an. Schnell zog sie ihre halterlosen Strümpfe in Form und ging zurück in den Tanzsaal. Bei jedem Schritt spürte sie die Kugeln, fühlte deren Vibrationen in ihrem Schoß. Abwartend setzte sie sich wieder auf ihren Platz.

Endlich wurden ihre bestellten Songs von The Who angekündigt. Aus den Lautsprechern dröhnte „Old red wine". Ramona stand auf. Zielsicher wühlte sie sich auf der Tanzfläche zur hinteren linken Ecke durch.

Alleine bewegte sie sich langsam zu den Klängen.

Ihr Becken kreiste sanft, dabei fühlte sie ein erregendes Beben.

Der Takt wurde schneller. Ramona passte sich mit ihren Bewegungen an. Ihr Körper bog sich, ihre Hüfte schwang lustvoll mit. Sie vergaß Raum und Zeit, während ihre Scheidenmuskeln die Kugeln umklammerten, die ihre Lustzone massierten. Es existierte nur noch das Pulsieren in ihr. Immer schneller drehte sie sich, immer wilder wirbelte sie umher, immer verheißungsvoller kribbelte, brannte, vibrierte es in ihr. Unaufhaltsam verschmolzen die Klänge mit den heißen Wellen in ihrem Schoß, wurden eins.

Plötzlich umfassten sie zwei Arme, zogen sie an eine Brust. Sie spürte Hände, die zart über ihren Rücken strichen, die ihren Po fest an einen Unterleib drückten. Dann schmiegte sich dieser Körper eng an den ihrigen. Tief zog Ramona den fremden herben Duft aus Lust und After Save in sich ein. Dieser Mann bewegte sich in ihrem Rhythmus mit, er passte sich ihren Schwingungen an.

Was für ein Tanz, was für ein erregendes Gefühl, was für eine Explosion!

Ramona genoss diesen männlichen Körper, sie genoss ihren erregten Körper, sie genoss dieses nicht enden wollende ekstatische Beisammensein. Bis der Fremde in ihr Ohr flüsterte: „Ich habe Durst, wie sieht das bei dir aus?"

Ramona sah in zwei graublaue Sterne, blickte in ein erhitztes Gesicht. Noch immer hielt er sie in seinen Armen gefangen. Befangen von ihm, von diesen Augenblick antwortete sie: „Ja, ich habe auch Durst!"

Bevor sie zur Bar gingen, huschte Ramona auf die Toilette. Dort entfernte sie ihre Liebes-Kugeln und ließ diese mit einem erfüllten Lächeln in ihrer Handtasche verschwinden.

Ihr Tänzer wartete. Hand in Hand gingen sie zum Tresen. Ramona klettere auf einen Barhocker. Hinter ihr stehend umfasste er ihre Taille. Während sie durch den Strohhalm ihren Caipirinha sog, spürte sie, wie er seine Nase in ihr Haar tauchte, wie er ihr Küsschen auf den Nacken hauchte, wie er sich an sie schmiegte.

Und es gefiel ihr.

Er gefiel ihr.

„Ich bin Jörg", raunte er.

„Und ich bin Ramona."

„Ich habe dich noch nie so tanzen sehen, noch nie."

„Wie meinst du das?"

„Du bist fast jede Woche hier und i…"

Ramona drehte sich um. Verwundert schaute sie ihn an: „Du beobachtest mich?"

„Ja!", ein verlegendes Räuspern, „aber du bist immer so abweisend, so kühl. Ich traute mich nie, dich anzusprechen. Aber heute…"

„Was war heute?"

„Dein Tanz! Ich war fasziniert von dir. Du wirktest, ich weiß nicht, wie ich es sagen soll, wie…"

„Ich ahne, was du meinst!", gab sie wissend zurück.

„Möchtest du noch einmal tanzen?"

„Nein! Nein, bitte nicht." wehrte Ramona kopfschüttelnd ab.

„Was möchtest du dann?", fragte Jörg erstaunt.

„Ich will nach Hause!"

Unschlüssig sah sie den Mann an, dabei überlegte sie, ob sie ihn einladen sollte?

In diesem Augenblick strich er über ihre Wange und sagte: „Ich habe zu Hause eine Stereoanlage, auch alle Zutaten für einen Caipirinha. Was hältst du davon, wenn wir zu mir fahren?"
Leicht irritiert musterte sie den Mann, grinste, schließlich hüpfte sie vom Barhocker: „Worauf warten wir dann noch?"
„Nur auf dich!", gab er zur Antwort und hauchte ihr einen Kuss auf die Stirn.

Eine Stunde später stand sie in seinem Wohnzimmer.
„Setz dich. Ich mach' uns einen Drink und lege Musik auf."
„Kann ich dir was helfen?"
„Ne, lass nur. Das schaffe ich noch alleine!", winkte Jörg dankend ab.
„Gut!", flüsterte Ramona beiläufig und machte es sich auf der gelben Ledercouch gemütlich.
Bevor Jörg in der Küche verschwand, widmete er sich noch der Stereoanlage; zielsicher suchte er die passende Musik aus seiner CD-Sammlung. Seine Finger glitten über einige der silbernen Knöpfe, sogleich erklang im Hintergrund der erste Song. Wenig später stellte er zwei Longdrinks auf den Glastisch. Anschließend zündete er fünf gelbe Kerzen an, setzte sich in aller Ruhe neben Ramona und nahm sein Glas vom Tisch.
„Prost Ramona", und sein Glas stieß an ihres.
„Prost Jörg" raunte sie und nippte von dem Getränk.
Plötzlich hörte sie ihr Lied von vorhin.
Jörg stand schmunzelnd auf. Er zog Ramona vom Sofa hoch, nahm sie in seine Arme und begann zu tanzen. Sie schloss ihre Augen. Sie folgte ihm; folgte seinem Rhythmus, seinen biegsamen Bewegungen.
Als er seinen Oberschenkel zwischen ihre Beine schob, sanft ihre Spalte berührte, erwachte erneut das heiße Beben in ihrem Schoß. Erregt stöhnte sie auf und löste sich ein wenig von ihm. Kurz nur, dann drängte sie sich leidenschaftlich an seinen Körper. Sein Mund suchte den ihren. Der erste Kuss wollte nicht enden, während ihre Zungen miteinander rangen.
Auf einmal waren seine Hände überall, zogen sie aus.

Nicht sanft, nicht spielerisch.
Zügellos streifte er ihr Oberteil über ihren Busen hinweg, danach ließ er ihren Rock auf den Boden gleiten. Hastig löste er ihren Büstenhalter, warf ihn achtlos beiseite und schob ihr Höschen nach unten. Unvermutet hier er inne, fixierte den weißen Spitzenslip, ertastete ihre Feuchtigkeit. Schließlich hob er ihn hoch, um seine Nase in den weichen Stoff, in ihren Duft hinein schieben zu können.
Sie konnte hören, wie er ihren Geruch aufsog.
Als sie ihn beobachtete, verstärkte sich das Kribbeln in ihrem Körper. Die Lust kroch an ihren Beinen entlang, bahnte sich einen Weg in ihr Zentrum.
Ramona stöhnte auf.
Jörg schmiss das Höschen hinter sich. Er umarmte sie und presste sich verlangend an sie.
Und endlich berührten seine Finger ihre Schamlippen.
Der Mann sank vor ihr auf die Knie. Fest umschloss er ihre Pobacken mit seinen Händen, zog Ramonas Leib zu sich heran, nah, ganz nah. Als seine Zunge ihre Klitoris fand, als sie kreisend über ihre empfindlichste Stelle strich, sie gierig verwöhnte, floss ihre Erregtheit aus ihr.
Taumelnd drängte sie sich ihm entgegen, erwartete sie ihn, erwartete mehr. Ramonas Beine versagten ihre Dienste und sie fand sich auf dem Boden wieder.

Küssen, streicheln, schmecken - mehr, viel mehr.

Ihre Finger verknoteten sich, lösten sich, fanden wieder zueinander.
Langsam glitt Jörg an Ramonas Körper entlang nach unten. Ausgiebig saugte er ihre festen Brustwarzen.
Das Kribbeln wuchs ins Unermessliche - sie erschauderte durch seine Liebkosungen.
Sie öffnete ihre Schenkel und er vergrub seinen Kopf zwischen ihnen.
Ein heißer Strom begann seinen Weg durch ihren Leib zu ziehen.
Sie wimmerte vor Erregung.

Plötzlich hielt er inne - kurz.
Fast tat es weh, dieses Verzehren nach mehr. Voller Gier tanzte Ramonas Becken vor seinen Augen, bettelte um seine Berührungen.
Dann endlich setzte er sein Spiel fort.
Schneller, weicher, fester.
Sie schrie, sie bog sich, sie verlor sich.

Leicht zitternd umfasste sie Jörgs Wangen mit ihren Händen. Langsam zog sie ihn über ihren Bauch, über die wogenden Brüste zu sich nach oben. Ramonas Lippen empfingen seinen nach ihrer Lust schmeckenden Mund.
Sie klebten aneinander, Haut auf Haut.
Schliesslich drang seine Eichel zwischen ihre geschwollenen Schamlippen, schob sich weiter in sie hinein, bis sie das Gefühl hatte, vollständig ausgefüllt zu sein.

Später, irgendwann, ließen sie voneinander, und lagen verschwitzt Hand in Hand.
„Bin glücklich", flüsterte sie.
„Ich auch", antwortete er, „Und, und wann tanzen wir das nächste Mal?"
Ramona sah zu ihrer Handtasche, die auf dem Sofa lag, lächelte geheimnisvoll und raunte: „Schaun wir mal!"

Anita Isiris

Mirkas Sahneschnittchen

Wir schreiben den 26. Juni 2006. Träge nimmt die Aare ihr tiefgrünes Wasser mit und führt es, wie fast ein jeder Fluss hierzulande, dem Meer zu. Angrenzend an den Fussweg Richtung Lorrainebad befindet sich der Botanische Garten, Anziehungspunkt für Botaniker, Philosophen, träumende Singles und Touristen.

Danny, Black American, ist einer von ihnen. Etwas schlaksig in der Gangart, aber bildschön ist dieser Mann, dessen Armmuskeln unter dem engen T-Shirt spielen, ohne dass er bewusst etwas dazu tut. Er räkelt sich auf einer der vielen Bänke und bestaunt den Affenbrotbaum, der grosszügig seine Schatten wirft. Danny wähnt sich allein hier, und ihm scheint, er höre, etwas weiter unten, die Aare murmeln. Doch nebst dem Murmeln des Flusses, der Bern zur Halbinsel macht, ist da noch ein leises Blätterrascheln zu vernehmen. Danny schaut genauer hin. Ein seltener Vogel? Ein Wiesel oder eine Bisamratte gar? Nichts von alledem offenbart sich unserem guten Beobachter – dafür ein von der violetten Blüte des eindrücklichen Drachenwurz gut getartner weiblicher Jeanshintern. Mirka ist Praktikantin und studiert im zweiten Semester Botanik. Sie stammt aus Tschechien, beherrscht aber die hiesigen Gepflogenheiten (unaussprechlicher Dialekt inklusive) perfekt. Das Tüpfelchen auf dem i ist ihr appetitlich gerundeter Po, der Danny sofort vollkommen in seinen Bann zieht. Mirka. Was für ein Name. Welch eine Verheissung. Aber das weiss Danny noch gar nicht. Er sieht bloss den geheimnisvoll bedrohlichen Drachenwurz (Dranunculus vulgaris), Pflanze des Monats Juni, und dahinter, ab und zu, die Nähte von Mirkas prall gefüllter violetter Jeans. Die einäugige Schlage in Dannys Hose regt sich sofort. Sie hat Lunte gerochen, und das Ambiente ist perfekt für ein kleines Abenteuerchen zwischen Alpengarten und Gewächshaus. Das Faszinierende an diesem prächtigen Garten ist seine klimatologische und topographische Vielfalt: Spartanische Alpenregionen, trockenes Mittelmeergebiet und Sumpfgegenden sind genau so zu finden wie Grünflächen und ein Waldgarten mit Teich. Die Bank, auf der Danny sitzt, steht in der Mittelmeerregion – der Drachenwurz gedeiht hier prächtig. In Danny erwacht voyeuristische Lust. Er ahnt mehr, als er sieht – mal abgesehen von den satten Lewis-Jeans-Nähten ist da wirklich nichts. Mirka scheint sich auf etwas zu konzentrieren: Auf eine seltene Insektenart? Auf ein kleines blau-rotes Kraut, das nicht hierhin gehört? Auf einen Ameisenhaufen? Sie bückt sich noch etwas tiefer, und Dannys Schläfen pochen. Für Sekundenbruchteile ist das obere Viertel von Mirkas Pospalte zu sehen, und der freche dunkelblaue String, der sich darüber spannt. Danny entgeht kein Detail. Er begehrt diese Unbekannte, und er wird sie rumkriegen. Klar. Er wird sie heiss machen mit seiner Gelassenheit, seinen blitzenden Augen, und seine raue Flüsterstimme wird jeden noch so versteckten Winkel von Mirkas Körper mit Hühnerhaut überziehen. Von ferne murmelt die Aare, und Danny gibt sich noch weitere zwölf Minuten seinen Fantasien hin. Mirkas Brustwarzen, prall wie Schattenmorellen, wird er lutschen, wird sie zwischen seine breiten Lippen ziehen und zärtlich mit der Zunge an ihnen herumspielen. Dazu wird er ihr das Kreuz massieren mit seinen grossen sehnigen Händen. Mirka wird zu Butter werden in seinen Armen, und sie wird sanft wie eine wogende Weide demjenigen Punkt der Begehrlichkeit entgegen gleiten, an dem er sie haben will. Dem Punkt, an dem er problemlos tief in sie wird gleiten können, dem Punkt, an dem sie mit halb geöffnetem Mund seine feuchte Zunge erwarten wird. Aber noch ist Danny weit entfernt davon, noch ist Mirka ahnungslos am Jäten. Die Fliegen summen über dem Komposthaufen, der gut hinter dem Pflanzendickicht versteckt ist, und sie summen auch über dem mächtigen Drachenwurz, der sie mit seinem Fäulnisgeruch anzieht. Dann steht Danny auf, richtet sich empor zu seiner Grösse von 200 cm. Seine grosszügig geschnittene Cordhose ermöglicht ihm das Stehen, wenn Ihr wisst, was ich meine. Geschmeidig wie ein Puma geht er aufs Gebüsch zu und teilt es mit seinen kräftigen Armen. „I was just wondering…“. Mirka fährt herum, wie von der Tarantel gestochen, und blickt ihn mit tiefbraunen Augen an. “Was…” Weiter kommt sie nicht. Danny reicht ihr die Hand und zieht sie aus dem Gestrüpp. “Wer…”. Danny wartet ihre Frage nicht ab und stellt sich vor. Er stammt aus Togo, dem erbitterten Gegner-Land der Schweiz an der 2006er Fussball-WM. „Just you keep cool". Ihr honigblondes Haar hat sie zu einem Pferdeschwanz gebunden, und frisch geschnittene Stirnfransen sowie die schmalen Lippen verleihen ihr den Ausdruck einer sehr selbstbewussten, aber doch sinnlichen Frau. Danny lässt ihre Handgelenke los und geht zurück zu seiner Bank. Mirka wird sich neben ihn setzen müssen. Klar. Der Garten schliesst demnächst, und die beiden Schönen werden ungestört sein. Ein Aurorafalter (Anthocharis cardamines) schwebt vorüber und versetzt Mirka in Stimmung. "Hast Du den gesehen? Diese Falter waren vor kurzem noch ganz selten, aber sie siedeln sich wieder an – ein Hoffnungsschimmer, nicht?" „Mmmmh", brummt Danny und verschränkt die Arme hinter dem Kopf. In einem Körpersprache-Seminar hat er gelernt, dass man auf diese Weise europäischen Frauen gegenüber Offenheit signalisieren kann. "Schau her, ich bin da für Dich. Ich habe ein grosses Herz. Kräftige Arme. Feste, glatte Oberschenkel. Ich bin sehnig gebaut und verfüge über den grossen Geist der unendlich weiten Natur. Mir kannst Du vertrauen. Ich bin für Dich da." Langsam geht Mirka auf ihn zu. Diese runden Hüften sind eine Frechheit – Verführung pur. Und beim genauen Hinsehen… verdammt… zeichnet sich unter dem engen Stoff eine perfekte, geile, süsse Spalte ab. Eine Spalte, die auf Danny wartet und in die er sein siedend heisses Oel giessen wird. Er blickt instinktiv über die Schulter zurück zum Gewächshaus. Die beiden sind allein. Mit einem Seufzer setzt Mirka sich neben ihn. "Das war mal wieder ein harter Tag – als Praktikantin muss ich ziemlich schuften, das kann ich Dir sagen." „Aber Du schuftest im Paradies", fügt Danny mit einem Schmunzeln bei und wirft einen diskreten Blick auf ihre vollen Brüste, die er unter dem hellgelben Rippchenpulli erahnt. „Ich bin Mirka", sagt sie mit klarer Stimme und blickt Danny direkt in die Augen. „Nice to meet you, my name is Danny", antwortet dieser und rückt ein wenig näher zu seiner neuen Bekannten, so dass ihre Oberschenkel sich fast berühren. Mit seinen Zehen ergreift er ein halb verwelktes Adonisröschen (Adonis vernalis) und zupft es aus seiner Erd-Verankerung. „Ssssht… die sind geschützt!" zischt Mirka leise. „Ja schon, aber dieses hier nicht mehr. Die Blütezeit der Adonisröschen ist im April." "Du verstehst was von Pflanzen?" Jetzt staunt Mirka. „Oh, I love nature", erwidert Danny mit einer ausladenden Bewegung seiner rechten Hand, legt den linken Arm um Mirkas Schultern und zieht sie etwas zu sich. Das jedoch geht ihr zu weit. „Nicht doch – wir kennen uns ja kaum!". Danny zieht den Fuss mit dem Adonisröschen hoch und nimmt es behutsam in die Hand. "Look how delicate", flüstert er mit seiner Hühnerhautstimme und dreht das Blümchen von links nach rechts. "Gimme your right foot, and I will show you what a soft flower massage can be. " Eigentlich will Mirka dem Angebot widerstehen, aber Danny schaut sie dermassen unbeschwert und belustigt an, dass sie, als befände sie sich unter Hypnose, ihre rechte Socke abstreift. Ihre smaragdgrünen Nägel lassen Dannys Herz bis zum Hals schlagen, und er ergreift ihren Fuss mit beiden Händen. "Just relax now, relax", flüstert er und beginnt Mirkas Fuss zu bearbeiten. Als sie sich allmählich entspannt, nimmt er das Adonisröschen zu Hilfe und kitzelt damit zärtlich ihre Fusssohle. "Ahhhh..." Mirkas V-Ausschnitt läuft rot an, und ihre Lippen glänzen. Danny arbeitet unbeirrt weiter und lässt zwischendurch seinen festen Blick auf Mirkas Schritt ruhen. Dort, wo ihre prallen Schenkel zusammentreffen, verstärkt eine feste weisse Naht den Jeansstoff, und Danny ahnt, dass sich dahinter das Paradies verbergen muss. Mirka macht es sich auf der Bank bequem und hält Danny lächelnd auch den andern Fuss hin. Dieser konzentriert sich auf jede einzelne ihrer Zehen, massiert die Zwischenräume, liebkost ihre Fersen und streicht mit dem Adonisröschen sanft über ihre Knöchel. Ruhig zieht die Aare im magischen Orangerot der Abendsonne dahin. Abgesehen von ein paar letzten Fliegen, die sich am Drachenwurz zu schaffen machen, ist es vollkommen still. "I could do better if you loose your pants", hört Mirka Dannys Stimme wie aus weiter Ferne. Sie macht sich an ihrer silbernen Gürtelschnalle zu schaffen und streift ihre enge Jeans mit Dannys Hilfe ab. Sie dreht den Kopf nach allen Seiten. Hat sie überhaupt das Recht, sich hier, inmitten all der Leberblümchen, Alraunen und Traubenhyazinthen, einem derartigen Abenteuer hinzugeben? Danny stimuliert sie aber auf derart perfekte Weise, dass auch ihre letzten

Bedenken von einem leisen Abendhauch hinweg getragen werden. Sie sitzt mit angezogenen Beinen da, und der dunkelblaue String offenbart ein wenig mehr, als Mirka weiss. Ihre Schamlippen werden vom Stoff kaum verdeckt und versetzen Danny in einen Trancezustand. „Es gibt viele Lippenblütler hier im Garten, die zeitweise nach einer Wunderkerze schmachten", flüstert Mirka. Ihre Wangen sind gerötet. Sie hat beschlossen, aufs Ganze zu gehen. Danny verhält sich so, als hätte er ihre überdeutliche Bemerkung nicht gehört, und streichelt versunken ihre Knie. Seine Wunderkerze in der Cordhose regt sich in zunehmendem Mass, und irgendwo, ganz unten an der Wurzel, kocht weisse Lava. Entschlossen steht er auf und streckt Mirka beide Hände entgegen. Wie schön dieser Mann ist… wie ebenmässig sein Teint… wie elastisch seine Haut… wie federnd seine Bewegungen… wie neckisch seine dunkle Cordhose… Er schliesst Mirka wortlos in die Arme, dann gehen die beiden schweigend nebeneinander her zum kleinen Grasfeld, das sich gleich innerhalb der Umzäunung breit macht. Fast hätte Mirka ihre Hose vergessen. Dann ist es um sie geschehen. Sie legt sich auf den Rücken und fühlt sich vor allfälligen neugierigen Blicken geschützt. Danny kniet sich neben sie und massiert ihren Bauch. Frech kitzelt er ihren Bauchnabel mit einer Grasrispe. Das leise Zucken von Mirkas nacktem Bauch versetzt ihn in höchste Erregung. "Loose your pullover now", bittet er sie – und Mirka streift sich ihren Pulli über den Kopf. Sofort ist ihr Haar elektrisch geladen und steht ihr in einer niedlichen Struwwelfrisur vom Kopf ab. Gebannt starrt Danny auf ihre geilen dunklen Brustwarzen, die durch den weissen BH schimmern. Er holt tief Atem und lächelt Mirka an. Diese blinzelt der Abendsonne entgegen und öffnet, als handle es sich um eine stumme Einladung, ihre Beine. Intuitiv weiss Danny, dass er jetzt paradox reagieren muss – also nicht etwa so, wie es alle andern Männer an seiner Stelle getan hätten. Er darf jetzt keineswegs die Hand zwischen Mirkas Schenkel legen. Keineswegs! Auch verbietet ihm eine innere Stimme, ihre Brüste zu erkunden, die unter dem dünnen BH-Stoff locken. Die Zunge in Mirkas Mund schieben? Nein! Danny muss erst ihr vollkommenes Vertrauen gewinnen. Dann wird sie sich ihm öffnen… gleich einer himmelblauen Prunkwinde (Ipomoea tricolor). Mit zitternden Händen kitzelt Danny weiterhin Mirkas Bauch mit der Grasrispe. Sie lacht leise. Ein gutes Zeichen. Danny hält inne und positioniert sich im Schneidersitz. Wie ein Yogi sieht er aus, zutiefst konzentriert und ernst. Fragend schaut Mirka ihn an. Was er wohl als nächstes tun wird? Sie fühlt sich sicher im tiefen Gras, und Mirka hat Erwartungen. Allmählich bricht alles aus ihr heraus: Die Entbehrungen, die sie auf sich genommen hat seit ihrer Reise in die Schweiz, die langen Abende in ihrer kleinen Dachkammer direkt an der Aare, die Einsamkeit, die bescheidenen Masturbationsübungen unter der Batik-Bettdecke. Dannys Knie berühren jetzt ihre Hüften. Mirka macht sich beherzt an ihrem Slip zu schaffen, zieht ihn zwischen die Beine hoch, so gut sie es vermag. Das mögen sie doch, die Männer. Pralle junge Schamlippen links und rechts vom Stoff ihres Höschens, frecher Anblick inmitten obszöner Orchideen, Alraunen und kanadischem Gelbwurz! Langsam bewegt sie ihre Hüften. Danny sagt kein Wort, verfolgt Mirkas Bewegungen aber gebannt und mit trockener Kehle. "Nimm mich jetzt", haucht sie, "schieb Deine Wunderkerze in mich, spiel mit meiner Orchidee". Jetzt kommt Bewegung in Danny. Die weisse Lava beginnt zu brodeln. Im Nu entledigt er sich seiner Cordhose, beugt sich über die halbnackte Mirka und bedeckt ihren Bauch mit hundert kleinen Küssen. Endlich legt er auch zwei Finger an ihre Muschi und beginnt sanft zu reiben. Mirkas Geschlecht scheint zu atmen… feuchte, warme Hitze spürt Danny an seiner Hand. Vorsichtig schiebt er den nassen Stoff hin und her, hin und her, hin und her… "Aaaahhhh…" Mirka entledigt sich ihrer letzten Schamgefühle und stöhnt laut. "Like it, hmmm…?" Danny befingert ihr warmes Geschlecht, schiebt einen Finger in ihr Höschen und taucht ein in die feuchten Tiefen ihrer Schamlippen. Er schliesst die Augen und sucht Mirkas Cliti. Wie eine kleine Perle drängt sie sich ihm entgegen. Danny reibt, kitzelt, streichelt, liebkost… bis ihn Mirka, halb bewusstlos vor Lust, mit halb geöffneten Lippen um mehr bittet. „Make these european girls beg for more, stay cool, take your time… let them moan and scream… „ hatte einst ein erfahrener älterer Freund zu ihm gesagt. Kaum hat er sich seiner Unterhose entledigt, federt auch schon seine Wunderkerze in Mirkas Richtung. Dannys Glied läuft vorne spitz zu – und auch in erigiertem Zustand gibt es die Eichel nicht preis, wahrt sie wie ein Geheimnis. Mirka streckt die Hand aus und kitzelt Dannys kochende Hoden. Dieser rückt näher. Mirka lächelt ihn an. Dann, endlich, öffnet sie ihren BH. Ihre schweren Brüste rutschen etwas zur Seite, das Spiel ist endgültig eröffnet. Genüsslich lutscht Danny an ihren tiefbraunen Brustwarzen, lässt sie sozusagen auf der Zunge zergehen. Schon immer hat Mirka von solch breiten Lippen geträumt und reckt sich ihrem Lover entgegen. Danny arbeitet sich nach unten, so weit, bis er den Honigduft deutlich riecht. Er streift Mirkas Höschen ab und leckt ihr Geschlecht so lange, bis es warm, feucht und weich in der Abendsonne glänzt. Dann wirft er sich auf den Rücken. Er will die Praktikantin keuchen hören, will ihr fliegendes Haar geniessen und ihre wabbelnden Brüste. Als könnte sie seine Gedanken lesen, setzt sie sich auf Danny und führt seine Wunderkerze in ihre Orchidee ein. Danny bleibt bewegungslos liegen. Diese Coolness bringt Mirka fast zur Verzweiflung. Dann, endlich, bewegt sie ihrerseits die Hüfte und gibt dem Mann die Sporen. Wie eine schwere Traube senkt sich ihr Hintern immer wieder über Dannys Kerze, im regelmässigen Rhythmus eines Kolbens. Leise murmelt die Aare, und alles ist gut. Aus halb geschlossenen Augen betrachtet Danny Mirkas schwingende Brüste und ihre weit geöffneten Augen. Zwischendurch hält sie inne und klammert sich mit ihrer Vaginalmuskulatur an Dannys Glied, so, als wollte sie ihn melken, die weisse Lava aus ihm heraus pressen.

Die beiden merken erst spät, wie jemand das Gras teilt. Professor Wiener, Mirkas Dozent, lächelt schmallippig. Er rückt seine Brille zurecht und räuspert sich. "Die Vorlesung beginnt morgen eine Stunde früher, junge Dame, finden Sie sich um 08:00 Uhr in meinem Büro ein." Er zwinkert Danny zu und geht seines Weges. Die zu Stein erstarrte Mirka und der vollkommen entspannte Danny hätten ein wunderbares Sujet abgegeben für manchen Bildhauer. Wieso nicht? Mirka und Danny, in Bronze gegossen, vor dem Alpinum im Botanischen Garten der Stadt Bern…?

Mirka erscheint pünktlich im Büro des Botanik-Professors. Es ist bereits taghell; die Fenster des grosszügigen Raums lassen viel Licht herein – trotz der Epiphyten, die sich Rebenstämmen entlang ranken und die Sicht nach Aussen zu verdecken drohen. "Hier sind wir geschützt vor neugierigen Blicken, Mirka, und das ist gut so", sagt der ältere Herr mit heiserer Stimme zu ihr. Mirka ahnt, was Professor Wiener von ihr will – da sie aber über einschlägige Erfahrung verfügt, nimmt sie die Herausforderung an. "Na denn, Professorchen", schmunzelt sie und setzt sich auf die Tischkante. Ihr Herzklopfen sieht er ja nicht. Ohne Umschweife tritt er vor sie und schiebt ihr langsam den Rock über die Oberschenkel. Mirkas smaragdgrüne Zehennägel reizen ihn. Sie reibt die Füsse aneinander und sieht ihn an – mit klaren forschenden Augen. Sie duftet nach „l'air du temps", einem Mittelklasseparfum, das das Laszive an der Situation noch unterstreicht. „Mirka", sagt der Professor gedehnt, „Mirka". Er legt die Hände auf ihre nackten Beine und vollführt kreisende Bewegungen. Unwillkürlich öffnet die Studentin ihre Schenkel; ihr klitzekleiner schneeweisser Slip wird sichtbar. „Sorgfältig rasiert, hm?" Die Mimik des älteren Herrn lässt auf zunehmende Geilheit schliessen. Mirka öffnet den obersten Knopf ihrer Bluse. Eine Einladung? Eine leichte Morgenbrise weht herein, murmelnd nimmt die dunkelgrüne Aare ihren Weg. Unter der dünnen Bluse und dem noch dünneren BH erahnt Professor Wiener Mirkas pralle dunkle Brustwarzen. Es bereitet ihm zunehmend Mühe, sich zu beherrschen. "Darf ich"? fragt er heiser und beginnt, an Mirkas Höschen herumzutasten. "Naturwissenschaftliches Interesse, rein naturwissenschaftlich", bemerkt er mit schmallippigem Lächeln und legt den Mittelfinger der rechten Hand genau an Mirkas Spalte. Diese zuckt zusammen, doch der Stromstoss legt sich rasch. Sie denkt an Danny, den hoffnungsvollen, schwarzen jungen Mann, der sie unten im Garten verwöhnt hatte. Und jetzt… dieser vom Vertrocknen bedrohte Akademiker… was will er eigentlich von ihr? Sein Fingerspiel ist allerdings nicht von schlechten Eltern; durch den Stoff hindurch manipuliert er Mirkas Cliti. Efeu raschelt, und ein Sonnenstrahl bringt Mirkas Haar für einen Augenblick zum Leuchten. Mit sanften, ausgeglichenen

Bewegungen massiert der Botaniker die feuchte Vulva seiner Studentin und blickt über sie hinweg verträumt nach draussen. Dann dringt er mit Mittel- und Zeigefinger tief in Mirka ein. Diese stützt sich mit den Ellenbogen auf dem Teaktisch auf und öffnet sich dem aristokratischen Herrn. “Eine geile Fotze hast du da, richtig obszön ist das, Schlampe, ich mag dein Sumpfloch!“ Mirka weiss, dass erregten Männern eine kulturell hoch stehende Sprache manchmal etwas entgleitet, und sie lächelt den Professor an. “Mein Sahneschnittchen macht Dich also an?” Als hätte sie Oel in ein lodderndes Feuer gegossen, intensiviert der Professor seine Streicheleien und versucht, sie zu küssen. „Zeig es mir, Mirka, zeig mir dein Sahneschnittchen in seiner ganzen prallen Nacktheit…“ Als handelte es sich um ein Mantra, wiederholt der Professor die Bitte. Mirka legt sich ganz zurück, zieht die Beine an und streift ihr Höschen ab. So zeigt sie dem Professor ihre jungen, prallen Schamlippen – dieser schlägt verzückt die Hände über dem Kopf zusammen. Keine wirklich männliche Attitüde… aber der Situation durchaus angepasst – zudem sind Akademiker auf der vergeistigten professoralen Ebene selten wirklich männlich… in der Botanik-Szene schon gar nicht. „Magst Du mich lecken?“ fragt Mirka frech und öffnet einladend ihre Schenkel. Des Professors Zungenspitze leistet ganze Arbeit. Liebevoll umkreist sie immer wieder Mirkas kleine steife Cliti, taucht kühn in die Tiefen der Labien ein und reizt minutenlang Mirkas Damm. Diese hält sich mit beiden Händen am Tisch fest und keucht, stöhnt, seufzt, dass es eine wahre Freude ist. Sogar die Insekten halten im Flug inne, die paar Singvögelchen hören auf mit Jubilieren und lauschen mit offenen Schnäbeln der wundervollen Musik aus den Tiefen von Mirkas Seele. Dann entzieht sie dem Professor ihr feuchtes Sahneschnittchen und setzt sich erneut an die Tischkante. Sie greift dem Botaniker in den Schritt und ertastet seinen Hoden. Die dunkle, elegante Hose sitzt locker; Mirka wird rasch fündig. Sie zieht den Reissverschluss nach unten, und die Dinge nehmen ihren Lauf. Wenig später wälzen die beiden sich am Boden, der Professor fühlt sich zwanzig Jahre jünger. Mirkas Sloggi-Höschen liegt neben dem provokativ roten Schiesser-Slip des älteren Herrn; ihre Bluse und der BH sind irgendwo zwischen einem Bücherregal, drei Mikroskopen und zwei gelblichen Phiolen verschwunden. Sie reizt mit raffinierter Züngeltechnik die pralle rosa Eichel des Naturwissenschaftlers. Immer wieder greift er lüstern in ihr Fleisch, bekommt mal Mirkas Brüste, dann ihren Po, dann wiederum ihren Bauch zu fassen. Er geniesst die Studentin in vollen Zügen – und sie ihn. Danny gestern Abend war völlig anders – ruhig, beherrscht, gelassen – ihr Dozent hingegen flammende Leidenschaft… Leidenschaft, von der an der WM 2006 bei den Schweizer Penalty-Schützen nicht allzu viel zu spüren war. Jetzt ist sie über ihm, bewegt neckisch die Hüften über seinem Gesicht. Er kann ihr Sahneschnittchen von unten betrachten, close-up sozusagen. Die feinen Fältchen ihres winzigen Polochs erregen ihn bis zum Gehtnichtmehr, ebenso der offene, lockende Scheideneingang und die orchideenhaften Irrungen und Wirrungen ihrer kleinen Labien. Der Professor saugt sich an ihr fest und atmet den typischen Honigduft blonder Frauen. Rothaarige schmecken da unten eher bittersüss, dunkelhaarige Frauen herb-salzig, hat er in Erinnerung. Er war ein beachtlicher Womanizer früher, ein wahrer Mick Jagger der Botanikszene. Heute geben sie sich ihm seltener hin, die Studentinnen – aber er kennt den Zusammenhang: Die Vielfalt pflanzlicher Formen versetzt Frauen, ob sie es wollen oder nicht, in latente sexuelle Erregung. Es braucht dann bloss noch das kleine Flämmchen zur richtigen Zeit am richtigen Ort, und sie gehen ab wie Raketen, die Weiber, diese geilen, jungen Schlampen, die er im Hörsaal unterrichtet.

Mirkas slawische Gesichtszüge sind entspannt, ihr honigblondes, zu einem Pferdeschwanz zusammengebundenes Haar hängt ihr in Fransen über die Stirn. Mit zitternden Händen macht sie sich an Professor Wieners Glied zu schaffen. Es hat beeindruckende Aus-masse angenommen – eine wahre Lustwurzel, über die die Prakti-kantin jetzt erneut ihre Lippen schiebt. Dann legt sie sich auf den Rücken, der Botaniker ist über ihr. Vorsichtig schiebt er seine pralle Eichel zwischen Mirkas Schamlippen. Diese stöhnt auf… und ge-niesst das reizvolle Vorspiel. Zwischen zwei übervollen Bücher-regalen zieht der Professor ein grosses Kissen hervor, das er Mirka unter Kopf und Schultern schiebt. “So ist’s bequem, nicht?” Ein zweites Kissen legt er Mirka unters Kreuz und betrachtet ihr Sahneschnittchen. Bald, bald wird er eindringen in diese hübsche Tschechin, bald. Erst kitzelt er sie noch ein wenig an den Füssen und am Bauch; Mirka quittiert mit in paar kurzen Lachern. Sie legt die Arme unter den Hinterkopf und ist bereit. Diese wundervollen, sorgfältig rasierten Achseln! Jetzt tut der Professor etwas, das ich dir, lieber Leser, auch empfehlen möchte. Er fällt nicht gleich wie ein Tier über die Praktikantin her, oh nein. Er kniet sich zwischen ihre Schenkel, fasst seinen Penis mit der rechten Hand und schiebt die Eichel (und nur diese!) in Mirkas Liebesloch. Dann verharrt er in Ruhe, bewegungslos wie ein Yogi beim Meditieren. Er zieht die Beckenbodenmuskulatur zusammen, was dazu führt, dass die Penisspitze sich leicht dehnt. In Mirkas Bauch wird es warm. Sie schliesst die Augen. In immer rascherer Folge lässt der Professor seine Beckenbodenmuskulatur spielen; dann zieht er sich aus seiner Gespielin zurück und beginnt mit seinem Spiel von neuem. Mirka ist halb bewusstlos vor Lust und reibt ihre Brustwarzen mit etwas Speichel ein. Den Kopf dreht sie zur Seite und stöhnt leise. “Tu mit mir, was du willst, aber tu es”, haucht sie und öffnet ihre Schenkel, so weit sie es vermag. Ihre Schamlippen sind jetzt klischnass. Ungerührt wiederholt der Professor sein Vorspiel – gleich einer riesigen brummenden Hummel, die sich an einem Lippenblütler zu schaffen macht, dringt der mächtige, leicht gekrümmte Peniskopf in Mirka ein. Dann, völlig unvermutet, stösst der Professor zu. Einmal. Zweimal. Dreimal. Mirka schreit vor Lust, ungeachtet der Tatsache, dass sie nicht allein im Haus sind. Der Professor ist beweglich wie ein Schachtelhalm und vögelt die Praktikantin aus der Hüfte heraus, so, wie Elvis das weiland getan hat und heute noch täte, wenn er könnte. Dann hält er wieder inne und betrachtet Mirkas volle Brüste, ihre Bauchdecke, die sich hebt und senkt. Er ertastet ihren Damm, schiebt ihr den rechten Daumen bis zum Grundgelenk ins enge Poloch. Mirka stöhnt. Dann vögelt er sie genüsslich bis zum gemeinsamen Orgasmus, der sich, objektiv gesehen, etwa 20 Sekunden lang hinzieht, subjektiv gesehen für Mirka 5 Minuten, für den Professor 2 Minuten.

Was möchtest du noch wissen, lieber Leser? Ja, Mirka wird schwanger von diesem kleinen Liebesabenteuer mit ihrem Professor. Mit rundem Bauch und schweren Brüsten wandelt sie in der Folge oftmals nachdenklich durch den Botanischen Garten der Stadt Bern. Die Aare murmelt ihr ein Gedicht zu. Von weither brummt ein Flugzeugmotor. Der Professor sitzt konzentriert über einem seiner Mikroskope und betrachtet einen präparierten Grashalm. Danny arbeitet im neu eröffneten Burger King. Und die Kleine, die im Bauch der hübschen Tschechin heranwächst, wird nicht nur einen grünen Daumen haben, sondern deren zwei.

Reimund Neufeld

Angelika

Warten, sitzen und warten. Ist mir im Grunde auch recht. Wie mir eigentlich alles recht ist. Sollte. – Warten. Auf´s Ankommen – bis man dran ist, bis was kommt, bis wer kommt... Warten kann so schön sein. Wie lange dauern. Auf etwas Schönes – warten... Es ist wie sehen, anschauen. Ein Gesicht. Das Gesicht einer Frau. Dieser Frau! – der im Gesicht geschrieben steht, daß sie etwas bewegt, innerlich. Und doch ist sie offen für das, was um sie herum vor sich geht. Sie schaut ab und zu auf, nach links und rechts, zu einem anderen Fahrgast. Und immer wieder – aber nur für ganz kurz – sieht sie jemandem in die Augen. Wie gerade mir. Warum tut sie das? Ich kann in Augen lesen. Ich kann sehen was darin geschrieben steht. Sie hat sehr dunkle Augenränder und nicht wenige Falten, sogar tiefe Falten. Ihr Gesicht ist anziehend. Ihr Blick spricht, spricht von dem, was sie innerlich bewegt. Vielleicht Sorgenvolles. So gerne will ich sie ansprechen und sie fragen, und ihr sagen, sie braucht sich keine Sorgen mehr zu machen, weil ich jetzt bei ihr bin. Ich will ihre Hand in meine nehmen und ihren Kopf soll sie auf meine Schulter legen. Ich werde dann ihren Geruch wahrnehmen, werde wissen wie sie riecht, und sofort spüren was für ein Mensch sie ist. Wenn ich den Geruch eines Menschen wahrnehme, bin ich mir sofort über ihn im Klaren. Es ist viel mehr als nur ein erster Eindruck; viel prägender. Zwischen anziehend und abstoßend ist weniger als eine Sekunde – ein Bruchteil dessen, und ich reagiere körperlich. Es zieht mich hin, sie in den Arm zu nehmen, ich will sofort ihren Geruch, ihre Haut und ihre Haare. Ich weiß schon jetzt, daß ich sie auch ganz will. So, wie sie mich anschaut – in Abständen von weniger als einer halben Minute – bin ich sicher, daß auch sie mich haben will. Ihr Blick spricht: Ja, ich will! –, aber leider gibt es diese Schranke, diese unsichtbare, die so fest, so hart und unüberwindbar erscheint. Es gibt sie nun mal, diese Schranke. Oder hast du etwa den Mut sie zu durchbrechen und herüberzukommen, zu mir, und einfach meine Hand zu nehmen? Ich weiß, daß auch du mich willst –, also komm und laß dich spüren – spüre auch mich! Ja, jetzt lächelst du mich an! Oder ist es nur deshalb, weil ich dir ein Lächeln entgegengebracht habe? Wer ist sie nur?

Was keine Rolle spielt. Schließlich stehen wir gleichzeitig auf, und ich gehe mit ihr –, steige mit ihr gemeinsam aus, und wir gehen schweigend die Straßen entlang – weit, immer weiter, bis an den Stadtrand, und immer weiter gehen wir, bis wir das Meer erreichen, und dann gehen wir noch weiter, kilometerlang den weißen Strand entlang. Die Sonne steht hoch, rechts, von uns ausgesehen, und sendet uns ihre heißen Strahlen. Trotz der großen Hitze trägt sie noch weiter ihre Sachen – diese Lederjacke und diesen halblangen schwarzen Wollrock, und die ebenfalls schwarze Nylonstrumpfhose. Die hohen Absätze ihrer Schuhe graben sich tief in den Sand ein. Sie hakt sich in meinen rechten Arm ein und zieht mich seitlich an sich heran, lehnt ihren Kopf leicht an meinen, und sie lacht, sie lacht laut dazu, bis mir etwas aufgeht: Wir haben uns! –, die U-Bahn war nur der Vorhof zu dem was jetzt ist, was jetzt wird. Sie lacht weiter ihr helles Lachen heraus, und dann rennen wir gleichzeitig los, so als hätten wir dazu eine Aufforderung gehört. Warum aber trage ich einen Anzug der mir nicht gehört? –, einen fremden Anzug, hell, champagnerfarben – und warum laufe ich barfuß? Bei unserem Lauf halten wir uns an der Hand und geraten ganz dicht ans Meerufer. Ein karibisches Meerufer. Karibik. Der Name weckt Phantasien. Karibik. Warum sich die Blöße geben? Warum sich nicht lieber die Blöße zeigen? Die Blöße aufdecken. Und nicht allein die körperliche. Wir schauen uns an und haben gleichzeitig dieselbe Idee: ja, uns unsere Blöße zu zeigen! Ich beginne meinen Anzug auszuziehen, ich trage keine Unterwäsche, und schon steh ich nackt vor ihr, und sie lacht und umhalst mich dafür, und leckt mir beiläufig ins Ohr, so daß mir ein leichter Schauer den Nacken herunterläuft, bis zum rechten Oberarm, auf dem sich die Härchen aufrichten. Ein herrliches Gefühl, so nackt am Strand zu stehen, mit ihr, vor ihr, und zuzusehen, wie auch sie sich jetzt auszieht. Sie trägt keinen Slip unter ihrer Strumpfhose, so daß ich durch das transparente Schwarz ihre dichte Schambehaarung sehen kann, was mich mächtig erregt.

Und erst jetzt erkenne ich, welch einen schönen Körper sie doch hat! –, und wie üppig, drall und weiblich er ist... Schöne, gesunde, satte Weiblichkeit, strotzendes, festes Fleisch, eine Fleischeslust! Ja, das ist Fleischeslust, so eine Frau, mit solchen prallen Brüsten, mit solchen breiten Hüften, mit diesem voluminösen, festen Hintern, mit diesen vollen Schenkeln. Ich flüstere ihr ins Ohr, sie möchte ihre Strumpfhose noch anbehalten, fasse sie bei der Hand und laufe mit ihr so schnell es geht ins offene Meer hinein. Das Wasser spritzt unsere Nacktheit an, und schon wälzen wir uns in die tosende Flut, in diese schäumenden Wellen, die über unsere erhitzten Körper rauschen, sie ganz mit ihrem salzigen Naß bedecken, um sodann zurückzufließen und für wenige Momente unsere Körper freilegen und uns sofort wieder bedecken – im steten Rhythmus – vor und zurück, vor und zurück; und wir liegen weiter im Sand, immer wieder von den Wellen umspült und überwältigt, halten uns verschlungen, und sie legt sich mit einem Mal auf mich – wir müssen aufpassen, daß wir uns nicht an dem salzigen Meerwasser verschlucken, was immer wieder über unsere Köpfe fließt. Ihr Schoß ist dicht auf mein Geschlecht gepreßt, was mir augenblicklich eine Erektion beschert. Ich drücke meine Handflächen fest in das volle Fleisch ihres Hinterns, obendrein erregt mich das Nylongewebe ihrer Strumpfhose, dennoch beginne ich, ihr diese auszuziehen. Eine berauschende Anstrengung, während wir weiterhin immer wieder von den Wellen bedeckt werden – und endlich ist auch sie nackt, mir gänzlich entblößt, und ich flüstere es ihr ins Ohr, zweimal, und noch einmal, bis sie anfängt ja zu sagen, ein lautes Ja zu stöhnen, und wir wälzen uns weiter in den salzigen Wellen, beginnen einen erotisch-ekstatischen Ringkampf, bei dem sich unsere Hände, unsere Finger in des anderen Haaren verfangen, unsere Münder aufeinander treffen und die Zungen sich wild belecken, sich tief in die andere Mundhöhle bohren, die sich weit offen zeigt. Mein ganzes Gesicht beleckt sie mit ihrer Zungenspitze, dringt in meine Ohrmuscheln, in meine geschlossenen Augenhöhlen, und versucht auch in die Nasenlöcher einzudringen. Die Nässe unserer Zungen ist uns nicht spürbar, alles ist Nässe, wir sind über und über mit Nässe behaftet, sind durch und durch naß. Ja, naß und feucht wird auch ihre Spalte sein, in die einzudringen ich bemüht bin, in diesem geilen Wildkampf, denn sie hält fest ihre Beine geschlossen, diese mächtigen, vollen Schenkel, die in ihrer Sonnenbräune an die stolze Haltung englischer Vollblutpferde erinnern, die sich im Trab bewegen. Und so geht der Kampf weiter, sie will erst besiegt werden – kein Sieg ohne Kampf, kein Triumph ohne Sieg! Ich drücke sie fest in den nassen Sandboden, sie liegt auf dem Rücken und schreit und schlägt mit den Fäusten gegen meine Brust, die Wellen gehen aber weiter über unsere kämpfenden, nackten Körper hinweg, so daß es auch immer wieder ein Schlucken und Glucksen ist, ein hektisches Atmen, damit ja nicht Meerwasser in die Lungen gerät! In aufgebrachter Ungeduld versuche ich vergebens, ihre angewinkelten Beine mit meinen Händen auseinanderzudrücken, während mich weiter heftige Faustschläge schmerzhaft auf Brust und Oberarme treffen. Ich will ihr Einhalt gebieten, versuche, ihre Handgelenke zu ergreifen, was mir schließlich auch gelingt, aber noch etliche Schläge muß ich von ihr hinnehmen –; ihre Kraft und Geschicklichkeit scheint sich zu steigern. So drücke ich ihre Handgelenke rechts und links neben ihren Kopf in den nassen Sand, beuge mich herunter und beiße ihr sanft in die Halsbeuge. Sie schreit auf vor Lust, immer fester werden meine Bisse, die herunterwandern zu ihren Brüsten, und noch immer halte ich ihre Handgelenke fest, genau wie mein Hintern sich schwer auf ihren Unterleib drückt –, ihre heftig strampelnden Beine können nichts mehr ausrichten. Ja, ich sitze auf ihrem Unterleib, fest wie auf einem Sattel. Die Nippel ihrer Brustwarzen sind hoch aufgerichtet, haben sich zu einer enormen Festigkeit zusammengezogen und vertragen so den massiven Druck, den ich durch meine in Fahrt geratenen Lippen erzeuge, und doch schreit sie aus Leibeskräften und versucht mich in die Schulter zu beißen, aber es will ihr nicht gelingen, denn rechtzeitig richte ich mich auf und lache ihr höhnisch ins rotglühende Gesicht, was sich in wütender Empörung laut schimpfend Luft macht. Aber plötzlich verändert sich ihr Gesichtsausdruck, sie beginnt zu lachen, nicht höhnisch wie ich gerade zuvor, nein, es ist ein spöttisches Lachen, das noch dazu hysterisch klingt. Noch immer halte ich ihre Handgelenke in den Sandboden gedrückt, und in einem wütenden Anfall darüber, daß sie es noch immer nicht vermag, sich aus ihrer mißlichen Lage zu befreien, beginnt sie, mit vor Anstrengung tränenden Augen, und unter spöttisch hysterischen Lachsalven, die sie durch laute fäkalwortige Beschimpfungen unterstreicht, mir zielgerichtet ins Gesicht zu spucken! Doch ich lache nur höhnisch weiter, halte sie weiter fest im Griff, beuge mich wieder zu ihr herunter und versuche, meine linke Wange, an der noch der dicke Schleim ihrer Spucke herunterläuft, an ihr Gesicht zu drücken. Doch sie wirft ihren Kopf schnell und ruckartig von links nach rechts, so daß es mir äußerst schwer fällt, aber doch gerät ein gut Teil der Spucke an ihr Gesicht. Die wüstesten Beschimpfungen begleiten den weiteren Kampfverlauf, es entspringen derartig unflätige Worte ihren Lippen, die ich nie zuvor aus einem schönen Frauenmund vernommen habe –, aber auch ich überhäufe sie jetzt mit den schmutzigsten und beschämensten Beschimpfungen, die mir für sie gerade einfallen, und ich stachel sie weiter an, worauf sie mich verzweifelt weiter anspuckt, und auch ich spucke sie an, gegenseitig spucken wir uns ins Gesicht, von frechen Drohungen begleitet, bis uns die Spucke ausgeht, und ich beuge mich wieder herunter und lecke ihr mit meiner Zunge heftig übers Gesicht, wie ein Hund, und damit fangen wir auf einmal – beide gleichzeitig – wieder zu lachen an. Nur ist es jetzt ein herzliches, ein gelöstes Lachen, obwohl ich sie noch immer in meinem Griff halte, und fest auf ihrem Unterleib sitze –; doch unser Lachen ist vielleicht auch nur das Lachen einer Pause, die unsere erschöpften Körper einfordern, vielleicht ein verschlagenes Lachen, ein hinterhältiges. Wer kann das wissen – was uns bevorsteht...? Sie fordert mich in ordinären Sätzen auf, sie jetzt zu nehmen, es ihr hart und gründlich zu besorgen – falls ich dazu imstande wäre... (diese Teufelin!) –, denn sie ergebe sich, sie ergebe sich mir, sie liefere sich mir bedingungslos aus – dann! Was ist in mich gefahren? Ja, ich komme ihren Aufforderungen nach! Und schon öffnen sich mir ihre nackten, vollen Schenkel und ich gewahre die wie eine klaffende Wunde sich darstellende Spalte, die zu schreien scheint: Dring endlich ein! Gib mir die süßen Schmerzen, die ich verdiene! Tu es mir endlich an! – Was ist in mich gefahren? Ja, ich tu es ihr an, es dringt ein in diese schreiende, dunkle Spalte, tief dringt es ein, mein Geschlecht, aber nicht zartfühlend und auf Harmonie bedacht, sondern in Rage geraten hackt es wie auf einem Fleischbrett herab, immer hinein, in dieses dunkle feuchte Loch, wie in ohnmächtige Wut geraten, aber ohne wütend zu sein, immer wieder herab und hinein, herab und hinein – der Schmerz beginnt sofort! Was ist in mich gefahren? Erst nehme ich ihre Schreie nicht wahr – zwar höre ich sie, aber sie bedeuten mir nichts – doch dann, wie sie lauter und lauter werden, und von wütenden, anstachelnden Stoßseufzern begleitet werden, und ich für kurz innehalte, ihren Körper herumreiße, um sogleich von hinten in sie einzudringen, ihr dabei einen heftigen Schlag mit meiner Hand auf ihren nackten, fleischigen Hintern gebe –, da dringt auf einmal ihr Aufschrei mir ins Hirn zu vollem Bewußtsein, und es erweckt auch keinerlei Mitleid wegen ihrer Schmerzen, die sie gerade erleidet, nein, ihr Schreien stachelt meine Lust zu weiteren Schlägen an, die ich ihr jetzt mit beiden Händen, rechts und links, auf ihre fleischigen Hinterbacken verabreiche, und die in kürzester Zeit eine hochrote Färbung aufweisen. Ja, das ist in mich gefahren: diese lüsterne Raserei... in der ich kaum mehr Gehör habe, ihre Worte wahrzunehmen, die sie in ihrer Ekstase ausruft – komm! kommen, ankommen...! – Ja! sicher –, auch ich kämpfe mich dem Höhepunkt entgegen, ich will auch gleich kommen...! Aber zusammen? Gemeinsam? Ich glühe. Ihr Gesicht kehrt sich auf einmal mir zu, es wirkt so entspannt, sie lächelt mich an, öffnet ihren Mund, und reicht mir die Hand...

„Da sind wir! Hallo! Wir sind angekommen –, hier ist Endstation! Sie haben mich dauernd so sonderbar angeschaut, und mich auch angelächelt –, da habe ich mir ganz einfach erlaubt zu Ihnen herüberzukommen. Wollen wir nicht für kurz in das Café, hier gleich gegenüber? Ja? Also kommen Sie, ich glaube, Sie sind mir eine Erklärung schuldig – kommen Sie! Ich heiße übrigens Angelika!"

Gina Blum

Eisdiele

Sie hatte es schon immer vorgezogen, ihr Eis aus einer Waffeltüte zu essen, drei Kugeln übereinander getürmt. Dieses ganze Brimborium von Früchten und Dekorationen lenke sie nur vom Wesentlichen ab, sagte sie immer. Er war ihr nicht böse darum. Ganz im Gegenteil. Er schaute ihr überhaupt gern beim Essen zu. Er glaubte daran, dass Menschen, die Essen nur als Nahrungsaufnahme betrachten, es auch im Bett an genießerischer Freude fehlen lassen. Das konnte man von ihr nun wirklich nicht behaupten.

Er trank einen Schluck von seinem Cappuccino und blickte sie dabei an. Wie sehr er sie liebte! In all den Jahren hatte sie nichts von dieser gradlinigen Natürlichkeit verloren, die ihn vom ersten Augenblick an ihr fasziniert hatte. Die Weichheit ihres Körpers - wie gut sie sich anfühlte - und wie viel Mühe es ihn gekostet hatte, sie nicht durch Ungeschicklichkeiten in eine Härte zu treiben, die sie gar nicht kannte! Er war stolz, dass es ihm gelungen war. Vielleicht war sie ihm deshalb so kostbar.

Er sah den Ansatz ihrer Brüste über dem Ausschnittrand ihres Sommerkleides. Ihre Brüste - fest und schwer lagen sie in seiner Hand, wenn sie sich liebten. Der klar gezeichnete Hof um ihre Brustwarzen schimmerte in einem bräunlichen Rot. Das wusste er auch ohne sie zu sehen. Bei der leisesten Berührung durch seine Finger richteten sich ihre Brustwarzen auf, wurden hart, so hart...

Er hob den Kopf und sah, dass sie ihn anschaute. Es war klar, sie wusste genau, wie sehr er sie begehrte! Jetzt und hier! Ohne ihn aus den Augen zu lassen, fuhr sie mit der fest angespannten Zungenspitze über die Rundung der Kugel und hob dabei kleine Eishäufchen ab. Genüsslich ließ sie sie im Mund zergehen. Ihre Augenlider schlossen sich etwas. Er spürte ihren Blick tiefer und tiefer an sich hinunter sinken. Den Mund halb geöffnet, begann sie, die Kugel mit der flachen Zunge breit glatt zu streicheln. Es war offensichtlich, woran sie dachte. Zu oft hatte sie schon seine Eichel mit genau diesen Bewegungen umspielt und ihn damit fast zum Wahnsinn getrieben.

Sie öffnete ihren Mund noch weiter und blickte ihm wieder direkt ins Gesicht. Dann nahm sie das ganze Eis bis zum Ansatz der Waffel in sich auf. Ihre Wangen wölbten sich um die Kugeln, schienen sie kaum aufnehmen zu können. Fasziniert sah er, wie sie sich etwas zusammenzogen, als sie begann, das Eis wieder freizugeben. Ganz langsam, wie in Zeitlupe, glitt die sahnige Kugel wieder aus ihr heraus, einen cremig-hellen Rand auf ihren Lippen hinterlassend. 'Wie Sperma!', konnte er nur denken. Und folgte der Zunge, wie sie die Sahne aufnahm. Er starrte weiter auf ihre Lippen, die lautlos ein Wort formten. Was sagte sie da? Endlich drang die Botschaft in sein Gehirn. "Komm!" las er ihr vom Mund ab. Diesem Mund, der gerade so sehr ihrer Scheide glich, wenn er sich in sie ergossen hatte!

"Komm!" hörte er sie noch einmal sagen und sah sie aufstehen. Sie war schon neben ihm, bevor er richtig begriff. Wie im Traum folgte er ihr in den hinteren Bereich der Eisdiele. Was geschah hier? Immer noch ihr Eis schleckend, ging sie direkt in die Behindertentoilette. Selbst das Schließen der Tür hinter ihnen konnte ihn nicht ablenken. Diese Frau wollte er. Diese Frau gehörte ihm. Und dieser Frau wollte er gehören. Hier und jetzt und auf der Stelle.

Sie saß schon mit weit gespreizten Schenkeln auf dem Toilettenbecken, als er noch mit seinem Reißverschluss kämpfte. Dick geschwollen leuchteten ihm ihre Schamlippen entgegen. Sie war bereit - bereit, ihn in die feuchte Glätte ihres Schoßes aufzunehmen. So bereit!

Endlich hatte er sein Glied befreit. Es schien ihn förmlich zwischen ihre Schenkel zu ziehen - in diesen Eingang hinein, den Eingang zu vollkommener Glückseligkeit. Oh, wie feucht sie war! Er spürte kaum, wie seine Eichel die Schamlippen öffnete und sie mit leichtem Druck voneinander trennte. Über ihre angeschwollene Klitoris hinweg glitt er mit einer weichen Bewegung tiefer direkt auf die Pforte zu und in sie hinein. Sofort zog sie ihn noch dichter an sich heran und nahm ihn ganz in sich auf. Ihre Beine schlossen sich um seinen Rücken. In dieser Klammer gehalten, stieß er in sie hinein, aufgepeitscht und angespornt von dem antwortenden Vorwärtsdrängen ihres Unterleibes. So herrlich, so überaus herrlich war dieses Gefühl! Wieder und wieder kamen sie sich hitzig entgegen, pressten sich aneinander, entfernten sich wieder, begannen von Neuem und trugen sich höher und höher hinauf.

In der allerletzten Sekunde der maßlosen Anspannung, unmittelbar vor dem Gipfel seiner Lust, traf es ihn wie eine Keule unterhalb des Rückgrates. Schockartig wurde er senkrecht empor direkt ins Universum geschleudert. Mit weit geöffneten Augen, seine Muskeln wie im Krampf erstarrt, fühlte er nur noch, wie sein Samen eruptionsartig aus ihm heraus schoss, mit einer ihm bisher unbekannten, ihn seiner Sinne beraubenden Gewalt.

Er kam zu sich, halb auf ihr liegend. Undeutlich sah er die weißen Fliesen vor sich, an denen das Waschbecken hing. In seine Benommenheit hinein drang ihre Stimme, noch rau von der eben erlebten Lust, und er hörte sie sagen:

"Das kostet dich jetzt aber ein neues Eis, mein Lieber!"

Netzfundstücke II
Das schlechteste erotische Gedicht aller Zeiten

Don Marco
"Der Saunafick oder...
... genieße den Augenblick."

Ich saß in der Sauna, ganz alleine,
da kam ein Mädel hereinspaziert.
Sie öffnet ihre Beine,
zeigt mir ihr Fötzchen - ganz ungeniert.

Sie lächelt mich an - wie keck;
und zeigt auf einen naßen Fleck.
Aus ihrem rasierten Fötzchen
rinnen lustvoll Liebeströpfchen.

Der Aufforderung kann ich nicht widerstehn,
muß gleich zu ihr rübergehn.
Setz´ mich an ihre Seite,
noch weiter öffnet sie ihre Beine.

Meine Hand sich auf die ihre legt,
ihr´n Kopf sie zu meinem dreht.
Ich seh ihr in die Augen,
kann mein Glück noch kaum glauben.

Unsre Lippen berühren sich zart,
ihre Brustwarzen werden hart.
Liebevoll streichele ich ihren Nacken,
sie will meine Eier packen.

Drum öffne ich meine Schenkel weit,
derweil ich meine Hand zu ihrer Brust geleit.
Derart Vorspiel ihren Gefallen find,
ihre Arme mich umschlingen geschwind.

Auffordernd legt sie sich nieder,
und schließt dabei ihre Lider.
Vor Lust hebt sie ihr Becken empor,
sogleich ich meine Lanze in sie bohr.

Ganz tief soll sich mein Liebesstab in sie bohren,
der Schweiß tropft aus allen Poren.
Rhythmisch sind unsere Bewegungen,
harmonisch - wie sanfte Schwingungen.

Unsere Körper verschmelzen zu einem.
Tausend Schweißperlen! Als ob Englein weinen.
Wir hören die Englein singen,
tief bin ich in ihr drinnen.

Heiß wird es ihr in den Lenden,
meinen Samen will ich ihr schenken.
Sie bäumt sich auf vor Lust und Wonne,
und ist heiß wie die glühende Sonne.

Unser Orgasmus ist unbeschreiblich heftig,
ein letztes Mal stoße ich sie kräftig.
Noch einmal bäumt sie sich auf,
dann nimmt der Liebesstrom seinen Lauf.

In der Sauna riecht es nach Sex und Schweiß,
vom Liebesspiel wurd es uns heiß.
Zur Dusche gehn wir Hand in Hand.
In ihr trägt sie mein Liebespfand.

Erquickend ist des Wassers Strahl,
schon wieder reckt sich mein Liebespfahl.
Zärtlich seifen wir uns gegenseitig ein.
Unsre Berührungen sind zart und fein.

Sanft drück ich sie gegen die Wand.
Sie hält meinen Schaft in ihrer Hand.
Ihre Blicke sagen mehr als 1000 Worte,
derweil öffnet sie ihre Liebespforte.

Im Stehen dring ich in sie ein,
vor Glück möcht sie laut schrein.
Doch zart küß ich sie auf den Mund,
und streck meine Zunge in ihren Schlund.

Wild und fordernd ist das Zungenspiel,
ich spüre was sie haben will.
Ihre Hände halten meinen Nacken,
die meinen fest ihr Becken packen.

Sie hebt ein Bein um mich zu führen,
tief in sich will sie mich spüren.
Erst sanft, dann kräftig mein Stoß,
in ihren heißen Liebesschoß.

Dann zieht sie mich auf den Boden,
setzt sich auf meine gefüllten Hoden.
Ihre Hände krallen sich in meine Brust.
Sie lächelt froh vor Liebesdurst.

Ihr Becken derweil kreist und dreht.
Sie hat mir vor Liebe den Kopf verdreht.
Vor Gier und Lust sie lauthals stöhnt.
Der Dusche Wasser auf uns niederströmt.

Sie reitet auf mir wie wild,
mein Liebessaft in sie quillt.
Ihren Orgasmus schreit sie laut.
Tief ihre Fingernägel in meiner Haut.

Erschöpft sinkt sie zu mir nieder.
ich öffne meine Lider.
Zärtlich streichele ich ihren Rücken,
sie seufzt ganz leis vor Entzücken.

Zart meine Lippen ihre Wangen berühren,
ihren heißen Atem kann ich spüren.
Ich küß den Hals, Stirn und Ohr,
die Englein singen am Himmelstor.

Arm in Arm gehn wir zum Schrank,
ein gekühlter Champagner dort stand.
Ejakulierend knallt der Korken weit.
Für eine prickelnde Erfrischung ist jetzt Zeit.

Ich nehm den ersten Schluck in den Mund.
Zart berühren sich unsre Lippen.
Meine Zunge rollt den Wein in Ihren Mund.
Ihr gefällt das leckere Nippen.

Vom frivolen Getränk sehr angeregt,
hat sie sich sogleich niedergelegt.
1000-fach küß ich sie vom Kopf bis zum Fuße -
oh, Du meine holde Muße.

Ihr Fötzchen ist schon wieder naß,
ich mir die Liebkosung nicht entgehen laß.
Sie trinkt Champagner, ich ihren Saft,
die prickelnde Zärtlichkeit gibt uns beiden Kraft.

Ihr Körper zittert und vibriert,
ihr Fötzchen so lecker, und frisch rasiert.
Dürstend ich am Liebesquell labend,
kommt sie zum 3. Mal an diesem Abend.

Sie weint vor Glück, es ist so schön,
doch heute Nacht mußt Du noch gehn.
Zwei Seelen wurden eins heut´ Nacht,
die Englein habens überwacht.

Engumschlungen verlassen wir den Ort,
ein letzter Kuß, dann ist sie fort.
Noch lange schaue ich ihr nach.
Vor Sehnsucht quälend ich mich auf den Heimweg mach.

So gern würd ich sie wiedersehn!
Doch ihre Worte: „Es kann nicht gehen!
Zuhaus der Mann und der Kinder Schar.
Es war ein Traum - so wunderbar.

Marian Fanez

Frau Griese

Frau Griese, Frau Griese. Frau Vera Griese. Immer korrekt, pünktlich, akkurat. Aber arrogant. Was bildet die sich ein? Sein Chef ist der alte Hainke und niemand anders. Bloß weil sie seine Instruktionen weiterleitet, braucht sie doch nicht zu glauben, dass sie ihm irgendetwas befehlen könne. Was für ein Ton. Als sei sie der Alte persönlich. Wie die sich aufgeplustert hat. Klar, so etwas konnte er sich nicht bieten lassen, da musste er ihr die Meinung sagen. Die hat nicht schlecht gestaunt. Was die sich einbildet. Schließlich sind sie Kollegen und sie ist ihm in keiner Weise vorgesetzt. Die ist doch nur so überheblich, weil sie so verdammt gut aussieht. Aber in ihm hat sie sich verrechnet. Er lässt sich nichts von ihr gefallen. Von ihr nicht!

Klar ist sie außerordentlich attraktiv. Ehrlich gesagt: wunderschön. Ihr Äußeres beeindruckt so sehr, dass niemand es wagt, sich ihr über den kollegialen Rahmen hinaus ernsthaft zu nähern. Sie ist ein Phänomen von einschüchternder Schönheit. Immer sehr gut, mit einer ansprechenden Mischung aus Eleganz und Jugendlichkeit gekleidet, präsentiert sie Tag für Tag ihre ständig wechselnden Variationen formaler Weiblichkeit mit aufreizender Dynamik, ohne dabei doch die Grenzen des Anstands zu überschreiten. Immer bleibt sie die seriöse Kollegin, sehr bestimmt in der Wortwahl, selbstbewusst und distanziert, dabei mit einem unübersehbar dezenten Hauch autonomen Hochmuts in Gesicht und Körperhaltung.

Locker legt sie jetzt ihre Finger um das Glas, weiß, schlank und zart, und führt es mit einer gleichmäßigen Bewegung an die Lippen. Er kann es gut sehen, an der frisch entstaubten Yuka-Palme vorbei. Die ruhige Eleganz ihrer Hände weist einen schwer zu beschreibenden Zug von Vornehmheit und Stolz auf, den er fast adlig nennen möchte. Sie trinkt immer Wasser bei der Arbeit. Ständig hat sie ein volles Glas auf dem Schreibtisch, die Flasche links im unteren Fach. Da, jetzt steht sie auf, will zur Mittagspause in die Kantine. Leise bewegt sie sich auf die Garderobe zu, hebt den Bügel mit gedämpftem Schwung von der Stange, zupft den Mantel leicht nach oben und streift ihn lautlos herunter: Das alles geschieht in einer einzigen ruhig dahinfließenden Kette sanft ineinander gleitender Bewegungen, so unbeschwert und ruhig, so sacht und so leicht wie ein milder Lufthauch, und doch spürt er deutlich, bis in die kleinste Krümmung der Finger, die dahinter stehende selbstbewusste Entschlossenheit. Überlegene Anmut gepaart mit offensichtlich sehr gekonnt nur flüchtig betonter Weiblichkeit. Da geht sie hinaus, und im Türspalt verschwindet ihr Füßlein mitsamt dem schwarz glänzenden Lackschuh. „Klack" macht es, und alle Köpfe drehen sich zurück zu den Schreibtischen.

Ja, sie fasziniert ihn. Und jeden seiner Kollegen auch. Er weiß es. Er spürt es an der Art, wie sie ihr hinterher schauen und an ihrem so affektiert absichtslos zuvorkommenden Verhalten. Er sieht es an der Verlegenheit, dem Imponiergehabe und dieser oft geradezu hündischen Dankbarkeit, wenn sie sich ihnen gegenüber einmal zu einem Lächeln herablässt. Selbst Herr Hainke und Herr Grothe, ihre väterlich-fürsorglich balzenden Vorgesetzten, machen da keine Ausnahme.

Dabei ist sie erst sechsundzwanzig. Ein junges Ding, das bei genauerem Hinsehen noch etwas durchaus Jugendliches hat. Man erkennt es nicht sofort, weil sie es hinter ihrer entschlossenen Geschäftsmine gekonnt verbirgt. Nur manchmal, wenn nicht viel zu tun ist, und ihre Gedanken in fernlieben Sphären weich versinken, bemerkt er in dem strengen Frauengesicht für einen flüchtigen Augenblick die verträumten Züge eines jungen Mädchens. Elegante, hochmütige Schönheit mit Spuren sanfter Unschuld fein durchsetzt.

Aber deshalb lässt er sich doch von ihr nicht einwickeln!

Nun ja, wie gesagt, sie sieht unglaublich gut aus, und immerhin trifft er sie fast jeden Tag. Er kann ihr ja nicht ausweichen, sie arbeiten nun mal in einem Raum zusammen. Und wenn er sie so unbemerkt betrachtet, mit ihrer gold-gerandeten Brille, den unter hochgesteckten Haaren grünlich glitzernden Ohrringen, vielleicht in einem ihrer aristokratisch-ernsten Bürokleidern, dann stellt er sich gern, während sie z.B. mit gerunzelter Stirn über den Schreibtisch gebeugt in wichtigen Unterlagen blättert, ihren wulstlippigen, flaumhaarigen Mund vor, wie er dort unter ihrem grauen Röckchen, zwischen ihren weich übereinander geschlagenen Schenkeln, lautlos im Verborgenen schlummert.

Aber das hat rein gar nichts zu bedeuten. Er hat seine Arbeit und er hat seinen Stolz. Er wird ihr in nichts nachgeben. Sie wird ihn nicht so einfach um den kleinen Finger wickeln, wie den Großteil seiner Kollegen. Selbst vierzigjährige Familienväter schämen sich ja nicht, dummverliebt und sichtbar heimlich hinter ihr her zu schwänzeln. Wie absurd das ist. Wie lächerlich! Einfach erbärmlich.

Einmal bog er um die Ecke und stand plötzlich hinter ihr. Sie hob einen Stift vom Boden auf und beugte sich dazu vornüber, während sie ihm ihr in frisches Blütenmuster eng verpacktes Hinterteil lieblich rund entgegen reckte. Die Sonne schien durch das Fenster und fiel auf die zierlichen Halbkugeln, dass sie leuchteten in mildem Licht. Unwillkürlich spürte er einen Impuls niederzuknien und jede Blüte einzeln zu küssen. Er war vor dem Bild, das sie ihm plötzlich so absichtslos verlockend präsentierte, überrascht stehen geblieben. Nach einem ewig kurzen Moment schrittloser Stille richtete sie sich abrupt auf und schaute ihn empört errötet an. Sie sagte nichts, er blickte Richtung Yuka-Palme und ging schnell weiter.

Manchmal gibt es kleine beruflich bedingte Auseinandersetzungen im Betrieb. Frau Griese wird dabei schnell ein wenig hitzig. Er spürt dann deutlich ihre unter leichter Spannung streng gezügelte Leidenschaft und die konzentrierte Aufmerksamkeit, mit der sie bei der Sache ist. Absolut vorbildlich, wie wichtig sie ihre Arbeit nimmt. In uneingeschränkt positiv beeindruckender Weise beispielhaft. Einfach bewundernswert.

Jetzt hat er erst wieder ein Gespräch mit ihr gehabt, in dem sie ihm etwas aufgeregt ihren tatsächlich durchaus geschäftstüchtigen Standpunkt auseinander setzte. Sie war ordentlich in Fahrt und versuchte ihn mit nur schwach gebremster Begeisterung von der Schlüssigkeit ihrer Argumentation zu überzeugen. Dabei trug sie eine strahlend weiße Bluse mit kurzem sandfarbenen Rock, der sich zwischen ihren Schenkeln aufspannte und eine faltenlose Fläche bildete, da sie in ihrem nachdrücklichen Auftreten ein wenig breitbeinig vor ihm stand.

Den Oberkörper ihm leicht zugeneigt redete sie mit beiden Händen auf ihn ein. Es war nicht zu übersehen, wie kolossal wichtig es ihr war, Recht zu haben, mit welch ehrgeizigem Eifer sie für ihre bestechend klar formulierten und tatsächlich schwer zu widerlegenden Überzeugungen eintrat. Er stand ihr wortlos gegenüber und ließ sie reden, während er beständig daran dachte, wie sichtbar versteckt hinter der glatt gespannten Fläche des kurzen Röckchens ihr dunkelfeuchtes Löchlein nur darauf wartete, mit schwer gesteifter Fracht füllig beladen zu werden.

Und süßrot leuchteten ihre bewegten Plapperlippchen. Reinkriechen mochte er. Doch während die gute Frau Griese mit einer für die anspruchsvolle Erörterung durchaus bemerkenswerten Geschwindigkeit in einer Flut redete, blickte sie ihm dauernd in die Augen, er schaute interessiert zurück, nickte zuversichtlich und mimte eine aufmerksame Mine. Wie selbstverständlich redete sie vom Verkauf, von weiteren Marktanteilen und der potentiell höheren Effizienz einer neuen Produktionsmethode für Tunfischdosen, gerade so, als ob ein farbiges Stückchen Tuch das Wissen um den begehrten Hohlraum darunter einfach auslöschen könnte.

Oder vergaß sie etwa, elegant gekleidet, mit gewichtiger Akte unterm Arm die Firmenstrategie erörternd, dass sie zwischen ihren herausragenden Beinen die Möglichkeit zur Kopulation beständig mit sich herumtrug? Hatte sie womöglich wirklich keine Ahnung, dass, während sie konkludistisch erregt von lukrativen Transaktionen sprach, alle nur von einer eindringlichen Einfuhr in die kompetente Rhetorikerin träumten? Jedenfalls tat sie, als wäre ihr der Gedanke fremd, hinter der mit höflichem Lächeln umwobenen, von zuvorkommenden Gesten stilvoll durchwirkten Konversation ihres freundlich bemühten Gesprächspartners könnte der geheime Wunsch stecken, unter ihr mit silberglänzenden Streifchen dezent verziertes Nylonröckchen, auf das sie so stolz ist, den Kopf zu stecken. Womöglich wäre sie am Ende noch überrascht, wenn der immer nette, schulterklopfende Kollege eines Tages mit hastiger Hand ihr Röckchen höbe und sein -huchgeschwollenes Geschlechtsorgan der lässig auf den Stuhl gelehnt

Plaudernden - zack - zwischen die ahnungslos geöffneten, naiv geschockten Schenkel rammte.

Auf jeden Fall schaut sie spröde und ignoriert die lüsternen, ihren ganzen Körper lückenlos beleckenden Blicke, während sie kühl, mit hochgereckter Nase und rausgestreckter Brust, den geschlitzten Leib strengverhüllt durch das Büro stöckelt.

Sicher, auch er kann sich nicht wirklich von den perversen Gedanken, die seine immer hilfsbereiten Kollegen psychotisch umtreiben, frei machen. Aber das hat doch keinen Einfluss auf sein Verhalten ihr gegenüber. Wenn seine Phantasien auch meist sehr intensiv sind, so lässt er sich doch trotzdem auf keinen Fall nur im Geringsten von ihnen beeindrucken. Er will ein absolut selbstständiger, durch und durch freier Mensch bleiben und weiterhin vollkommen unabhängig von ihren griffigen, sich so reizend durch den Stoff ihres blauen Pullis andeutenden, festen und runden Brüsten urteilen.

Obwohl ihm das nicht immer leicht fällt.

Tatsächlich sind die sich inzwischen immer wieder aufdrängenden Phantasien bereits sehr intensiv. Und sehr häufig. Genau genommen träumt er nur noch von ihr:

Sie hat sich nicht einmal Zeit genommen, ihre schwarzen, hochhackigen Schuhe auszuziehen, hat sich nur kurz vornüber geneigt, mit beiden Händen unter ihren hellblauen Baumwollrock gegriffen und in aller Eile das weiß-seidene Höschen heruntergestreift. Noch hängt es an ihrer rechten Hand herunter und baumelt in der Luft, da sie schon, die Knie angezogen, die Waden nach unten geneigt, mit weit gespreizten Schenkeln auf dem Rücken liegt. Rasch fasst sie ihr Röckchen und zieht es hoch bis über den Bauchnabel.

Er zögert, schaut. Zartrosa schimmert das fruchtige Fleisch zwischen dem gehauchten Flaum ihrer Schwarzhärchenwiese. Voll den süßesten Reizen jugendlicher Frische leuchten ihm die sanft gewölbten Lippen in duftigen Farben entgegen, köstlich, rein und unendlich zart. Er kniet sich vor ihre offenen Beine und bohrt seinen Mittelfinger so weit es geht in sie rein.

„...hah... hhhhhhh...", seufzt sie süß. Welch ein Gefühl! So warm und weich und feucht. Unwillkürlich krampft sich ihr Geschlecht um seinen Finger, schmiegt sich an das dünne Glied. Ihr niedliches Fötzchen lebt, es ist ein kleines Tierchen, es klammert sich sofort um den frech eingedrungenen Fremdkörper, drückt ihn, wärmt ihn und reagiert auf seine Bewegungen mit leichtem Zucken, Ziehen und Pressen. „...ouuu... hhh...", hört er sie stöhnen mit zarter Stimme. Gott, wie eng. Wie straff und fest klemmt sie ihn ein. Und wie hochsensibel sie reagiert. „...hhh... ouw... hhhhhhhh..." Er krümmt den Finger und zieht ihn nach oben, dreht ihn nach beiden Seiten, nach unten, schiebt ihn vor und zurück, vor und zurück. „...hhhhhhh... ohh---- ohh ------ hhh...", klingt es hell aus ihr heraus, dabei straffen und lösen sich ihre Muskeln, ihre hübschen Brüste heben und senken sich unter der Bluse, er sieht ihren jungen Körper sich strecken und winden, ihre harten Absätze über die Fliesen schurren, die Schenkel sich ruckartig zusammen ziehen. „....hooh!", ächzt sie endlich, schlägt die Beine übereinander und presst sie knurrend zusammen, als wolle sie sich dem ungebremst weiter stochernden Finger schützend verschließen, klemmt seine Hand so aber nur noch fester in ihre kleine Scheide und schiebt ihre junge Hüfte dem eindringlich bohrenden Knochen lüstern entgegen. Dabei rundet sie die Lippen und streckt das Kinn vor: „...ouu!", tönt es dunkel.

Endlich zieht er den Finger wieder heraus. Ganz nass ist er und riecht nach ihr. Ihr wunderschöner, vom ganzen Betrieb in heimlicher, fast religiöser Verehrung angebeteter mädchenzarter Engelskörper mit dem passgenauen Penisloch zwischen den paradiesisch schönen Beinen entspannt sich ein wenig, himmlisch lächelnd schaut sie ihn an. Er wirft noch einen kurzen Blick auf ihre Spalte, aus der bereits etwas glitzernder Mädchensaft fließt, steht auf und stellt den Kopierer vom Rollenwagen auf den Boden. Dann hebt er sie hoch und legt sie auf die freigeräumte Fläche, den Po auf die Kante, die Beine leicht gespreizt, die Zehenspitzen auf den Fliesen. So steht ihr kleines Höhlchen in angenehmer Höhe gut zugänglich hervor. Da der Tisch sehr kurz ist, hängt ihr Kopf herunter, und sie muss ihn heben, um über ihre Brust hinweg zuschauen zu können, wie sein durchaus beachtliches Männerglied gleich in ihrem zierlichen, fein beflaumten Unterleib verschwinden wird.

Mit einem Ausdruck gnädigen Hochmuts, doch etwas hastig, öffnet er Gürtel und Reißverschluss, schiebt Hose und Unterhose bis zu den Knien herunter, stellt sich zwischen ihre glücklich geweiteten Schenkel und beugt sich über die hochgeachtete Frau Kollegin, über die schnell im Betrieb aufgestiegene, mit Auszeichnung studierte Karrierefrau. Beide Hände in Höhe ihres Brustkorbs auf den Tisch gestützt, stößt er seinen Penis fest in ihren schwarzen Busch hinein. Doch er verfehlt die Öffnung, rutscht aus der Ritze, holpert über die Klitoris und reibt sich am Schamhaar. „ohhh... hhhhh..." Sofort fasst sie seinen Schaft und drückt die geschwollene Eichel zurück zwischen ihre Schamlippen. „...hhh... - komm - hhh...", keucht sie, den herrlichen Busen hinter dem weißem Hemd sorgsam versteckt, bis zum Hals zugeknöpft den steifen Kragen. Durch ihre geschickten Finger direkt auf den Einstieg gerichtet, ist es ihm jetzt unmöglich, das Ziel zu verfehlen, die Spitze kann nicht mehr herausgleiten. „...ohh... looo-hhs... hhhhhhu...", spornt sie ihn an. Ihre Augen sind weit aufgerissen hinter den runden, goldgerandeten Brillengläsern, unter dem wachsenden Druck seiner vordringenden Hüfte drängen ihre Schamlippen auseinander und da --- da--- da flutscht er plötzlich ganz leicht durch sie hindurch.

„... hhh... jjjjjjjjjah...", jubelt Frau Griese mit schwankenden Diamantohrringen, ihr zartes Fleisch gibt nach, dehnt sich und nimmt sein Geschlecht ganz in sich auf: „...hhhhhhhho..." Scheppernd stößt ihr Knie gegen das halbleere Blechregal der Betriebsbibliothek, der Rollwagen wackelt, ihre Bauchmuskeln spannen sich und...

Jetzt!!!!

Jetzt wird sie gefickt!

Doch er rührt sich nicht. Tief in ihr drin steckt sein hart geschwollener Penis und weitet spürbar die Wände ihrer Vagina ohne die Andeutung einer Bewegung. Ruhig steht er zwischen ihren Schenkeln und schaut schweigend auf sie herab:

Vor ihm liegt, im mausgrauen Bürokleidchen, die runden Brüste noch sorgfältig verpackt, seine kühl distanzierte, hochmütig überlegene und doch von Allen unbeschränkt respektierte Frau

Kollegin, als säße sie gerade in einer Cafeteria und wollte gleich „Hallo, Herr Meier!" sagen. Aber weiter hinab, tiefer, zwischen den schön geschlankten Beinen dieser hochattraktiv reservierten, geschäftstüchtigen Abteilungsleiterin, wo, gewöhnlich hinter dem Vorhang ihres schlichten Tarnrocks still verborgen, das flauschig-schwarze Haar sich sachte um die Ritze kräuselt, dort steckt nun bedrückend rund und festgebohrt sein knorpligharter Fleischpflock drin. Fett hat er sich rein gezwängt und stopft und dehnt sie dick von innen, die schöne Frau Griese, die fein geschminkt, die schmale Krawatte ordentlich zugebunden, ihre schick lackierten Nägel fest in seine Schultern krallt.

Und dabei gilt Frau Griese bei den Männern im Büro doch für unbesteigbar, ihre sagenumwobene Grotte soll sogar für erfolgreich erfahrene Höhlenforscher absolut unzugänglich sein. Alle halten sie für unbestechlich.

Endlich zieht er seinen Penis zurück und schiebt ihn wieder vor. „...hhh... oooh... hhh...", singt sie dazu in lieblicher Weise. Erneut stößt sie scheppernd gegen das Regal, und er schiebt den Rollenwagen, ohne dabei aus ihr raus zu rutschen, ein Stück zur Seite, bis er an den Kopierer stößt. Und weiter schwingt er seine Hüfte in ihren offenen Schoß. Da beugt sie sich vor, legt ihre Hände um seinen Hals, zieht sich an ihm hoch, will im etwas sagen. Er kommt ihr entgegen, beugt sich zu ihr herab und sie flüstert ihm ins Ohr: „...hhhm... Liebster... hhhoh..."

Liebster? Liebster-Liebster-Liebster-... Wieder und wieder wiederholt er, wiederholt sich hastig das Wort. Und weiter geht´s. Liebster! Und schneller. Liebster! Und tiefer und härter. Liebster! „Ja-ja... ouw... hhh...", jauchzt sie jetzt. Gott-Gott, ihr geiler Reibegriff! „...hhh..." Wie sie ihn schmatzend in sich hinein saugt, ihn flutschend umspannt und packend beengt. „...ah-ah-ah..." - hüpft es silbrigklar aus ihrem süßen Mündchen. „...tack... tack... tack...", wippen die Schuhspitzen auf den Boden. Quietschend wackelt der Rollenwagen, er schiebt ihn stoßend vor sich her, bis er dumpf an die Wand bummert. Sie hebt den Kopf und schaut ihn wundrig an mit grünen Augen, ächzt kaum noch gedämpft durch die Zähne, dass es durch den Raum schallt, dann, von der eigenen

Lautstärke überrascht, reißt sie den Mund auf, kneift die Augen zusammen und pfeifend und fiepend verstummt die hochdisziplinierte Bürokraft mit wackelnden Brüsten. Nur noch das Bummern und Quietschen bebt durch die leere Bibliothek, bebt durch die Wände, die Decke sprechend hinab.

Tief in ihren offenen Hals kann er schauen, aus dem der kräftig in sie hineinstoßende Klöppel eine Folge mühevoll lautloser Luftstöße herauspumpt. Ihr rosig Zünglein sieht er, nach hinten gewölbt die flinke Spitze krumm bewegt, Speichelbläschen schäumen drunter...

Da hockt sie mit kerzengradem Rücken auf ihrem Drehstuhl, die Beine unter der Sitzfläche gekreuzt, und tippt Daten in den Computer. Auf der Nase die unvermeidlich scharfrandige Brille mit den blitzklar polierten Super-klug-gescheit-ich-weiß-was-neun-mal-besser-gläsern, die rot geschminkte Oberlippe zwischen den Zähnen. Meist tut er so, als schaue er woanders hin, nur manchmal blickt sie unerwartet auf und ertappt ihn, wie er sie beobachtet. Als derart schöne Frau ist sie es jedoch gewohnt, heimlich angestarrt zu werden, sie reagiert nicht weiter darauf, zumal ein einziger ihrer Blicke genügt, um jedes ihr zugewandte Gesicht sofort in wichtige Unterlagen eintauchen zu lassen.

Wie sie da sitzt, computerversunken, Ellenbogen auf demTisch, das sanfte Gesicht in ihre schmiegsamen Hände gelegt, die Knusperbäckchen weich ins Stuhlpolster gedrückt: Äußerst gekonnt stellt sie ihre weiblichen Reize zur Schau, lockt mit tausend verführerischen Begehrlichkeiten und tut dabei noch arrogant und kühl. Erregt durch Distanz. Dazu ist sie noch die einzige Frau hier. Umgeben von lauter Männern, ist sie ein starker Magnet den unzähligen zufällig durch den Raum schwirrenden Blicken, die früher oder später doch alle an ihr kleben bleiben. So wie die fleißig in ihre Arbeit vertiefte Abteilungsleiterin in der Mitte des Gemeinschaftsbüros hinter ihrem Schreibtisch sitzt, gepflegt glänzendes Haar, nüchtern-sachliches Jackett in dunkelblau, weißer Hemdkragen und hochhackig rotlackierte Schuhe, so scheint ihr ganzer, mit heftig verlangender Wollust über weite Distanz unausweichlich infizierender Körper geradezu danach zu schreien, endlich von einem Duzend kräftiger Arme gepackt, vom Stuhl gerissen, auf den Schreibtisch geschmissen und von der gesamten tollwütigen Belegschaft bis an den Rand der Ohnmacht georgelt zu werden. Zwitschern würde sie in den vollsten Tönen, sämtliche Schwänze würde sie mit Lust verschlingen, das Sperma becherweise unterm Nabel speichern. Ein bürokratischer Kollektivfick, schön in der Ordnung, bis der Brei ihr aus der Ritze quillt. Vor dem freundlich hochgerafften Rock, zwischen ihren zuvorkommend geöffneten Schenkeln stünden sie Schlange, um einer nach dem andern ihre geschwollenen Ruten endlich einmal in das seit Jahren von ihnen so heiß begehrte, so lange verwehrte Geschlechtsorgan zu stemmen. Die letzten müssten ziemlich lange warten, bis weit nach Büroschluss, doch täten sie es gern, um der sehr geehrten Kollegin ihre stechend harten Schwänze in den unnahbar schönen Leib zu jagen, um der hochgeachteten Frau Griese unter erlösendem Zucken doch endlich einmal ihr dampfendes Sperma in den reinweißen Bauch zu strahlen. Das gäbe eine hübsch gemischte Samensuppe in ihrem, die netten Kollegen seit Jahren pausenlos reizenden und subtil quälenden, mädchenschönen Unterleib, vom ganzen Betrieb mit Eifer zubereitet, von jedem einzelnen Mitarbeiter eine neue Zutat zugeführt und fröhlich durchgerührt.

Soviel ist klar: Jeder der sie heimlich betrachtenden seriösen Familienväter hat derartige Gedanken schon einmal gehabt und sie, vor sich selbst erschrocken, schnell wieder verworfen. Im ganz alltäglichen Umgang mit ihr, schon bei den banalsten Handreichungen, werden sie von ihren Phantasien überwältigt. Jeder dieser zuvorkommenden, gesprächsinteressiert schauenden Begleiter, der mit Frau Griese gemütlich plaudernd in die Kantine schlendert, reißt ihr regelmäßig, nachdem er der tüchtigen Abteilungsleiterin höflich den Vortritt am Salatbuffet gelassen hat, hinterrücks die Bluse auf und wühlt mit vollen Händen in ihren Brüsten herum. Oder in der Warteschlange vor der Kasse: Wer ist da nicht schon alles aus der Reihe getreten und hat der nach der neusten Mode elegant gekleideten, sehr vornehm auftretenden Dame von Welt seine steife Lanze ruck-zuck in den so einladend griffig vor ihm herschwankenden Po getrieben. Und wie erst, wenn sie ihr dann freundlich einen Stuhl anbieten und sie, um sich zu setzen, den Rock glatt streicht und ihren Hintern herausstreckt, der kalt-grau abweisende Stoff sich dabei so bezaubernd eng um die allersüßesten Bäckchen schmiegt? - Diese letzte Hürde unentrinnbar fesselnder Weiblichkeit hat noch keiner ihrer Kollegen kaltblütig überwunden und alle ihre noch so zuvorkommenden Begleiter sind der Suggestivkraft ihres ewig lockenden Gesäßes am Ende völlig hilflos ausgeliefert.

Sie selbst tut dabei weiterhin spröde und unnahbar, direkt erhaben, und die lieben Mitarbeiter bemühen sich entsprechend ängstlich, ihre geheimen Wünsche vor der stolzen Frau sorgsam zu verbergen.

Aber er sieht es ihnen leicht an. Mit welchen Augen sie am Arsch der abwesend Akten-Stöbernden vorbeigehen. Hungrige Bettler vor reich gedecktem Tisch. Aufgereizt und abgewiesen, angelockt und abgelehnt.

Und dabei verhöhnt sie ihn noch. Während sie in ihrem weinroten Hemd, durch das er bei gutem Licht ihre abgehobenen Brüste reizvoll rund hindurch schimmern sieht, seine leichte Verlegenheit freundlich übergehend ihm selbstverliebt-lässig einen Stuhl anbietet, macht sie sich insgeheim lustig über sein allgegenwärtig spürbares Bedürfnis, auf allen Vieren unter ihren Schreibtisch zu kriechen. Als geradezu unglaublich herablassend empfindet er ihre Art, ihm mit emporgereckter Nase und hochgezogenen Augenbrauen, den grünen Kugelschreiber locker auf den Schreibtisch tippend, durch wie beiläufig dahin gehauchtes Seufzen zu demonstrieren, wie unendlich abwegig für sie die Vorstellung ist, ihn jemals in einen ihrer vieldurchträumten Innenräume hineinzulassen.

Dabei hat das süßspaltige Früchtchen zwischen ihren engelgleichen Schenkeln doch noch einige sehr natürliche Funktionen, die über das bloße Urinieren weit hinausgehen. Ja, wenn er erst mal in Frau Griese drin wäre, wenn das warme, zwischen den Beinen konzentrierte Kribbeln einmal ihre engere Schamgrenze überschreitet und sich fühlbar im Unterleib ausbreitet, wenn ihr wummerndes Fötzchen die ersten rhythmischen Signale durch das Rückenmark schickt, dann sagt sie doch nicht nein, dann jubelt sie doch über jeden kräftigen Hieb, mit dem er in sie einfährt. Dann stöhnt sie es laut heraus, wie das rummst und bummst in ihrer Spalte, wie es zuckt und juckt in ihrem Schlauch.

Da liegt das hübsche Luder mit weit gespreizten Beinen zwischen Paketen von Papierhandtüchern und Universalreinigern auf den Holzdielen des Dachbodens und lässt sich dankbar erregt die glühende Furche pflügen. Mit geschlossenen Augen ganz in sich selbst versunken, alle Sinne hochkonzentriert auf die Bewegungen im Inneren ihres Körpers, reagieren die empfindlichen Nervenfädchen ihrer Vagina mit seismographischer Präzision auf den leichtesten Druck an ihrem schleimigen Mantel. „...hhh... ah... hhh... hah...", klingt es wieder hell aus ihrem lustgeöffneten Mündchen. Jede Faser ihres Geschlechts erfasst hochsensibel, wie er da unten in sie vorstößt, wie er ihr Fleisch auseinanderdrängt, es weitet und spannt und immer tiefer hineinrutscht, bis er den straff gedehnten Schlauch noch ein Stück weit in die Länge zieht. Vollkommen ausgestopft ist sie jetzt, hölzern fühlt sie den unbiegsamen Fremdkörper ihr Inneres breit auseinander keilen. Tief ist er in ihren Leib getrieben.

Von einem gläsernen Dachziegel fällt staubflimmerndes Sonnenlicht auf die sommergelb geöffnete Bluse, auf seine brustvoll gekrümmten Finger im grünen BH. Ruhelos begreift sie seinen Leib, streichen ihre Hände von seinem Hintern die Seiten hoch über die Brust auf den Bauch und wieder über die Hüfte zurück zum Po. Nass klebt der gelbe Stoff an ihrem Rücken, exakt erfasst sie jeden einzelnen Millimeter, den das eingedrungene Teil in ihrem Unterleib die Scheidenwandung entlang gleitet und ihr Gedärm beiseite drängt. Und wie sie ihn fühlt, wächst auch das Bild der gerade durch ihren Körper gleitenden Eichel groß in ihr Bewusstsein: Glattglänzend zwängt sich der lilane Pfropf durch ihr viel kleineres, dem dehnenden Druck ächzend nachgebendes Röhrchen: Da kommt die weitende Spitze, da schiebt sie sich durch den schmalen Tunnel, drückt sie die drängende Masse wulstig auseinander, rutscht die glitschige Hülle spaltend entlang, bahnt sich eng umringt den Weg durch das elastische Rohr, zerrt das dünne, heftig drückende...

Erwischt! Plötzlich hat sie zu ihm rüber geschaut, ihm gerade in die Augen. Hastig blättert er in seinen Unterlagen. Er bemerkt sie überhaupt nicht. Er ist jetzt beschäftigt. Was starrt sie denn so? Er sieht es aus den Augenwinkeln, dass sie ihn immer noch anschaut. Aha- Herr Walser hat noch eine Rechnung offen. Noch immer nicht bezahlt. So ein Schlingel! Na, dann wollen wir ihm doch mal ein nettes Brieflein schicken. „Klack, klack, klack,..." Da rattert die Tastatur. Hastig reihen sich auf dem Bildschirm die Buchstaben aneinander. Sieht sie immer noch her? Ja Herr Walser, wenn sie ihre Schulden nicht bald bezahlen, wird es noch einmal ein böses Ende mit Ihnen nehmen. Wir sind eine seriöse Firma. Windige Spekulanten wie Sie kennen wir schon. Da machen Sie sich mal keine falschen Hoffnungen.

Sie ist wieder an der Arbeit. Er schaut jetzt nicht zu ihr rüber, aber er kann es spüren. Leicht und schnell gleiten ihre Finger über die Tastatur, mit gerunzelter Stirn und halb geöffnetem Mund liest sie die Ziffern auf dem Bildschirm. Sehr beschäftigt sitzt sie auf ihrem gepolsterten Drehstuhl, die Beine vielleicht gerade soweit auseinander, dass man eine Hand dazwischen schieben könnte.

Dazwischen. Wo der gespannte Rock seinen dunklen Schatten wirft und dem neugierig vordringenden Blick gerade soviel Raum gewährt, geheimnisvoll zu ahnen. Ja, dazwischen. Dazwischen, dazwischen!

Mit viel Gefühl kreist seine Hüfte. Frau Griese ist glücklich, der tanzende Hintern zwischen ihren geöffneten Beinen besorgt es ihr kräftig. Im hintersten Winkel des menschenleeren Warenlagers lässt sich die studierte Bürokraft von dem übersehenen Fischkonservenvertriebsleiter auf einer Reihe Räucheraalettikettenkartons dankbar bestängeln. Mit einem leisen Brummen nimmt sie seinen braunen Schweinerüssel in ihrem rasant ehrgeizigen Angestelltenkörper auf, und während er über krachenden Kartons eifrig in ihr rührt, betrachtet er aufmerksam ihre angestrengten Züge, in denen sich noch der zahmste Keulenschwung in abwechslungsreicher, äußerst lebendiger Mimik deutlich sichtbar wiederspiegelt: Grotesk spannen sich die kirschrot geschminkten Lippen auf den weißen Zähnen, in rascher Folge straffen und lösen sich die Wangenmuskeln, furcht und glättet sich die Stirn, huscht das Echo ihrer bebenden Grotte in heftigen Wellen über das sonst so unbewegt geschäftssüchtige Bürogesicht. Dabei lauscht er weiter angeregt den süßen Klängen ihrer stöhnend gesungenen Wollust, der zärtlichen Musik schnaufenden Atems zwischen keuchend gestammelten Lauten: „...hhhm -oh-oh-oou..." oder: „...aah… ah... ah...", dann wieder: „hah---hh---h---h..." und: „...hmm... hh... ouw...", kurz: Eine ganze Symphonie der lieblichsten Melodien, ein zauberhafter Reigen von wunderbarster Wirkung sind ihm die hohen, weiblichen Töne ihrer Stimme, diese hellen, periodisch aus rotlippigem Mädchenmund schlüpfenden weichzart vibrierenden Laute, die seinen gespannt horchenden Penis mit traumhafter Sicherheit auf das äußerste erreichbare Volumen schwellen lassen.

Ja, mach weiter, bitte, bitte..., hört er sie durch ihre zusammengepressten Zähne hindurch wortlose Rufe in seine spitzen Ohren brüllen. Jedes Wort, jede Silbe, jedes noch so unscheinbare Geräusch aus ihrem Mund ist mit dem unverkennbar süßen Klang behaftet, der sie, ob sie nun will oder nicht, als kopulationsmögliches Weibchen kennzeichnet und der als sexuell wirksames Lockmittel beständig zur Paarung aufruft. Schon ihr fröhlicher Morgengruß, und sei es nur ein freundliches „Hallo" beim Bäcker, ist ein unmissverständliches Signal ihrer Vagina an alle gespannt aufhorchenden Männerohren. Jeder Laut, jede Geste, jede einzelne ihrer reizigen Rundungen dient zwingend auch der schnellst möglichen Empfängnis des weißen Saftes. Das ist das Wesen ihrer Natur, der vornehmliche Zweck ihrer Anatomie: gründlich befickt und tragend befruchtet zu werden. Komm, steck ihn rein, lächelt sie ihm schweigend zu, da sie ihn unschuldig nach Druckerpapier fragt. Mit jedem Wimpernschlag reizt sie zur Kopulation, mit jeder Krümmung ihres kleinen Fingers bereitet sie konsequent ihre Besamung vor.

Und härter stampft's im Unterleib. Mit aufgerissenem Spitzenhemd und wabbelnden Brüsten liegt sie ruckend bewegt auf scheuerndem Rücken und empfängt seinen wild wühlenden Schwanz willig im seufzend geöffneten Schoß. „...oh--oh--oh...", hallt es hell und hoch aus ihr hinaus. Die schwarz bestrumpften Beine mit den roten

Schuhen an den lose herabhängen Unterschenkeln ragen seitlich unter ihm hervor und wackeln stöhnend bei jedem Hieb. Bei manch kräftigem Stoß ächzt sie kurz auf, während ihre Beine sich krampfartig gegen seine Taille pressen und die Fersen klatschend auf seinen haarigen Hintern schnellen. Wimmernd umklammert die hochqualifizierte, geradezu hervorragend tüchtige Angestellte seinen Hals, hebt den Kopf und starrt gebannt über ihre bewegt winkenden Äpfelchen den Bauch hinunter auf seinen braunen Rüssel, wie er wieder und wieder in ihrer schmatzenden Leibesöffnung aus- und einfährt, eine Hand breit aus dem Schamhaar heraus und wieder ganz hinein und wieder raus und wieder rein und wieder raus und wieder rein und raus und rein und raus und rein und raus-rein-raus-rein-raus-rein...-und: „...ah... ah...ah...", singt sie sonnigsüß ihr seeliges Lied.

Und mit jedem Stoß bläht sich ihr Geschlecht durch Bauch und Brüste den Rücken hinauf, es zittert in ihren Fingerspitzen und lässt die Augen hervorquellen, die Kiefer verkrampfen, die Lungen flattern. Prustend nickt ihr angestrengt gerötetes Gesicht unter ihm, es blitzt seine Stange glanzvoll im Neonlicht und verschwindet sofort wieder zwischen ihren schwarz verklebten Härchen und schlüpft wieder raus und flutscht wieder rein und wieder raus und wieder rein und raus und rein und raus und rein und: „...ah... ah... ah...", spornt sie ihn an mit heiß geröteten Wangen. Und zack - und zack - und zack - weitet und verengt sich ihr Geschlecht im raschen Wechsel, sticht die Eichel, glitscht der Stamm und qutscht und quatscht und schwippt und schwappt, und flutsch: da rutscht er hinein und flupp: da rutscht er wieder raus und flutsch: wieder rein und flupp: wieder raus und flutsch: wieder rein und raus und rein und raus und rein-raus-rein-raus-rein- und: „...ah--ah--oh...", so drängt sie ihre Hüfte ihm maßlos entgegen, und: „...krrk... krrk... krrk...", knirschen die Kartons unter ihrem wummerndem Hintern. ...jaaa- fick-fick... oh... feste-feste... hört er ihre wimmernden Augen flüstern - und hinein - und hinein -und hinein in die liebe Frau Griese und: „...oh-oh-ouu...!" - Liebster!?

Dabei wagt er es nicht einmal, sie unabhängig von der Arbeit anzusprechen. Niemals würde er es sich trauen, sie zufällig mit der

Spitze seines kleinen Fingers zu berühren. Im Gegenteil: Er wäre sofort bereit, sie gegen jede mögliche Belästigung zu verteidigen.

Aber es wird niemand anzüglich. Sie ist einfach viel zu schön. Geradezu wahnsinnig attraktiv. Ihre verführerische Wirkung ist schlichtweg märchenhaft. Der Schwung ihrer Hüfte, die Krümmung ihrer Wade, die schlanken Hände, so zierlich, so sanft und so zart, wie liebt er sie.

Da kommt Frau Griese. Achtlos klacken die harten Absätze an seinem Schreibtisch vorbei, hell klingen ihre Schritte auf dem Parkett. Eine Akte im Arm, das Kinn hoch erhoben, stolziert sie vorüber, mit seinen bohrenden Blicken im Rücken auf dem Weg zu Herrn Hainke, dem alten Sack, der auch geil auf den leckeren Bissen ist. Verträumt schaut er ihrem sich allmählich entfernenden hellrot gerocktem Ärschlein nach. Überdeutlich signalisieren ihm auch ihre feingliedrigen Finger, die zierlichen Füßchen und der grazile Hals die wunderbare Geschlitztheit ihres sportlichen Leibes. Da würde er gern hinterhergehen:

In kleinen glänzenden Perlen sammelt sich Schweiß auf ihrer Brust, nass kleben ihre schwarzen Haare auf Stirn und Wangen. Langsam tritt er vor den Schreibtisch, auf dem die vielgelobte, ihre Untergebenen mit gerechter Strenge erfolgreich motivierende Abteilungsleiterin, Frau Vera Griese, ihren unteren Vordereinlass spreizgebeint positioniert hat. Mit einer Hand das schilfgrüne Röckchen hochgerafft zeigt sie ihm lächelnd die nackte Scham und wartet verliebt. Vorsichtig drückt er seine Penisspitze in den bereitgestellten Einstieg der eleganten, subtil vornehmen Frau und will die Eichel langsam reinschieben, da packt sie seinen Hintern und reißt ihn rasch in ihren drängenden Schoß, da stülpt sie sich über sein Glied, frisst es in sich rein. „...komm, komm, mach... hhhhhhhhh-oh...", stöhnt sie ihm ungeduldig entgegen und krallt ihre Hände gierig in seinen Arsch.

Und er wird zum Tier: Rasend rattert er durch die hochgeachtete, jetzt ruckend bewegte Bürokraft. Die Schreibtischlampe beginnt zu hüpfen, der Monitor wackelt gefährlich, Akten und lose Blätter flattern raschelnd zu Boden, das Bummern des Möbels hallt durch das leere Großraumbüro und verklingt in halbdunklen Korridoren.

„...hhh... ouw..---- oh...oh ...huuumg...", ächzt die geübte, ihre Worte mit beeindruckender Sicherheit wählende Rednerin in rohester Wollust. Die Haare nass und zerzaust keucht und quiekt und brüllt sie schweinisch unter ihm und ruckt die Hüfte, bis sie plötzlich stoppt und versteift nach Luft schnappt, das Gesicht verkrampft und die Finger tief in seinen Rücken krallt. Sie dreht die Augen grunzend nach oben, krümmt den Rücken und verspritzt röchelnd, die Beine straff gestreckt, mit zitternden Fußspitzen ihr Sekret, wobei sie immer wieder so heftig zusammenzuckt, dass Knie und Brustkorb hochschnellen und sich ihr Kinn vorstreckt. Ja, er besorgt es dem kleinen Luder, er fickt die junge Hündin, die erfolgreiche Einser-Diplomandin, Frau Vera Griese, jetzt wird sie kräftig durchgepflügt, die immer bessere Kollegin, jetzt wird sie hart gefickt...

Da kommt sie wieder zurück, zugeknöpft bis obenhin, azurblaue Krawatte mit blitzendem Diamanten, achtlos geht sie an ihm vorbei, kalt und unnahbar, in ihrer unvergleichlichen Art den Hintern schwenkend, ohne ihn auch nur anzusehen, und wenn doch, dann nur so von oben herab, mit hinter vordergründiger Höflichkeit deutlich fühlbarer leiser Verachtung, als sei er nichts wert, als sei er ein Hund, ein Insekt.

Ja, so ist sie. Er sollte das endlich begreifen. Und er kann ihr ja nicht einmal gerade in die Augen schauen, wenn sie ihn ansieht. Er wird dann nur verlegen und unbeholfen, einmal begann er sogar zu stottern. Wie peinlich ihm das war. Nein, er ist nur eine kleine Nummer für diese hochintelligente Karrierefrau, er sollte das endlich einsehen.

Wenn aber tatsächlich keine Chance für ihn besteht, jemals in sie rein zu kommen, warum sollte er sich dann aber von ihrer Schönheit tyrannisieren lassen und ihren beunruhigenden Reizen seine persönlichen Interessen opfern?

Nein, er lässt sich nichts von ihr gefallen. Die braucht nicht zu denken, dass sie irgendwelche Vorrechte hat. ER lässt sich nichts von ihr sagen, ER nimmt ihre herablassende Art nicht einfach so hin. DIE MACHT DER EROTIK DARF DAS SACHHALTIGE NÜCHTERNE DENKEN NICHT VERDRÄNGEN!!! DER

MANN DARF SICH NICHT ZUM SKLAVEN DER VAGINA MACHEN!!!

So ist er also auf dem Weg zu ihr. Eigentlich hatte er ja schon etwas anderes vor.

Was will sie bloß? Er hat ihr gehörig die Meinung gesagt. Die Akten auf den Schreibtisch geknallt hat er. Wütend. Was soll er ihren Kram erledigen? Hat er gesagt. Nein, ER nicht, ER lässt sich nicht von ihrem rosenknospenstoffbespannten Zauberhintern tyrannisieren, hat er nicht gesagt. Aber den ganzen Kerl hat sie gefressen. Den wird sie sich merken, den hat sie kapiert. Unerwartet freundlich hat sie reagiert, hat gelächelt, Verständnis gezeigt, sich entschuldigt, sogar versprochen, sich in Zukunft etwas zurückzunehmen. Und dann überraschend die Frage: ob er sie Dienstagabend besuchen möchte. Vielleicht könnten sie ja in einem entspannten Gespräch bei gemütlicher Atmosphäre die bestehenden Unstimmigkeiten beseitigen und sich ein wenig näher kommen. Schließlich sei ihr doch an einem guten Betriebsklima gelegen.

Nur „Äh..." sagte er, was ihn innerlich unglaublich wütend machte. Sie lächelte aber sehr freundlich dazu. Sie arbeiteten nun schon so lange zusammen und es sei doch mal an der Zeit, sich ein bisschen besser kennen zu lernen, sie würde sich sehr freuen, wenn er sie einmal besuchen käme. Verunsichert und zögernd, von ihrer unerwarteten Reaktion verblüfft und doch gespannt, hat er schließlich eingewilligt.

Jetzt ist er gleich dort, nur noch drei Straßen weiter.

Fast zwei Monate arbeitet er nun schon in der Firma, und die ganze Zeit hatten sie außer streng geschäftlichen Besprechungen keine Gespräche geführt, selbst die Grüße kamen ganz mechanisch aus ihrem Mund. Immer kalt, immer äußerst distanziert. Allein auf die Sache konzentriert hatte sie nicht den Ansatz einer persönlicheren Beziehung zugelassen. Und nun plötzlich diese Einladung.

„Hm!" Wahrscheinlich öffnet sie ihm gleich in einem durchsichtignichtig gehauchten Negligee die Tür und führt ihn, den niedlichen Hintern lockend vor ihm her schwenkend, in ihr mit flauschigem rosa Plüsch-Teppich belegtes, breitbettiges Schlafzimmer.

Hi,hi...- Nein, Quatsch! Ein netter Abend, nichts weiter. Oder? Ach, es bringt ja nichts. Er wird es ja gleich erfahren. Zumindest ist er neugierig.
Hier ist es. Die Nr. 27. Ein hübsches kleines Häuschen mit gepflegtem Garten. Alles sehr spießig. Kein Krümelchen auf dem sauber glattgeschorenen Rasen, blödsinnige scheiß Tulpen hinter weißem Lattenzaun. Dazu noch grässlich akkurat gewinkelte Geranien-Beete. Er steht vor der weißstrahlenden Haustür mit dem blankpolierten Messinggriff. Sie scheint allein zu wohnen, zumindest ist nur ihr Name auf der Klingel. Ein kurzer schriller Ton. Er läutet dreimal, dann hört er eine Tür und Schritte. Langsam nähert sich das Geräusch, die Klinke bewegt sich nach unten, die Tür öffnet sich.

Claudia Carl
Am See

Ein kühler Wind streicht um uns herum. Von ihrer Brustwarze auf meine, von ihren schräg liegenden Schamhaaren auf meine glatten Lippen. Wir haben unsere Handtücher nebeneinander auf die Sonne zu gelegt. Unsere Blicke fallen genau auf das kleine Toilettenhäuschen. Durch die linke Tür können wir nackte Männerrücken sehen, wie sie seitlich zu uns gewandt stehen. Die entscheidende Hälfte der Körper wird durch die Wand bedeckt.

Seit sie da ist, kann ich nicht mehr ruhig liegen. Ihre kleinen Brustwarzen stellen sich im Wind auf, ihre Zähne leuchten gerade aufgereiht, während sie blinzelnd in die Sonne lacht. Eine Spange hängt schief in ihrem Haar.

„Ich bin es ja gar nicht gewöhnt, so nackt herumzulaufen“, sagt sie.

„Ich traue mich auch nicht“, sage ich. „Nicht einmal bis zum Klo.“

Sie lacht.

Andrea lacht auf eine besondere Art. Ihr Tonfall hat etwas Männliches, sie schießt die Worte rau hervor. Sie reagiert schnell. Kaum hat man ausgesprochen, ist ihre Erwiderung da. Die oft eine Ergänzung ist, eine Fortführung.

„Das war ja vielleicht heute ein Stress“, sage ich.

„Wahnsinn“, schießt sie hervor, „das war der Wahnsinn.“

Ich muss lachen.

Ihre Wortknallerei ist wie ihre Kameraknallerei. Wenn sie Fotos macht, sagt sie: „Die knall ich alle ab.“

Wenn ein braungebrannter FKKler vorbeimarschiert, sagt sie: „Die sind auch ganz schön abgebrutzelt hier.“

Wenn ich meine hohen Schuhe trage, sagt sie: „Rattenscharfe Schuhe hast du an!“

Ihre Worte sind Reize, kühle, dünne Metallstangen, an denen man sich reiben kann. „Das ist der Wahnsinn. Das ist der Wahnsinn.“

Sag’s nochmal, Andrea!

Sag’s nochmal!

Ich möchte unter deiner schaurigen Schnodderigkeit duschen, dahinter deine Weichheit erahnen, mich an dein Schnellreden anlehnen. Ich mit meinem leicht versiegenden Singsang, meiner

Jammertendenz, meiner Hingabemasche. Vor unseren Augen glitzert der See. Kleine Wellchen in Blau und Grün. Andrea hat sich aufgesetzt, die Brustwarzen haben sich aufgestellt. Und sie schaut überrascht auf das Wasser.

„Es ist irre hier“, sagt sie. „Fast wie am Strand.“

Wenn ich wollte, könnte ich sie zu Allem überreden. Wenn ich meinen Finger in ihre Wärme stecken würde, würde sie unter mir glucksen und dem glasigen Glanz in ihren Augen nachgeben. Mit ihr könnte ich spielen.

„Was hast du denn, du kleines Biest? Warum schaust du mich so schimmernd an?“

Den Finger langsam quälend in ihr hin und her schieben.

„Warum stöhnst du so? Geiles Luder.“

Ihn fest in sie hineinstoßen.

Ihre Fußnägel sind sanft lila lackiert. Als wir vor Tagen zum ersten Mal am See waren, damals noch am Badehosenstrand, sie war oben ohne, hat sie ihre Fußnägel auf der Luftmatratze lackiert. Wenn sie aufgestanden ist, hat ihr Busen mir zugewinkt. Ihre Nachgiebigkeit hat mir Hoffnung gemacht, von Anfang an.

Ihre schnelle Ping Pong Kommunikation, die keine Verlegenheit aufkommen lässt. Sie sagt immer sofort Ja. Oder Nein.

„Das ist mir heute echt zu viel“, schreibt sie via sms, am Abend der Bierzeltverabredung. „Diese lauten gröhlenden Menschen. Ich krieg meine Tage...“

Ohne Hintergedanken. Da ist kein Stauraum hinter ihrer Psyche, keine blubbernde Seelenblase, womöglich kurz vorm Platzen. Keine Vorbehalte und keine heimlichen Ängste. Keine Aversion.

So wie ihr Körper glatt und übersichtlich ist – wenn sie auf dem Bauch auf dem Handtuch liegt, hat sie einen runden, symmetrischen Po – ist sie ein klarer Widerstand. Ein Wesen ohne Watteschicht.

Wir reden über Schwangerschaft.

„Das Schlimmste ist,“ sage ich, „dass die Männer einen nicht mehr so anschauen wie sonst. Sie ignorieren einen einfach. Starren nur noch mit diesem verwirrten Blick auf den Bauch.“

„Echt!“ sagt sie sofort. „Das stimmt. Verrückt.“

Sie rollt die „r“ s.

„Total verrückt. Der Wahnsinn.“
„Wenn man dann den Kinderwagen schiebt, sieht’s schon wieder anders aus“, sage ich.
„Da wird’s laaaangsam besser“, wirft sie mir herüber. „Aber nur laaangsam!“
Sie hat Sehnsucht nach etwas, das ich mit den Fingerspitzen tasten kann. Sie möchte atemlos werden, vergessen, was sie sagen wollte. Ihre Lüste schweben über dem See. Vor uns hängt ein männliches Geschlechtsteil.
„Dass diese Typen sich einem genau vor die Nase setzen müssen“, sagt sie. „Da kennen die nix.“
„Stimmt“, sage ich und werfe einen Blick auf das groß überhängende Teil.
„Sollen wir ein Stück rüber rutschen?“ fragt sie.
„Ach nein“, sage ich. Ich will sie zwingen, ihre Grenzen zu überschreiten. Sie gibt nach. Ich spüre einen kleinen Rausch von Macht.

Mein erster Blick auf ihren nackten Körper, nachdem sie sich ausgezogen hatte, tat weh. Sie setzte sich auf das Handtuch neben meinem, unser Busen vervielfachte sich. Über ihrem Bauchnabel wellte sich die Haut. Schwangerschaft. Auf meinem Brustkorb spürte ich sie wie einen Magnet. Eine Anziehung, die nicht nachgebbar war. Wir saßen da, durch unsere Körperhüllen getrennt. Sehnsucht nach ihr. In ihre Dunkelheit zu kriechen, nur noch ihre Stimme zu hören. Nicht zu wissen, wie sie aussieht, wie verletzlich sie ist. Nur zu wabern in ihrer Gegenwart. Doch ich bin außerhalb von ihr und kann es nicht rückgängig machen. Nicht weiter zu ihr vordringen als an ihre äußere Hülle. An ihre Hautkühle oder Hitze, ihren Saft, dessen Geruch fremd bleibt.
Ihr Geheimnis ihres Innenraums bleibt ihr Geheimnis.
Ich will sie quälen. Mit Lüsten, die ich ihrer Hülle antue. Sie soll dieselbe Sehnsucht verspüren und sie nicht erfüllt bekommen. Nur das Prallen gegen Mauern, unser Voneinanderabstoßen.
Ich bekomme die Gelegenheit, als mein Handy klingelt. Ein Internetbekannter ist dran. Wir wollen uns treffen.
„Ich kenne ihn noch nicht“, sage ich zu Andrea. „Ich habe nur eine Geschichte auf seiner Homepage gelesen.“

Ich fange sie mit einem Hauch von wohldosierter Verlegenheit bei dem Wort „Geschichte".
„Eine Geschichte?" fragt sie. „Was für eine?"
Sie zieht die Augenbrauen hoch und klingt für ihre Verhältnisse verdammt zweideutig.
„Erotische", sage ich. Sie hat es gewollt.
„Aber wie er seine Website aufmacht, gefällt mir nicht. Sie ist zu pornografisch. Nichts gegen Pornos..."
„Aber die meisten sind Schrott", sagt Andrea.
„Viele", sage ich. „Aber nicht alle..."
„Ach jaaaa?" Sie horcht auf. „Wo hast du die denn gesehen?"
Es gibt kein Halten mehr.
„Im Pornokino."
Sie schaut mich an.
„Ich würde mich ja nie alleine in ein Pornokino trauen...oder mit wem warst du da?"
„Mit D. Und mit A."
„Echt..." Sie macht eine kurze Pause. Dann sagt sie:
„Bring mir doch mal einen guten Film mit."
Mir fällt mein Zustand ein beim Anschauen solcher Filme, ich sehe mich und sie so wie jetzt nackt auf den Handtüchern zu Hause bei ihr auf dem Sofa, ich spüre eine Sinnesverwirrung. Ich bin zu weit gegangen, ich kriege dicke Hartgummibeine und –arme.
„Naajaaa", sage ich und wünschte, ich säße im tiefsten Erdloch. Warum kann ich auch nie den Mund halten. „Wo soll ich den denn hernehmen...?"
„Weißt du was?" sagt sie.
„Ich trau mich jetzt was. Ich gehe zum Wasser. Splitternackt."
Sie steht auf. Ich wage nicht, ihr nachzuschauen. Erst als sie einige Meter tief im Wasser steht, die langen Haare mit der kecken Spange fallen über ihre Brust, riskiere ich einen Blick. Sie winkt.
Es ist spät geworden. Ich muss gehen. Ich ziehe mich an, packe ein. Sie schaut aus dem Wasser zu. Ich winke ihr zum Abschied, sie wedelt mit dem Arm.
Wir sehen uns morgen im Büro.

Ralf Thomas
Schicksalhafte Begegnung

Laut schlug die Wohnungstür zu. Endlich war er zur Arbeit gegangen. Carmen hatte ein für allemal genug. Von diesem Mistkerl und von diesem Leben. Die letzten Jahre waren die Hölle für sie gewesen. Er hatte sie drangsaliert, erniedrigt und geschlagen. So auch gestern Abend, als er wieder angetrunken nach Hause kam und ihr direkt zwischen die Beine griff. Sie hatte sich ihm entwunden und deutlich „Nein“ gesagt. Und dann kam es wie immer – er wollte sie sich mit Gewalt nehmen. Doch dieses Mal war er zu betrunken, sie konnte sich in das Zimmer ihres Sohnes retten, dass seit ein paar Wochen nicht mehr bewohnt war. Sie schloss sich ein und verkroch sich unter der Bettdecke, um sein Schreien und Toben nicht mehr hören zu müssen.

Carmen lauschte eine Weile an der Tür, schlich sich dann vorsichtig aus dem Zimmer. Er war wirklich nicht mehr da. Sie verschloss die Wohnungstür von innen, ließ den Schlüssel stecken, falls er doch gleich wieder zurückkommen sollte. Mit schweren Schritten trottete sie ins Bad, betrachtete die blauen Flecken an ihren Oberarmen. Im Spiegel sah sie in ein leeres Gesicht. Ein Ausdruck ohne Hoffnung, ohne Zukunft. Sie ging unter die Dusche, wusch sich seinen ekligen Geruch vom Vorabend weg. Der Blick in den Kleiderschrank war eigentlich überflüssig. Die schwarze Bluse und der lange, dunkelblaue Rock versteckten ihre Weiblichkeit. Nur die neuen grazilen Sommersandalen bewiesen, dass sie eine schöne Frau ist. Sie kritzelte noch ein paar Worte auf einen Fetzen Butterbrotpapier: „Du wirst mich niemals wiedersehen, du mieses Stück Dreck!“ Ohne etwas zu frühstücken machte sie sich auf den Weg zum Bahnhof.

Reinhard setzte entschlossen den Punkt hinter das letzte Wort. Drei Seiten waren es geworden. Drei lange Seiten des Abschieds. Ein Brief ohne Abrechnung, ohne Schuldzuweisungen. Er bat nur um Verständnis, für den letzten Schritt, den er jetzt tun wollte, tun musste. Er hatte versagt. Auch beim zweiten Anlauf auf einen frei werdenden Direktorenposten war er übergangen worden. Schon beim ersten Scheitern hatte ihn seine Frau dafür verachtet – das wollte er sich nicht noch einmal antun. Sein Leben war von Arbeit geprägt, von der Karriere, in der sich seine Frau so gerne sonnte. Von dem Heranwachsen seiner beiden Kinder hat er nicht viel mitbekommen – er war viel unterwegs und kam abends immer spät nach Hause.

Dann musste er Bericht erstatten über das, was in der Firma so lief. Zärtlichkeiten gab es nur, wenn er mit einer Erfolgsmeldung nach Hause kam. Richtig guten Sex nur, wenn er eine dicke Provision eingestrichen hatte oder gar befördert worden war. Ihm war klar, dass er sein Leben vergeudet hatte. Vergeudet an lauter so unwichtige Dinge wie Aktienindex oder sein Handicap beim Golf. Zu einem Neuanfang fehlten ihm der Mut und die Kraft, also stand sein Entschluss schon länger fest. Er verließ das Haus wie gewöhnlich. Fuhr allerdings nicht ins Büro, sondern parkte seinen Wagen in der Garage neben dem Bahnhof. Er wollte noch einmal, wie zu Kindeszeiten mit seinem Opa, mit dem Zug an den Rhein fahren, den Sonnenuntergang beobachten und dort dem Ganzen ein Ende setzen.

Der Zug donnerte in den Bahnsteigbereich. Carmen sah ihn auf sich zu rasen. „Jetzt oder nie" war ihr bestimmender Gedanke. Sie trat an die Bahnsteigkante, stellte sich auf die Zehenspitzen, verlagerte ihr Gewicht nach vorne. Gleich würde sie fallen – aber ein eisenharter Griff an ihrem Ellenbogen hielt sie fest. Der Zug rollte an ihr vorbei, blieb schließlich stehen. Leute stiegen aus und wieder ein. Carmen drehte sich langsam um, sah in ein entschlossenes aber gütiges Gesicht. Der Lärm des herausfahrenden Zuges verflüchtigte sich.

„Warum? Warum haben Sie mich es nicht tun lassen?"
Sie war sich völlig bewusst, dass dieser hochgewachsene, mit einem dunklen Anzug elegant gekleidete Herr ihre Absicht durchschaut hatte.
„Ich respektiere ihren Entschluss, aber denken Sie doch bitte an die umstehenden Passanten, die Kinder hier und den Lokführer. Wir

dürfen bei solchen Dingen andere Menschen nicht in Mitleidenschaft ziehen. Es gibt andere Möglichkeiten."
Fassungslos stand Carmen vor ihm. Kein Vorwurf. Kein „ist doch alles nicht so schlimm, das wird schon wieder" oder so ein Gefasel. Im Gegenteil, dieser Mensch gegenüber schien sie zu verstehen. Nach einem schier unendlichen Augenblick des Schweigens fuhr er fort:
„Auch für mich ist heute Endstation", begann er ruhig.
Zog zur Unterstützung seiner Glaubwürdigkeit eine Schachtel mit Tabletten aus seiner Anzugjacke.
„Aber der Tag geht mit dem Sonnenuntergang. Und er geht leise."

Carmen war innerlich total aufgewühlt aber sie verstand ihn, nickte ihm mit geschlossenen Augen zu. In diesem Moment knurrte ihr Magen fürchterlich.
„Sie haben heute sicherlich noch nichts zu sich genommen", stellte er treffend fest.
„Der Tag ist noch lang, wir sollten uns ein wenig stärken!"
Reinhard nahm sie kurzentschlossen an die Hand und zog sie zum Treppenabgang. Wie in Trance folgte sie ihm zu dem Bistro am hinteren Bahnhofsausgang. Dort platzierten sie sich etwas abseits und er bestellte Frühstück für zwei Personen. Der Duft von frischen Croissants, Erdbeermarmelade und heißem Kaffee weckte wieder etwas ihre Lebensgeister.

Nach einem kräftigen Schluck aus der heißen Tasse erzählte ihr Reinhard in wenigen, kurzen Sätzen warum er auf dem Bahnsteig auf den Zug gewartet hatte. Sie sah ihn ungläubig an. Dann begann sie zu reden. Von ihrer Leidenszeit mit ihrem Mann und dass sie keinen Ausweg mehr wüsste. Sie schütteten sich gegenseitig ihr Herz aus, konnten sich dem Verständnis des Anderen sicher sein. Carmen sah ihn mit tiefgehendem Blick an. Was bloß war an diesem Mann, dass sie ihm auf Anhieb so vertraute? So, als kannte sie ihn schon seit ewigen Zeiten. Und ihm schien es nicht anders zu gehen.

„Waren sie schon einmal bei Sonnenuntergang in den Rheinauen?" wollte er plötzlich wissen.

„Nein, wir haben nie Ausflüge gemacht", antwortete sie ihm mit gesenktem Kopf.
„Dann würde ich es als Ehre betrachten, wenn sie mich dorthin begleiten würden. Sie sollten zum Schluss noch etwas Wunderschönes gesehen haben!"
„Ja, aber..."
„Kein aber!" bestimmte er.
Reinhard nahm sie abermals an die Hand und gemeinsam verließen sie das Bistro in Richtung Haupthalle. Vor dem Schaufenster eines Modeshops blieb er stehen.
„Machen Sie mir eine Freude?"
Gespannt sah er sie an und deutete auf den Traum von einem Sommerkleid. Hell mit fröhlichen Farbtupfern. Etwas in ihr sträubte sich.
„Aber das kostet ein kleines Vermögen."
„Ich benötige das Geld nicht mehr und nehme es auch niemandem weg."
Carmen sah an sich herunter. Ja, so würde sie sicherlich besser zu seiner Erscheinung passen. Er führte sie in die Boutique und sie probierte das Kleid an. Als sie die Umkleidekabine öffnete sagte er nur ein Wort:
„Wunderbar."
Carmen lächelte verlegen, drehte sich wie ferngesteuert einmal mit Schwung im Kreis, registrierte dankbar sein anerkennendes Nicken.
„Würden Sie bitte das Preisschild und das Sicherungsetikett entfernen? Madame behält es gleich an", wies er die Verkäuferin an.
Währenddessen sah sich Reinhard in dem Shop etwas um. Er zog ein Freizeithemd von der Stange und hielt es vor sich.
„Nein, das nicht", rief Carmen besorgt.
Sie tauschte das Hemd in seiner Hand gegen ein Polo-Shirt aus einem Regal aus. Und die Verkäuferin reichte ihm dazu eine legere Freizeithose. Zum Schluss steckten ihn die beiden Damen noch in passende Schuhe. Ohne auf den Preis zu achten zahlte Reinhard mit seiner Kreditkarte. Die alten Sachen der Beiden steckte die Verkäuferin in eine geräumige Plastiktasche.

Reinhard nahm die Tasche in die Linke, bot Carmen seinen rechten Arm an. Mit stummem Blick hakte sie sich bei ihm ein und gemeinsam schlenderten sie durch die Unterführung in Richtung Bahnsteig. Sie mussten auch gar nicht lange warten und der Regionalzug hatte Einfahrt. Er war nur mäßig besetzt und so konnten sie beide am Fenster sitzen. Schweigend ließen sie die Landschaft an sich vorüberziehen. Am Zielbahnhof stiegen sie aus dem Zug, nahmen einen kleinen Imbiss in der Bahnhofsrestauration zu sich und machten sich dann auf den langen Weg in die Rheinauen. Erst entlang einer Straße, später auf einem geschotterten Feldweg. Schließlich standen sie an dem befestigten Ufer des größten deutschen Flusses.

Ein paar Meter weiter flussabwärts stand eine alte Bank, auf der sie sich niederließen. Die Sonne stand noch hoch und wärmte die beiden mit ihren Strahlen. Sie begannen zu reden. Über das Leben und den Tod. Sie philosophierten über ihre Weltbilder und waren immer wieder erstaunt darüber, wie sie einander glichen.

Von Westen zogen hohe Wolken eines herannahenden Gewitters über sie, schluckten die hellen Strahlen der Sonne. Eine Windböe tollte über Carmen hinweg, hob frech den Saum ihres Kleides an und legte kurz ihre grazilen Oberschenkel bis zum Ansatz ihres Beckens frei. Carmen erschrak, strich augenblicklich den Stoff wieder glatt, hielt ihn fest bis über die Knie.

„Du hast wunderschöne Beine", urteilte Reinhard mit ruhigem Tonfall.

Ein Lächeln huschte über Carmens Gesicht. Solche Komplimente hatte sie seit Jahren nicht mehr gehört. Der Wind umspielte abermals ihre Beine. Sie schloss die Knie und übergab den Ansatz ihres Kleides den Gewalten der Natur. Reinhard konnte seine Augen nicht von dieser Schönheit lassen.

Carmen genoss auf einmal seinen bewundernden Blick auf ihrer Haut, sie fühlte sich seit langem wieder als begehrenswerte Frau.

Es begann zu tröpfeln. Reinhard sah sich um und deutete auf den dichten Wald hinter ihnen.

„Wir sollten uns ein wenig unterstellen, bis das Gewitter vorüber ist."

Er erhob sich und führte Carmen durch das hohe Gras bis unter die schützenden Bäume. Die ersten Blitze zuckten bereits auf der anderen Seite des Flusses hernieder. Der Regen nahm an Stärke zu und schon bald tropfte es auch von den Bäumen herunter. Carmen sah ihm auf einmal tief in die Augen.
„Die schönen neuen Sachen werden nass", stellte sie mit unruhiger Stimme fest.
Ohne zu zögern begann er die Knöpfe seines Hemdes zu öffnen.
„Dann sollten wir sie ausziehen."
Er wand sich aus den Ärmeln, legte das Hemd fein säuberlich zusammen und steckte es in die schützende Plastiktasche der Boutique. Carmens Blick sog sich an seiner kräftigen Brust fest. Eine breite Brust, mit viel Platz um sich daran anzulehnen...

Ein Wassertropfen auf ihrer Nase weckte sie aus der Anspannung. Entschlossen bückte Carmen sich ein wenig, griff an den Saum ihres Kleides und zog es mit einem Ruck über ihren Körper und den Kopf. Sie legte es ebenfalls zusammen und ließ es in der Tüte verschwinden. Reinhard entledigte sich seiner Hose, seiner Strümpfe. Nur noch mit der Unterwäsche bekleidet standen sie sich gegenüber, ließen den Blick über den Körper des Anderen schweifen.
„Darf ich dir behilflich sein?" hörte sie ihn fragen.
Ohne eine Antwort von ihr abzuwarten, fasste er sie zärtlich an den Schultern, drehte sie um ihre Achse. Vorsichtig strichen seine warmen Hände über ihren Nacken, an den Schulterblättern herunter zu dem Verschluss ihres Büstenhalters. Zwei Finger drängten sich links und rechts zwischen Stoff und Haut. Die Bänder wurden kurz etwas zusammen gezogen, nahmen aber sogleich die Spannung um ihre Brust. Er drehte sie wieder zu sich herum, fasste sacht an die Träger und zog die beiden Körbchen von ihren Brüsten. Es raschelte erneut in der Plastiktüte. Als er sich wieder erhoben hatte, kuschelte sich Carmen an seine breite Brust. Ihr schöner, voller Busen strich über seine Haut, überbrachte zärtlichste Grüße. Sie ließen ihre Hände rastlos über den Oberkörper des anderen wandern. Wollten sich gegenseitig noch einmal beweisen, wie schön das sein kann.

Seine aufkommende Erektion beulte seinen Slip aus, zwängte sich mehr und mehr zwischen ihre Schenkel. Carmen drängte sich fester an ihn, schob ihre Hände von hinten in seinen Slip. Fest massierte sie sein Hinterteil, während sich ihre Scham an seiner fortschreitenden Härte zaghaft rieb. Plötzlich rückte sie ein wenig von ihm ab, streifte ihm mit zitternden Händen das Stück Stoff von den Lenden. Danach fasste sie sich eilig an die eigene Hüfte und entledigte sich ebenfalls ihres letzten Kleidungsstückes.

Reinhards Penis stand schon fast waagerecht vor seinem Bauch. Carmen stellte sich etwas auf die Zehen, öffnete leicht ihre Schenkel, nahm seinen Schwanz zwischen ihre Beine und umschloss seine Erektion mit sanftem Druck. Ein leichtes Stöhnen entrann seinem Mund. Starke Arme umschlangen ihren Oberkörper, drängten ihre Brust fest an seine. Der Regen nahm zu, immer stärker tropfte es zwischen den Blättern hindurch. Wasser sammelte sich in ihren Haaren, auf ihren Schultern. Rann als kleines Bächlein an ihren Rücken herunter.

Carmen hielt seinen Schwanz eisern zwischen ihren Beinen gefangen. Seine Erektion wuchs immer weiter, drückte unwiderstehlich gegen ihr Geschlecht. Mit langsamen Bewegungen ihrer Hüfte scheuerte ihre Scham an seinem harten Schaft. Weit stand ihre Klitoris heraus, als würde sie eine Furche in seine Härte ziehen wollen. Das Gewitter kam näher, grelle Blitze zuckten zu Boden, tauchten dieses Schauspiel kurzzeitig in gleißendes Licht.
Reinhard konnte nicht mehr, sein Penis war mittlerweile so angespannt, dass es ihm in dieser Position schon wehtat. Mit seinen starken Armen packte er ihre Hinterbacken und hob ihren Körper kraftvoll ein wenig in die Höhe. Carmen begriff sofort, stellte sich bereitwillig auf die Zehenspitzen, spreizte dabei so gut es ging ihre Schenkel. Etwas in den Knien nachgebend brachte Reinhard seinen Phallus vor dem Eingang ihrer Scheide in Position. Dann richtete er sich vorsichtig wieder auf.

Ein nie gekanntes Lustgefühl durchströmte Carmens Körper, als er langsam in sie eindrang. Sie wollte in diesem Moment nur noch

Frau sein. Die Frau dieses starken, zärtlichen Mannes. Ihm mit Haut und Haaren gehören, auch wenn es das letzte Mal sein sollte. Sie hob ein Bein an, schlang es um seine Hüften, drückte ihre Ferse in seine Pobacke. So, als würden ihre Herzen im gleichen Takt schlagen, bewegten sich ihre Körper in einem ebenmäßigen Rhythmus.

Die zentralen Gewitterwolken standen fast genau über ihnen. Ihr Keuchen und Stöhnen ging immer wieder im Donnern der sphärischen Entladungen unter. Carmen warf ihren Kopf nach hinten, legte ihren Rücken vertrauensvoll in seine starken Arme, die sie an ihren Schultern festhielten. Herab prasselnde Regentropfen fielen in ihren offenen Mund oder sammelten sich an ihrem Kinn, flossen als Rinnsal an ihrem Hals entlang, zwischen ihren Brüsten hindurch und über ihren Bauch. Weiter in ihr Delta hinein, wo es sich mit ihrem unaufhörlich fließenden Liebessekret vermischte und weiter zu Boden tropfte.

Ihre Bewegungen wurden heftiger, ekstatischer. Wild ließ sie ihr Becken rotieren, presste ihre Ferse auf seinem Hintern, ihn noch tiefer in sich hinein. Ein gleißender Blitz schlug in das Wasser unweit ihres Aufenthaltsortes ein, beleuchtete bizarr ihren Gesichtsausdruck, den zum Aufschrei weit geöffneten Mund. Zum Schrei der Erlösung, der Schrei, der ihre Ketten sprengte, die sie seit Jahren umgaben. Ihr Körper verkrampfte, Fingernägel bohrten sich in seine Schultern. Reinhard erfasste sofort den Zustand seiner Geliebten, wurde schneller in der Hüfte.

„Komm Liebster! Komm!“

Wie durch einen Tunnel drangen ihre Worte zu ihm. Sie hatte jetzt auch ihr anderes Bein um seine Hüfte gelegt, zog sich mit ihren Armen um seinen Hals höher, damit er mehr Bewegungsfreiheit hatte. Mit langen, kräftigen Stößen kam er in sie hinein, bis er plötzlich ihre Hüfte fest auf seine Lenden presste. Rasselndes Atmen neben ihrem Ohr und ein wild zuckender Schwanz in ihrem Schoss zeigten ihr, dass auch er den Gipfel der Lust erklommen hatte.

Es hörte auf zu regnen, nur noch vereinzelte Tropfen fielen von dem nassen Lauf herab. Langsam verzog sich das Grollen nach Osten. Die Wolken brachen auf und ließen die warmen Strahlen der Abendsonne wieder passieren. Stetig senkte sich der glutrote Feuerball dem Horizont entgegen, sich in dem ruhigen Wasser wiederspiegelnd. Ein schicksalhafter Tag neigte sich dem Ende.

Die Suche nach den Vermissten blieb erfolglos. Ihre Spur verlor sich in den Rheinauen, in einem kleinen Wäldchen, umschlossen von einem Altrheinarm. Dort fand man ihre zum Trocknen fein säuberlich aufgehängten Kleidungsstücke: ein weißes Hemd mit gestreifter Krawatte, einen dunklen Anzug, schwarze Schuhe. Eine schwarze Bluse und einen dunkelblauen, langen Rock.

Jürgen Bruno Greulich

Das Geburtstagsgeschenk

Am Freitagabend war es soweit, der erste Termin mit einem Internetkunden. Carolin nahm ein Taxi, um sich die Suche nach der Adresse zu ersparen, und wurde vom jungen verschlossenen Fahrer wie prüfend gemustert, als wisse er genau, zu welchem Zweck er sie durch die Stadt chauffierte. Es war ihr, als könne jeder auf den ersten Blick sehen, was aus ihr geworden war. Er setzte sie vor einer der alten Villen am Fuß des Hügels ab und sie schaute dem davonfahrenden Wagen nach, fröstelnd im kühlen Wind, der durch die menschenleere Straße wehte. — Der Gedanke schoss ihr durch den Kopf, sich einfach umzudrehen und davonzulaufen, dann ging sie zum Eingang und drückte auf den Klingelknopf.

Augenblicke später wurde die Tür von einer eleganten und recht hübschen Dame geöffnet. Sie war um die vierzig und etwas mollig, trug ein dunkles Kostüm mit knielangem Rock, hatte die Lippen blassrot geschminkt, die Fingernägel blutrot lackiert und das Haar kunstvoll hochgesteckt. Ihr Lächeln wirkte etwas gezwungen. »Guten Abend, Carolin. Schön, dass Sie da sind.« Unter dem Blick der grünen Augen, die im Internet die Fotos von ihr begutachtet hatten, brachte Carolin nicht mehr als ein dürftiges »Hallo« zustande. Sie ließ sich aus dem Mantel helfen und wurde in ein Zimmer mit Schminktisch und großem Spiegel geführt. Es roch nach Haarspray und Parfüm, durchs Fenster sah man einen großen Garten mit hohen Bäumen schemenhaft in der Dämmerung. Um höfliche Sachlichkeit bemüht bat die Dame sie, das Kleid abzulegen; Carolin zog es aus und präsentierte sich mit einem roten Strapsgürtel und schwarzen Strümpfen. So hatte es Simon verlangt. Die Dame streifte sie mit einem scheuen Blick. »Sie sind hübsch. Sie werden meinem Mann und seinen Freunden gefallen.« Seinen Freunden? Wie viele Freunde hatte er denn? Die Dame bemerkte Carolins Zaudern. »Nun ja, es ist mit Ihrem … Manager so abgesprochen, dass es drei Männer sind. Ist es ein Problem?« Drei? Da sie einen Moment lang befürchtet hatte, von einer ganzen Horde erwartet zu werden, ging das ja noch. Komisch aber, dass Simon ihr nichts davon gesagt hatte. Aber egal.

»Nein, kein Problem.«

Sichtlich erleichtert legte ihr die Dame nagelneue Ledermanschetten um den Hals und die Handgelenke, verschloss umständlich die Schnallen, als hätte sie so etwas noch nie getan, und reichte Carolin ein leuchtend rotes Kleid, in dessen Rocksaum an jeder Seite drei kurze Kettchen eingearbeitet waren. Was hatte das zu bedeuten? Skeptisch streifte Carolin es über. Es war rückenfrei und vorn bis zum Bauchnabel hinab geteilt; eine einzige Schlaufe raffte es notdürftig über dem Busen zusammen. Eng schmiegte es sich um die Taille und nur knapp reichte der glockenförmig geweitete Rock über den Saum der Strümpfe. Sie musste die Hände an die Schenkel legen und die Kettchen des Rocksaums wurden an ihren Armbändern angeschlossen. Hob sie die Hände nun, was sie probehalber tun musste, schwangen beide Seiten des Rocks wie die Schwingen eines Vogels empor. Fast ein bisschen verlegen war das Lächeln der Dame. »Die Idee stammt aus einem Roman. Ich fand sie recht reizvoll.« Sie befestigte eine schwere Kette mit lederner Handschlaufe an Carolins Halsband und führte sie hinaus auf den Flur und ins Zimmer gegenüber, das sie betraten, ohne anzuklopfen.

Die Einrichtung war durch und durch gutbürgerlich. Bodenlange beigefarbene Gardinen vor dem Fenster, gestreifte Tapeten, Barockmöbel, ein Perserteppich und ein Kronleuchter — unter diesem saßen die drei Herren, versammelt um eine weiß gedeckte Tafel, in deren Mitte in einem goldenen Kandelaber sechs blaue Kerzen flackerten. Die Männer waren zwischen fünfzig und sechzig und trugen dunkle Anzüge. Der Korpulente mit dem geröteten Gesicht, der an der Schmalseite des Tisches saß und gerade Rotwein in sein Glas schenkte, hielt mitten in der Bewegung inne, der Hagere mit der Hornbrille krampfte die Hände ineinander, der Glatzköpfige mit den blauen Augen und der knorrigen Nase klaubte unsichtbare Krümel vom Tischtuch, und sie alle starrten Carolin mit heruntergeklapptem Unterkiefer an, als sei sie soeben vom Himmel herabgestiegen. Am liebsten wäre sie unsichtbar geworden, doch war sie genau das Gegenteil. Reglos hingen ihre Hände herab, um bloß nicht versehentlich das Kleid zu lüpfen.

Sachte stellte der Korpulente die Weinflasche ab. »Was ist das?«

Die Dame gab die Kette frei, darauf bedacht, sie nicht hart gegen Carolins Bauch schlagen zu lassen, und nahm mit einem verschmitzten Lächeln an der Stirnseite ihm gegenüber Platz. »Nicht was, sondern *wer*. — Das ist Carolin, mein Geburtstagsgeschenk für dich. Ihr könnt mit ihr tun, was euch gefällt.«

Der Blick seiner ungläubig großen Augen schweifte zu Carolin und wieder zurück. »Was? Ist das dein Ernst?«

»Du hast dir doch ein Mädchen zum Geburtstag gewünscht, oder nicht?«

»Aber das war doch nur ein Scherz.«

Die Dame lächelte ihren Gatten so wissend an, als sei sie die Pythia des Orakels zu Delphi persönlich. »Man muss mit den Scherzen vorsichtig sein, denn manchmal werden sie wahr. — Aber willst du jetzt deine Freude an ihr haben oder lieber weiter herumnörgeln?«

Nachdenklich kratzte er sich am Kopf und schwieg. Die Dame wies zu einer Durchreiche, die wohl zur Küche führte, denn es duftete gut, und auf der eine längliche Platte mit Fleischscheiben stand. »Bring uns die Speisen, Carolin.« Zögernd ging Carolin hinüber. Nun konnten die Hände nicht mehr unten bleiben. Tapfer nahm sie die Platte hoch. Ihr Rock wurde geschürzt, der nackte Schoß enthüllt, die Blicke der Männer brannten sich fest. Rasch stellte sie das Fleisch auf dem Tisch ab und trat zwei Schritte zurück, um sich in Sicherheit zu bringen, in sehr illusorische. Kroketten, selbstgemachte Nudeln und Gemüse tauchten nach und nach in der Durchreiche auf, um von ihr geholt zu werden. Sie musste abwechselnd an die rechte Tischseite treten, an welcher der Hagere saß, und an die linke neben den Glatzköpfigen, der vor ihr zurückwich, als sei ihm ihre Nähe unangenehm. Niemand sagte ein Wort, atemlos war die Stille. Verwundert schüttelte die Dame den Kopf. »Ich wusste gar nicht, dass ihr so schüchtern seid. — Ihr könnt sie ruhig anfassen. Dafür ist sie da.«

Von links näherte sich die Hand des Korpulenten, glitt sachte über ihre Schenkel, befühlte die Strümpfe und strich andächtig über das Strapsband, als hätte sie so etwas noch nie ertastet. Von rechts nahten die Finger des Hageren und wanderten an ihrer nackten Haut bis zum Strapsgürtel hoch. Auch der Glatzköpfige wich nicht mehr vor ihr zurück, als sie neben ihn trat, stattdessen strich seine

Hand über die Innenseite ihrer Schenkel. Die Scheu wich von den Männern, zudringlicher wurden die Finger, wagten sich allmählich zu ihrem Schoß vor. Beim Abstellen der Sauciere drang ein Finger in sie ein, krümmte sich, stieß noch tiefer, trieb ein Stöhnen von ihren Lippen. Endlich war alles zum Tisch gebracht, was ihr aber nichts nützte, denn nun musste sie die Speisen auf die Teller geben. Wie Schlangen krochen die Finger über ihre Haut und erkundeten jeden Winkel, raubten ihr mehr und mehr die Beherrschung; ihr Körper wollte ihnen nicht mehr ausweichen, sondern schmiegte sich ihnen entgegen, ihre Seufzer stiegen zum Kronleuchter hinauf. Sie gab ein Stück Fleisch auf den Teller des Hageren, stellte die Platte ab — und konnte sich nicht mehr aufrichten, da die Hand der Dame nach der vom Halsband baumelnden Kette griff und sie festhielt. Zugleich nahm der Hagere eine Kerze aus dem Kandelaber und pustete sie aus. Carolins Rock wurde hinten gelüpft und die Kerze drängte an ihren Po, fand den Eingang, durchbrach ihn und schob sich in sie, tiefer und tiefer, bis sie fest saß. Die Kette wurde freigegeben und Carolin richtete sich auf, leise stöhnend und mit wiegenden Hüften.

Die Hände fanden ein neues Ziel, spielten mit der Kerze, drehten an ihr, ließen sie ein Stück weit herausgleiten und schoben sie wieder tiefer, ließen Carolin beben. Die Dame lächelte großherzig, als schaue sie dem Spiel kleiner Kinder zu. »Sie dürfte jetzt scharf genug sein. Vergesst das Essen nicht.« Augenblicklich zogen sich die Finger zurück, als hätte eine Herrin einen strengen Befehl erteilt. Die Herren machten sich übers Abendmahl her und Carolin musste sich der Dame nähern und ihr die Hände hinstrecken, damit sie die Kettchen von den Armbändern lösen konnte. Von ihnen befreit erhielt sie den Befehl, ihr Kleid abzulegen, schälte sich aus ihm heraus und ließ es wie auf einer Nachtclubbühne zu Boden sinken.

Sicherlich hatten die Herren schon mehr Konzentration aufs Essen verwendet. Aber auch so wurden sie satt und streichelten schließlich ihre vollgestopften Bäuche. Carolin musste das Geschirr zur Anrichte bringen und erneut schürten unersättliche Hände die kaum verglühte Lust in ihr. Auch die Gläser, die Flaschen und der Kandelaber mussten vom Tisch, da man Platz für das Dessert brauchte. Carolin wurde von einem Wink der Dame gerufen und musste sich auf die Schmalseite des Tisches setzen, achtete darauf, ganz vorn am Rand zu bleiben, damit die Kerze nicht tiefer drang. Die Hand der Dame legte sich an ihr Schlüsselbein und drückte sie hinab, bis ihr Rücken auf dem weißen Tuch lag. Wie von alleine verschränkten sich die Hände unter dem Kopf, winkelten sich die Beine an und stemmten sich die Füße in den hochhackigen Schuhen gegen die Tischkante; nur so war es nicht gar zu unbequem. Da lag sie nun mit pochendem Herzen, dargeboten zum Vernaschen. Blicke prasselten auf sie herab wie Hagelkörner, trafen sie überall. Worauf warteten die Männer? Nichts war schlimmer, als hilflos hier zu liegen wie ein Opferlamm … Der Korpulente trat zwischen ihre Beine, drängte sie weiter auseinander und öffnete seine Hose. Der Glatzköpfige tauchte links neben ihr auf und ließ den ausgestreckten Finger rund um ihre linke Brust kreisen, ihn den Hügel hoch wandern und mit der zitternden Knospe spielen. Zögernd, sachte bohrte sich ein Pfahl in ihren Schoß und ihr Kopf wurde vom Glatzköpfigen weg zur anderen Seite gedreht, sie sah die Dame einige Schritte entfernt reglos neben einem Sessel stehen und schloss die Lippen um einen ungeduldig nahenden Penis. Brüderlich geteilt von den Herren, von denen jeder ihren Schoß und ihren Mund kennenlernte, aalte sie sich mit geschlossenen Augen auf dem Tisch wie in einem Himmelbett in den Armen des Geliebten, schon längst wusste sie nicht mehr, welcher der Herren wo in ihr wühlte, es spielte keine Rolle, was einzig zählte war die Lust, die sie in ihr zum Glühen brachten … Ihr Schoß wurde von einer warmen Flut überschwemmt, im nächsten Moment auch ihr Mund; eine Hand drehte ihren Kopf zur anderen Seite, noch während sie am Schlucken war, und der nächste Penis schob sich zwischen ihre Lippen, stieß bis zu ihrem Gaumen vor, immer und immer wieder rasch hintereinander, zog sich plötzlich zurück — und Sperma spritzte heiß auf sie herab, auf die geschlossenen Lider, die Nase, die Wange und in den offenen Mund. Ein Murmeln ließ sich vernehmen: »Die volle Ladung … Das wollte ich schon immer mal bei einem Weibsstück tun.« In zähen Bahnen krochen dicke Tropfen über ihr Gesicht. Der Pfahl, der nur noch ein biegsamer Stab war, verließ ihren Schoß. Sie war wieder alleine, wie aus einem

Traum erwacht, hörte ihr Stöhnen verebben, leckte die salzigen Lippen sauber und öffnete vorsichtig die Augen.

Erschöpft ließen sich die Herren in Sessel sinken und griffen nach den Weingläsern, tranken ein Schlückchen. Mit spitzen Fingern drückte die Dame eine Serviette in Carolins Hand und schüttelte missbilligend den Kopf. »Dass sich diese Mannsbilder doch gleich wie die Schweine aufführen müssen, wenn sich mal eine Gelegenheit bietet.« Carolin wischte ihr Gesicht ab und hatte die klebrigen Mannesspuren im Nu auch an den Händen. Behutsam erhob sie sich vom Tisch, ließ die Serviette auf das festliche Tuch fallen und kam seufzend auf die Beine. Aufdringlich rief sich die Kerze in Erinnerung und noch immer glühte Lust in ihr.

Die Dame bedachte sie mit einem mitfühlenden Blick. »Sie brauchen eine Dusche. So können Sie nicht heimfahren.« Heimfahren? War der Abend schon zu Ende, die Herren genug beschenkt? Carolin sollte es recht sein. Sie verließ das Zimmer mit einem letzten flüchtigen Blick zu den Herren zurück, die ihr betreten nachschauten, als habe man ihnen aus völlig unerfindlichen Gründen das Lieblingsspielzeug weggenommen. In einem luxuriösen Badezimmer wusch sie unter der Dusche den Abend von sich ab, soweit möglich, und war bald darauf fertig zum Gehen, ohne Kerze und Bänder, aber wieder mit dem Strapsgürtel und den heil und unbefleckt gebliebenen Strümpfen an, um es auf dem Heimweg nicht gar zu kühl zu haben. Einen Moment zögerte sie, die Hände zu heben, aber es war kein Problem, der Saum ihres Kleides folgte ihnen nicht.

Sie fand die Dame draußen in der Diele, schlüpfte in den Mantel und bekam einen Umschlag gereicht. »Das ist für Sie. Sie sollen es Ihrem Manager geben … Ich denke, Sie haben es sich verdient … Ich habe auch ein Taxi für Sie gerufen.« Carolin nahm das Kuvert mit dem Versuch eines dankbaren Lächelns entgegen und stopfte es achtlos in die Manteltasche. Dass es vergleichsweise leicht verdientes Geld war, musste sie dieser Frau ja nicht unbedingt auf die Nase binden. Sie verabschiedeten sich mit der Gewissheit, sich kein zweites Mal bei einem solchen Abenteuer begegnen zu werden, und Carolin eilte im kühlen Wind zum wartenden Taxi.

Eva Maria

FliederFlug

Der Fliederstrauß auf dem Nachttischchen strömt einen betörenden Duft aus. Es ist mein Duft, den ich liebe. Gierig sauge ich ihn auf, dabei verheißt er mir Sonne und Wärme – Frühling.
Du sitzt neben mir vor dem Bett.

Trotz der geschlossenen Lider ahne ich, dass du mich betrachtest. Dabei sieht sicherlich dein Gesicht entspannt aus, vielleicht sogar glücklich, weil du lächelst. Dein Geschenk, dieser große Fliederstrauß, ist das Schönste für mich und du weißt es. Überhaupt kennst du mich gut, verdammt gut, unheimlich gut sogar.
Während ich mit geschlossenen Augen über uns nachdenke, fühle ich deine Finger, die sich federleicht über mein Gesicht bewegen. Zaghaft zeichnen sie die ersten kleinen Fältchen nach, umkreisen meine Lippen. Im nächsten Augenblick bohrst du einen Finger in mein Ohr.
Es kitzelt.
Es prickelt.
Leise lache ich und greife nach deiner Hand, will sie wegschieben.
Aber du entziehst dich geschickt dem Griff. Dabei beugst du dich über mich und küsst mich spielerisch auf den Mund, auf meine Nasenspitze, auf die Lider. Belustigt öffne ich die Augen und sehe unvermittelt in deine blaugrünen. Doch dein Blick ist nicht nur zärtlich, liebevoll. Oh nein. Ein Glanz, der zum Blitzgewitter wird, leuchtet mir entgegen. Und ich kenne dieses Blitzen in ihm, dieses Augenspiel sagt mir, dass du hungrig auf Sex bist, dass du erregt bist, dass du mich haben willst.
Während ich irritiert den Kopf schüttele, flüstere ich: „Nein! Du…“
„Pst!“
„Ich…“
„Mach die Augen zu und lass mich.“
„Das geht…“
„Doch, das geht. Lass mich einfach.“, hauchst du in mein Ohr, gleichzeitig schiebst du deine Hand unter mein T-Shirt. Siegessicher

greifst du nach einer Brust, knetest sie sanft oder zwirbelst meinen Nippel, der sich bereits aufgestellt hat.

Meinen Versuch, dich weg zu schieben, küsst du einfach weg. Wobei du deine Zunge in meinen Mund drängst, fordernd meine suchst, berührst, sie zum Spielen aufforderst.

Ein Kribbeln breitet sich in mir aus. Meine Abwehr schrumpft und ich überlasse mich deinen Zärtlichkeiten.

Es reizt mich.

Du reizt mich.

Unverändert liege ich seitlich am Bettrand und du sitzt auf dem Hocker davor. Dein Kopf schmiegt sich an meinen, dabei massierst du in einem fort meine Brust oder bearbeitest im Wechsel meine harten Knospen. Deine anderen Finger gleiten liebkosend über meinen Körper, wobei meine Lustgier immer größer wird.

Plötzlich richtest du dich auf, um mich zu betrachten, wie ich vor dir liege mit leicht angewinkelten, nackten Beinen. Das hochgeschobene T-Shirt bedeckt nicht mehr meinen Schambereich und du kannst meinen rasierten Venushügel sehen.

Für einen Augenblick hebe ich mein oberes Bein an, weiß, dass du in dieser Pose meine geschlossene Muschel anschauen kannst.

Es erregt mich. Und wenn ich mir vorstelle, wie du dich über mich beugen würdest, wie du meine Schamlippen mit der Zunge benetzen könntest, möchte ich am liebsten deinen Kopf zwischen meine Schenkel pressen, möchte mich dieser Vorstellung ganz hingeben.

Trotzdem nehme ich die seitliche Pose wieder ein und bin gespannt, wie du reagierst. Da ich nicht mehr die Umgebung wahrnehmen will, sondern nur noch dich fühlen möchte, schließe ich meine Augen.

Du rührst dich nicht.

Ich liege da, warte auf dich. In diesem Moment schmerzt beinahe das Verzehren nach dir, nach deinen Fingern – ich möchte so gerne erlöst werden und warte, warte auf dich. Endlich streichelst du über meinen Fuß, liebkost jeden Zeh, und bewegst dich sehr langsam auf meinem Bein nach oben. Allmählich tröpfelt Nektar aus meiner Möse, benetzt die Spalte. Wenn ich tief Luft einsauge, kann ich mich riechen, meine Lust schnuppern und bin froh, dass der Flieder so stark duftet.

Eigentlich ist es kein günstiger Zeitpunkt für Sex und ich müsste dieses Spiel beenden. Wenn ich mich aufrichte…

Gerade in diesem Moment zwängt sich deine Hand zwischen meine Schenkel, fest, verlangend. Sie streicht über meine Feuchtigkeit und wischt meinen Widerstand weg.

Du hast es geschafft.

Keine Bedenken mehr, kein Sträuben.

Jetzt spüre ich nur noch meinen Schoß. Es scheint, dass all mein Blut in den Unterleib strömt. Deine Hand und meine Haut sind eins. In mir vibriert es. Unaufhaltsam ballt sich ein heißer Strom in meinem Liebesdelta zusammen. Unaufhaltsam öffnet sich meine Muschel, so dass die Lust aus mir fließen kann.

Immer feuchter werde ich.

Rauschhaft nehme ich wahr, wie mein Saft die Innenseiten der Beine benetzt, wie er die Poritze glitschig geschmeidig macht.

Als sich deine Hand fest an meine Möse presst, langsam zu reiben beginnt, kann ich ein leises Stöhnen nicht mehr unterdrücken.

Doch du bist da, ganz nah bei mir, und schluckst durch einen Kuss die Laute auf.

Es fällt mir schwer, ruhig liegen zu bleiben, mich unter Kontrolle zu halten.

Kaum noch vermag ich mich zu beherrschen.

In meiner Erregung würde ich dir so gerne meine gespreizten Schamlippen, mein geöffnetes Tor entgegen strecken, in welches du stoßen sollst – unaufhaltsam fest. Möchte mich unter deinen Liebkosungen schlangengleich winden oder meine Finger in mich tauchen.

Aber ich liege beinahe reglos da, nur mein schneller, heftiger Atem senkt und hebt meinen Brustkorb, währenddessen mich deine Finger, vermischt mit meinem Schleim, verwöhnen.

Rege kreisen, streicheln, stoßen sie auf mir wie auch in mir.

Meine Muskeln in der Scheide ziehen sich zusammen, tief in mir zuckt und kribbelt es.
Du treibst mich weiter, viel weiter.
Da sprengt ein Orgasmus den Strom in meinem Unterleib. Er quillt aus mir.
Ganz fest presst du deine Lippen über meinen Mund und schiebst deine Zunge in meinen Rachen, so dass ich nicht fähig bin laut zu stöhnen; so laut, wie ich es sonst immer mache.

Ich falle, ich fliege mit dem Fliederduft, vermischt mit Lustgeruch, davon.

Irgendwann spüre ich das Bett unter mir.
Deine Hände streicheln mich nur noch sanft über dem T-Shirt und spielerische Küsschen bedecken mein Gesicht.
Langsam öffne ich die Augen, sehe dich an.
Du lächelst und dein strahlender Blick empfängt mich.

Da höre ich wieder die Stimmen aus der anderen Zimmerecke. Sofort wird mir klar, wo ich mich befinde. Sofort spüre ich, wie sich Schamröte über mein Gesicht zieht. Mit belegter Stimme frage ich leise: „Haben die was mitbekommen?“
„Ist das so wichtig?“
„Ja!“
„Ich meine nein! Weil es wunderschön war und die anderen Leute mir egal sind.“
„Aber mir nicht, denn ich muss ja noch zwei Tage hier im Krankenhaus bleiben…“
„Schatz, na und? Aber beruhige dich. Es hat keiner was gemerkt. Nur ab und zu kamen neidische Blicke!“
Dabei erscheint ein freches Grinsen in deinem Gesicht.

Netzfundstücke III

Die Geographie einer Frau

Im Alter zwischen 18 und 21 ist eine Frau wie Afrika oder Australien.
Sie ist zur Hälfte entdeckt, wild und von natürlicher Schönheit mit Buschland um die fruchtbaren Deltas.

Im Alter zwischen 21 und 30 ist eine Frau wie Amerika oder Japan.
Komplett erschlossen, sehr gut entwickelt und offen für den Handel, speziell mit Ländern die Geld oder Autos haben.

Im Alter zwischen 30 und 40 ist eine Frau wie Indien oder Spanien.
Sehr heiß, entspannt und sich ihrer eigenen Schönheit bewußt.

Im Alter zwischen 40 und 45 ist eine Frau wie Frankreich oder Argentinien.
Sie wurde während des Krieges vielleicht zur Hälfte zerstört, kann aber immer noch ein warmer und wünschenswerter Ort zum Besuchen sein.

Im Alter zwischen 45 und 50 ist eine Frau wie Jugoslawien oder der Irak.
Sie hat den Krieg verloren und wird von vergangenen Fehlern geplagt. Massiver Wiederaufbau ist jetzt nötig.

Im Alter zwischen 50 und 60 ist eine Frau wie Russland oder Kanada.
Sehr weit, ruhig, und die Grenzen sind praktisch beispiellos, aber das frostige Klima hält die Leute fern.

Im Alter zwischen 60 und 70 ist eine Frau wie England oder die Mongolei.
Mit einer glorreichen und alles erobernden Vergangenheit, aber ohne die gleiche Zukunft.

Nach 70 werden Frauen wie Albanien oder Afghanistan.
Jeder weiß wo es ist, aber keiner will hin.

Die Geographie eines Mannes

Im Alter zwischen 14 und 70 ist ein Mann wie Kuba - regiert von einem Dödel.

Maria Berlucci

Die Kreuzfahrt

Die Buchungen sämtlicher In- und Auslandsreisen überließ Graf Johann-Gustav von Geilenbrügge für gewöhnlich seiner Hausdame. Bei dieser speziellen Reisebuchung jedoch übernahm er die Aufgabe höchstselbst.

Schließlich hing einiges vom Gelingen dieser Reise ab, bei der es sich nicht nur um reines Vergnügen handelte, sondern vorrangig um ein Geschäft ging.

Graf Johann-Gustav von Geilenbrügge, von seinen Eltern als Kind zärtlich Gustavchen genannt, hatte vor kurzem sein 65. Lebensjahr erreicht. Er lebte zusammen mit seiner Hausdame ruhig und zurückgezogen in einem kleinen Herrenhaus im österreichischen Land, nahe Ischgl.

Das Herrenhaus war ihm von seinen Eltern vererbt worden. Ein alter Rolls Royce zählte ebenfalls zu den Überbleibseln des einst stattlichen Erbes.

Der Graf war ein Lebemann, großzügig und verschwenderisch. Er liebte Partys, Champagner, Schmuck und edle Kleidung. Nach und nach hatte er das Geld in wunderbare, pompöse Dinnerpartys investiert, zwei Frauen nach der Scheidung auszahlen und den Unterhalt für 3 unvorhergesehene Kinder aufbringen müssen.

Da der Graf jedoch niemals gelernt hatte, wie man Geld verdient, sondern immer nur, wie man es ausgeben kann, schmolz das Erbe so rasch wie ein Eis in der Sonne.

Er war tief betrübt über diese finanzielle Misere und es grämte ihn, keine großen Gesellschaften mehr geben zu können, keine Damen und Herren aus gutem Hause zum Tee zu laden, geschweige denn seine Verführungskünste bei den Damen unter Beweis zu stellen.

Dieser Zustand war für Geilenbrügge unhaltbar.

Über kurz oder lang musste er wieder zu Geld kommen, nur wie?

Er hatte lange gegrübelt, das Haus zu verkaufen und in eine hübsche Wohnung nach Wien zu ziehen, aber sein Herz hing zu sehr daran, so dass er den Gedanken schnell wieder verwarf.

Der Zufall eilte Geilenbrügge zu Hilfe, als er auf einer geladenen Gesellschaft Zeuge eines Gespräches zweier Herren wurde, die sich über eine Kreuzfahrt unterhielten. Einer der beiden hatte eine Schiffsreise über den Nil gemacht, von der er mit sonorer Stimme und nicht ohne Stolz berichtete, wie einfach es sei ob der vielen alleinstehenden Damen an Bord, jeden Abend ein anderes Teté a Teté zu haben.

Er unterstrich dies mit einem vielsagenden Augenzwinkern in die Runde, was Geilenbrügge dazu veranlasste, ihn als Prahlhans zu entlarven, der wahrscheinlich nicht einen einzigen Stich hatte setzen können.
Aber er hatte Geilenbrügge auf einen Gedanken gebracht.
Eine Kreuzfahrt versprach eine vergnügliche, lockere, entspannte und offenherzige Atmosphäre. Bei den Gästen wären nur die wenigsten unter 50 und wenn es so viele ältere Damen an Bord geben würde, wären darunter auch alleinstehende und Witwen, die ganz sicher eine Hinterlassenschaft mitbrachten und nur darauf warteten, den dritten Frühling zu erleben.

Graf Gustav von Geilenbrügge zögerte nicht lange, sondern buchte die nächste Kreuzfahrt über den Nil.
Er checkte an einem sonnigen Tag im Mai auf dem Luxusliner „Red Rose“ ein und warf den Menschen am Pier, berauscht von seiner sonnigen Zukunft, beim Abschied euphorische Luftküsse zu.

Die von ihm gebuchte Kabine war ganz nach seinem Geschmack. Sie war edel, stilvoll und elegant eingerichtet.
Das machte ihn sehr zufrieden. Denn Geilenbrügge wusste, dass man immer etwas investieren musste, um es anschließend mit Zinseszins zurückzubekommen.
Geilenbrügge nutzte die nächsten zwei Tage, um sich ausführlich auf dem Schiff nach geeigneten Kandidatinnen umzusehen. Tatsächlich waren sehr viele Damen an Bord, doch war ihm bisher keine geeignete über den Weg gelaufen.
Am dritten Abend der Reise schritt der Graf im schwarzen Smoking durch die Tür zum Speisesalon um das Abendessen einzu-

nehmen und wurde wie üblich vom Stewart an seinen Tisch geführt.
Dort erwartete ihn allerdings nicht mehr das junge Ehepaar, welches in den letzten zwei Tagen mit ihm am selben Tisch gespeist hatte, sondern es wurden ihm seine neuen Tischgäste vorgestellt.
Freifrau Lisbeth von der Klampfe und Fräulein Röschen Schnakenwald.
Geilenbrügge ließ seinen Charme spielen, verbeugte sich, stellte sich vor, ließ der Freifrau Lisbeth von der Klampfe einen Handkuß zukommen und raunte ihr zu, wie entzückt er sei, ihre Bekanntschaft zu machen.

Der Graf war tatsächlich entzückt, denn sie war nicht unansehnlich und ihr Name klang vielversprechend.
Als er sich Fräulein Röschen Schnakenwald zuwandte, erstarrte Geilenbrügge in seiner Bewegung. Er versuchte Haltung zu bewahren, aber es gelang ihm nur schlecht.
Fräulein Röschen hatte die Grazie einer Bulldogge. Ihre Augen waren rot, ihre Tränensäcke waren der Schwerkraft gewichen, so dass sie wie zwei Lappen auf die Wangen klatschten. Ihr Mund, über dem ein borstiger Frauenbart wuchs, entblösste eine Reihe gelblich-brauner Zähne. Unter ihrem Kinn wölbte sich eine Fleischwulst, als sie ihn anlächelte.
Auf ihrer linken Wange prangte eine riesige braune Warze, auf der einzelne schwarze Haare sprossen und in ihrer Wuchsrichtung auf die große, grobschlächtige Nase hinwiesen, aus deren Löchern ebenfalls Haare lugten.
Sie trug einen fettigen Dutt auf ihrem Kopf, der von einer geschmacklosen und zerfledderten Rose verziert wurde.
Angesichts einer solchen Fülle von Abartigkeiten bestellte sich Geilenbrügge zunächst einen doppelten Scotch, nahm Platz und verbot sich für den Rest des Abends einen Blick auf Fräulein Röschen.

Der Graf bemühte sich um eine charmante Konversation mit Lisbeth von der Klampfe. Sie war seit einem Jahr Witwe, lebte in einem großen Haus in Zürich und hatte von ihrem Mann, der ein

Industrieller gewesen war, ein beachtliches Erbe bekommen. Sie lebte eher zurückgezogen, mit gelegentlichen Besuchen einer entfernten Cousine ihres Mannes, eben jenem lieben Fräulein Röschen, welches ihr so ans Herz gewachsen sei in dieser schweren Zeit. Als Dank für ihren Beistand hatte sie sie zu dieser Kreuzfahrt eingeladen.

Geilenbrügge entging nicht, dass ihm Cousine Röschen während seiner Unterhaltung mit Lisbeth von der Klampfe anzügliche Blicke zuwarf. Zunächst meinte er, sich vertan zu haben, als er jedoch unter dem Tisch einen Fuß an seinem Hosenbein spürte, aber die Beine von Lisbeth von der Klampfe übereinander geschlagen waren, wurde ihm kurzzeitig übel.
Schließlich würde er das Cousinchen künftig in Kauf nehmen müssen, denn sein Entschluss, Lisbeth von der Klampfe nicht nur zu verführen, sondern sie auch zu seiner Angetrauten zu machen, stand schon nach wenigen Stunden für ihn fest.

Als der Abend sich dem Ende neigte, verabschiedete sich der Graf höchst zufrieden von seiner Tischdame, ohne es zu versäumen, ihr ins Ohr zu raunen, wie sehr er sich über ein baldiges Wiedersehen und ein ‚Stell Dich ein' zu Zweit freuen würde. Lisbeth von der Klampfe klimperte mit den Augen und versprach kichernd, ihn alsbald wiederzusehen.
Geilenbrügge wollte gerade gehen, da bot ihm Fräulein Röschen ihre patschige Hand zum Abschiedskuss.
Er starrte sie an und befürchtete, sich übergeben zu müssen.
Langsam senkte er seinen Kopf und weil sie aus allen Poren nach einer Mischung aus Herztropfen, Kölnisch Wasser und vergammeltem Fisch stank, hielt er die Luft an, um nicht ohnmächtig zu werden.

Der nächste Tag begann für Geilenbrügge mit einer wunderbaren Überraschung. Zum Frühstück erschien nur Lisbeth von der Klampfe, Cousine Röschen litt an Migräne.
Sie vereinbarten einen Spaziergang an Deck und einen Tagesausflug beim Landaufenthalt. Alles verlief wie am Schnürchen, Lisbeth von

der Klampfe hatte sich offensichtlich schon am ersten Abend in ihn verliebt und hatte durchblicken lassen, sehr wohl noch einmal Hochzeit halten zu wollen.

Gegen Ende dieses äußerst erfolgreichen Tages trug Geilenbrügge seiner Angetrauten an, nicht bis zum Eheversprechen auf eine Zusammenkunft warten zu können, da er schon zu lange auf die körperliche Liebe verzichten musste.

Lisbeth von der Klampfe gurrte wie ein Täubchen und war zu seinem Erstaunen gar nicht prüde, sondern erklärte, dass auch sie auf derlei Freuden so lange hatte verzichten müssen, dass es an der Zeit sei, einiges nachzuholen.

Hocherfreut nahm Geilenbrügge ihre Zusage zur Kenntnis und versprach, sich am späten Abend in Lisbeth's Suite einzufinden.

Überschwenglich vor Freude ließ sich Geilenbrügge sein Vorhaben noch einmal etwas kosten, schließlich würde er nach einer Hochzeit mit Lisbeth von der Klampfe keine Geldnöte mehr haben.

Er kaufte in einem Juwelierladen auf dem Schiff eine goldene Kette mit einem Amulett, auf dessen Vorderseite ein dreikarätiger weißer Diamant eingefasst war, welche er ihr in ihrer ersten gemeinsamen Nacht schenken wollte.

Danach begab sich Geilenbrügge zu vorgerückter Stunde mit einem schon prallen August zur Suite von Lisbeth von der Klampfe.

Er klopfte.

Aus dem Inneren erklang die Stimme seiner Angetrauten in vielversprechender Tonlage und säuselte: „Herein!“

Geilenbrügge fühlte seinen Fifi steif und fordernd ans Hosenbein prellen. Als er in das abgedunkelte Zimmer trat und die Tür hinter sich schloss, war ihm, als läge eine Note Kölnisch Wasser in der Luft. Einen Moment lang zögerte er, besann sich dann aber wieder seiner Aufgabe, denn es war nichts einzuwenden gegen einen zünftigen Beischlaf und der Aussicht auf ein Leben in Saus und Braus.

Geilenbrügge hatte sein Pfeifenrohr lange nicht mehr zum Einsatz gebracht und nun war die Stunde der Wahrheit gekommen, in der

er diese griffige Amüsiermatratze, die nicht weniger rollig war als er, bis auf die Federn durchknallen würde.
„Liebste, soll ich nicht ein wenig schummriges Licht schaffen?“ fragte er.
„Oh nein, Du Süßer, mein heißer Hasenkötel, lass in unserer ersten Nacht nur die Sterne Zeugen unserer Liebe sein.“
Ob dieser schwülstigen Worte fühlte sich Geilenbrügge genötigt, ebenfalls auf eine solche Art und Weise zu antworten.
„Meine kleine Animierbombe, ich werde Dich heute Nacht nehmen, wie Du noch nie genommen worden bist.“
Mit diesen Worten warf sich Geilenbrügge mit Schwung auf das Bett, wo er seine Paradebiene schon in erwartungsvoller Haltung vorfand.
„Hach, Du kleines Biest, Du machst mich so scharf.“
Geilenbrügge riss ihr das Negligé vom Körper und sich die Hose von der Hüfte, während sie gurrte: „Gustavchen, sei zärtlich zu mir.“
Ihre Dutteln streckten sich ihm einladend entgegen, er grabschte danach und schnappte nach ihren Brustwarzen, die einen Geschmack von alten Pfirsichen hinterließen.
„Mein kleines Frauchen, ich will schon jetzt den Ausritt wagen! Komm lass mich Dich satteln und lass mich Dich ordentlich reiten“, raunte er, griff nach ihrem nackten Hintern, ließ seine Finger um ihre Rosette kreisen und hebelte mit seinen Händen ihre strammen Arschbacken auseinander. Sie stemmte ihr Gesäß in seine Hände und kniff die Backen zusammen.

„Ha, Du kleiner Fotzentrüffel“ grunzte er und fühlte, wie seine Eier straff und prall gegen seine Schenkel schlugen.
Sie griff beherzt unter seinem Bauch hinweg nach seinen Glocken und krallte sich wollüstig hinein. Er jaulte auf und schob ihr seinen dicken Schweif wedelnd entgegen.
„Oh, ahaa, ohh“ stöhnte sie, stülpte ihren Mund gierig über seinen Peter und fing an, ihn zu zutzeln. Sie blies wie der Teufel, so dass Geilenbrügge schier schwindlig wurde vor Augen.
„Jaaaa, komm blas mir den Radetzkymarsch“ blökte er und knallte ihr seine Lanze hinauf bis zu den Mandeln.

Sie röchelte, aber sie blies seinen Stiesel so fest, dass ihm nach kurzer Zeit der Samen aus dem Rohr fetzte und ihr gerade in den Rachen schoß.

„Du geiler Fickschlitten, komm walk mir die Klöten“ wieherte er und hieb ihr seinen Galgenschwengel bis zum Anschlag in den Schlund.

Sie schluckte seinen Saft mit einem Satz hinunter und leckte sich genüsslich die Lippen. Er griff in ihren Schoß, schob seine Nase hinterher und fing an zu saugen und zu schmatzen.

„Gustavchen, was tust Du da, aaahhh, ja ja.“ „Ich bügel Dir die Falten glatt“, gurgelte er und propfte ihr einen Finger in den Arsch. Da drehte sie sich um und bot ihm ihren Hintern.

„Du scharfer Fotzenlecker, komm setz mir einen Mokkastich!“ „Alles was Du willst“, schmatzte er und führte seinen Stöpsel ein.

Er rammelte wie ein Besessener, während sie untenrum fest nach seinen Bommeln griff.

„Graf Porno bläst zum Zapfenstreich“, brüllte er, grabschte nach ihren Titten und stemmte sein Ofenrohr noch tiefer hinein.

„Mein süßer Matratzenstrolch“, quiekte sie wie ein Ferkel, „nimm mich so fest Du kannst!“

„Ja, ja, ja!“ Geilenbrügge schnaufte wie eine Dampflok. „Ich bin Dein Zuchtbulle“ schrie er und klatschte mit der bloßen Hand auf ihre feisten Arschbacken.

Seine Eier waren so dick, dass sie ihm fast unter seinem Hintern explodierten. Diese Matzratzenwalküre musste gevögelt werden, jawohl, das musste sie!

Er schob sie von seinem Pfahl, drehte sie mit einem Ruck auf den Rücken, drängelte sich zwischen ihre dicken Schenkelchen und bimste ihr seinen Riemen in die nasse Pitsche.

„Aaaahhh, Du geiler Hahn, ja Du mein süßer Hirsch, mach’s mir nur richtig!“ „Pump mir die Latrine voll Du scharfer Zahn“, schrie sie als sie kam und es entfuhr ihr ein lauter Mösenfurz.

Geilenbrügge spürte wieder ein wohliges Krampfen im Sack, bäumte sich auf, knallte ihre Büchse was seine Glocken hergaben, hämmerte, bollerte, blökte wie ein angeschossener Ziegenbock und schoß ihr zuckend die zweite Ladung hinauf in den Leib.

Mit einem leeren Sack und verschwitztem Körper sackte Geilenbrügge über seiner Angebeteten zusammen und gestand sich eine Ruhepause ein.

Nach einer Weile ließ sich die Stimme seiner zukünftigen Braut vernehmen, „Gustavchen, mein süßer Honigkuchen, wir wollen doch morgen früh kein Aufsehen erregen, wenn die Damen kommen, um hier aufzuräumen.“ „Ich denke wir sollten den Schein des Anstandes wahren und uns beim Frühstück wiedersehen.“

Geilenbrügge, noch erschöpft von dem langen Ritt, wunderte sich zwar über die plötzliche Schamhaftigkeit seiner Lisbeth, aber er war einverstanden, denn es konnte tatsächlich unangenehm werden, wenn man vom Personal überrascht würde.

Da fiel ihm ein, dass er beinahe vergessen hatte, seiner zukünftigen Braut sein Geschenk zu überreichen.

„Nimm dies als Zeichen meiner Zuneigung“ flüsterte er sonor, legte ihr die Kette um und verschwand aus der Suite.

Beflügelt ob der letzten Nacht und der Aussicht auf ein neues Leben in Zürich war Geilenbrügge früh auf und begab sich vergnügt zum Frühstücksbuffett, wo er auch Lisbeth von der Klampfe treffen würde.

Am Tisch traf er jedoch nur auf Fräulein Röschen, die offenbar keine Migräne mehr hatte, was Geilenbrügge ausgesprochen schade fand.

Er wunderte sich zunächst, dass seine Angetraute noch nicht zum Frühstück erschienen war, aber dann dachte er daran, dass sie sich von den Strapazen der Nacht ganz sicher noch erholen musste, hatte er sie doch ausführlich beritten.

In diesem Moment wurde Geilenbrügge von einem Stewart ein Brief überreicht, mit der Bitte um Entschuldigung, da die Nachricht versehentlich erst an diesem Morgen an ihn weitergeleitet wurde und nicht, wie vorgesehen, schon am gestrigen Abend.

Geilenbrügge war verwundert, wer ihm auf dem Schiff eine Nachricht hinterlassen könnte, aber er öffnete den Brief und las:

„Mein lieber Gustav,

es ist etwas Furchtbares passiert. Meine einzige bis dato noch lebende Tante ist vorgestern verstorben. Da ich die Beerdigung ausrichten muss bin ich gezwungen, sofort nach Zürich zu fliegen.

Es tut mir leid, dass wir unser erstes Mal, worauf ich mich so sehr gefreut hatte, nun doch auf später verschieben müssen. Ich hatte nicht einmal Zeit, Dir persönlich Bescheid zu geben. Die Einzige, der ich eine Nachricht zukommen lassen konnte, war Cousine Röschen, die ich gebeten habe, die Reise fortzusetzen und sie zu genießen.
Mein Liebster, wenn die Reise beendet ist, erwarte ich Dich schon sehnsüchtig hier in Zürich, bis dahin

Deine Dich verehrende Lisbeth."

Geilenbrügge blickte verwirrt auf.
Sein Blick wurde von seinem Gegenüber eingefangen.
Geilenbrügge trat der Schweiß auf die Stirn und er fühlte wie ihm schwindlig wurde.
Während sein Gegenüber eine Reihe bräunlich-gelber Zähne unter einem borstigen Frauenbart entblößte, blitzte etwas unter der Kinnfleischwulst hervor.
Es war eine Kette.
Eine goldene Kette mit einem Amulett, auf dessen Vorderseite ein weißer Diamant eingefasst war. Ein Dreikarätiger.

Krischan Schoeninger
Nachts sind alle Katzen geil

Auf dem Dach eines Altberliner Hauses spazierte ein Kater von Schornstein zu Schornstein und jammerte seine sexuelle Frustration in den nächtlichen Himmel. Der Mond ließ sich davon nicht beeindrucken und tastete stattdessen mit seinen Strahlen die bröcklige Fassade des Wohnhauses ab.

Er lugte in die stets ungelüftete Wohnung von Frau Gemke aus der ersten Etage, einer Rentnerin, die allabendlich ein Kreuzworträtsel löste, eine Packung filterloser Zigaretten rauchte und eine Flasche Weinbrand Gold leerte.

Ihr Nachbar war ein unscheinbares Männchen, der sein einziges unverwechselbares Markenzeichen – eine waschechte Jyl-Brunner-Glatze – unter einem viel zu kleinen Toupet versteckte. Für einen kurzen Augenblick funkelten die Kunststoffhaare geheimnisvoll auf, dann kletterte der Mond eine Etage höher.

Dort starrte er hypnotisiert auf den großen Busen von Martina Matuschewski, einer unbekümmerten Grazie Ende zwanzig, welche sich anschickte, ihren Nachbarn und regelmäßigen Feierabend-Lover Hans Hagen zu empfangen. Doch auch eine andere Person wurde von diesem schwergewichtigen Paar weiblicher Pracht magisch angezogen. Es war Sascha Tiedemann aus dem dritten Stockwerk genau über ihr. Sein Blick verkrallte sich regelmäßig im Ausschnitt ihrer stets zu knappen T-Shirts, wenn beide sich im Treppenhaus begegneten.

Auf dem Klingelschild neben Sascha Tiedemann, und damit über seinem erfolgreichen Konkurenten Hans Hagen, logierte bis vor kurzem die Kleinfamilie Kleinschmidt. Über der nunmehr verlassenen Wohnung und Tiedemann thronte nur das Dach mit sechs Schornsteinen und eben jenem Kater auf Brautschau, der dieses Areal als sein Revier betrachtete.

Sascha Tiedemann lag mit einem gebrochenen Bein in seinem Bett und verfluchte stündlich den kleinen Badeunfall vor gut zwei Wochen. Er wurde von einem periodisch auftretenden Juckreiz unter dem Gips gequält und konnte fast zusehen, wie seine Muskeln schwanden. In anderer Hinsicht stellte sein Körper dafür

Bestmarken auf. Sein Gehör verzeichnte täglich Quantensprünge im Erkennen selbst weit entfernter Geräusche, und Martina Matuschewskis rumpelnde Waschmaschine im Schleudergang nebst ihres aktiven Liebesleben stellten sein ganz privates Hörspielerlebnis dar.

„Ding Dong“, hallte es durch den Treppenflur.

„Hey“, konnte er Hans Hagen sagen hören.

„Hallo mein süßer Racker“, flötete Martina zurück und Sascha Tiedemann glaubte das Schnippen eines Büstenhalterträgers auf die nackte Haut zu hören. Er verdrehte angewidert die Augen und bekam eine leichte Erektion.

Er spürte beinahe körperlich, wie sich eine sportliche Hand in Martinas Dekolleté schob und ein bißchen an ihren Brustwarzen spielte.

Ein ´Ping´ drang an das Ohr des Bettlägerigen und riß ihn aus seinen Phantasien. Die Identifizierung der Sektmarke erwies sich jedoch eindeutig als zu schwierig.

Was nun folgte, kannte Sascha Tiedemann nur zu genau. Es handelte sich um ein Ritual, welches er seit vierzehn Tagen fast lippensynchron nachsprechen konnte.

Hans Hagen:	„Rrrrrrrrrrr…was haben wir denn da versteckt…“
Martina Matuschewski:	„Was glaubst du denn? .... ähmmmhhmh…“
Hans Hagen:	„Hohoho… Aber Hallo…“
Martina Matuschewski:	„Na…Und…Mehr?…“
Hans Hagen:	„Brrrrrrrhuhu…Brrrrrrhuhu“
Martina Matuschewski:	„Hahahahahahahohihihihhhi“
Hans Hagen:	„Da hat sich ja wer ganz schön versteckt.“
Martina Matuschewski:	„Wer sucht, der findet! Mein süßer kleiner Pfadfinder“
Hans Hagen:	„Was heißt hier klein. Der kann auch anders“

Martina Matuschewski: „Nun geben Sie mal nicht so an junger Mann. …. ….... …. Finger weg. Sie Wüstling Sie… aaaaahhmmm“

Hans Hagen: „Ich werd Dich verwüsten, meine Wüstenfee…“

Sascha Tiedemann stöhnte auf und dachte ‚Ich kann gar nicht soviel wixen, wie ich kotzen müßte.’

Martina Matuschewski: „Oooooooh, was haben wir denn da?“

Hans Hagen: „Gestatten, meine Dame, darf ich vorstellen: Lancelot.“

Martina Matuschewski: „Das ist doch eher ein Schwert das in seine Scheide will, als eine Lanze.“

Hans Hagen: „Mmmmmmmooooohhaaaaaa…. Das ist aber keine Scheiheiheideee“

Martina Matuschewski: „Gööööfööööltöösdöörnöööösсht“

Hans Hagen: „Doch… doch… weiter… weiter… uuuaaaahhaaa… „

Martina Matuschewski: „Warte“

Hans Hagen: „Was ist los?“

Martina Matuschewski: „Ein Haar“

Hans Hagen: „Wie gut, daß ich Dir gestern meinen Rasierer geliehen habe. Das kann mir dann nicht passieren ... hihi …

Sascha Tiedemann fummelte an seiner Vorhaut rum und flüsterte „Du Schwein, du alte Drecksau!“ und stellte sich Martina beim Rasieren in der Badewanne vor.

Martina Matuschewski: „Hüte deine Zunge, Fremder“

Hans Hagen: „Mmmmm…mmmmh…köstlich…“

Martina Matuschewski: „Hahha uuui hhaahhaa.“

Hans Hagen: „lelelelelelelelelele…..“

Martina Matuschewski: „Mehr uuih hahah hör nicht auf“

Hans Hagen: „Mähmmähmmmmmm“

Martina Matuschewski: „Hahahahahahahahahahahaha.“

Hans Hagen:	„Gefällts Dir auch da?“
Martina Matuschewski:	„Der Herr ist ein ausgemachtes Ferkel. Uuuuchaahiiii. Es kitzelt ein bischen.
Hans Hagen:	„Mmmmmmmhua… und jetzt kommen wir zum Besten.
Martina Matuschewski:	„Wo..was.. wie.. aaaaaahhhhh…das ist noch besser…na wo bleibt er denn…“
Hans Hagen:	„Warte… warte, verdammt es muß…das kann doch nicht sein…“
Martina Matuschewski:	„Da muß ich wohl beim Einparken helfen … na …. sowas aber auch … hihihi“
Hans Hagen:	„Oohh lala.. Na siehst du, wäre doch gelacht gewesen …“
Martina Matuschewski:	„Haaaaaaaaa“
Hans Hagen:	„Mmmmmmmmmmmh“
Martina Matuschewski:	„Hahaahhahhauahhh“
Hans Hagen:	„Mmmh.. Mmmmh… Mmmh…“
Martina Matuschewski:	„Fester jaaah…“
Hans Hagen:	„Duuuu haaaaa… kriiiiiegst eeeees haaaaa… feeeeeester hahahah…“
Martina Matuschewski:	„Weiter…. Uuuh..ja….so….mehr..gut... nehmmnmn…“
Hans Hagen:	„Aaah bist Du eeeeeein geeeeiles mmmh… aaaah… Luhuhuder… aaaaaah…

Aus Sascha Tiedemanns Glied rann ein Lusttröpfen und er hörte, wie sich zum dem Stöhnen das Geräusch eines quietschenden Bettgestells gesellte.

Martina Matuschewski:	„Huhuhiiiaaaaaa…“
Hans Hagen:	„Höhöhohohoaaah.“
Bettgestell:	„Hiii häää hiii häää hiii häää“
Martina Matuschewski:	„Mmm Mmmh Mmmmh.
Hans Hagen:	„Hooo Hooo Hooo.
Bettgestell:	„Hiii häää hiii häää hiii häää“

Martina Matuschewski: „Duuu geiiiiiileeeer Boooooock, tiiiiefeeer…“
Hans Hagen: „Haaaahaaaahaaa“
Bettgestell: „Hiii hääå hiii häää hiii häää“
Martina Matuschewski: „Uuuuuauuuuauuahhhh“
Hans Hagen: „Mmmamamamö oho graaahhhh“
Bettgestell: „Hii hää hii hää hii hää“

Frau Gemke begann, mit ihrem Besenstiel an die Decke zu klopfen.

Martina Matuschewski: „Nnnnnninnähmm hähähahu“
Hans Hagen: „Boooah Boooah hruahä“
Bettgestell: „Hii hää hii hää hii hää“
Besenstiel: „Poch Poch Poch“
Martina Matuschewski: „Hä… Hä…Hä…Häh“
Hans Hagen: „Haauuuh haaauuuuhhh“
Bettgestell: „Hii hää hii hää hii hää“
Besenstiel: „Poch Poch Poch Poch“
Martina Matuschewski: „Lllieäh.. lllieħä….Aaaaarggh..“
Hans Hagen: „Huh Huh Huh Huh Huh“
Bettgestell: „Hi hä hi hä hi hä“
Besenstiel: „Poch Poch Poch“
Martina Matuschewski: „Uuuuuiääää Uuuuiääää“
Hans Hagen: „Mmmmmääääämmmää“
Bettgestell: „Hi hä hi hä hi hä“
Besenstiel: „PoPoPoPoPoch“
Martina Matuschewski: „Jajahahahiiiiiihöööö“
Hans Hagen: „Mmnmnmamahähooo“
Bettgestell: „Hi hä hi hä hi hä“
Besenstiel: „PoPoPoPoPoPoPoPoPoch“
Martina Matuschewski: „Jaaaaaaaaaahaaaaaaahaaaaaahaaaaaaaaaa
hiiiiiooooooaaaaaaaaaaaaaaaaaaaaaaaaa
aaaaaaaaaaaaammmmmmmmmmmmmm
mmmmmmmmmmmmmmmmmmmmmmm
mmmmmmmmmmmmmmmmmmmmmmm
mm…“
Hans Hagen: „Huuuuuuuuuhäääääääääääääääääääää

Buuuuuuuuuuuuu Bähhaaahäääaiiiiiiiiiuu hähuhähuhäaaaaaaaaaaaaaaaaaaaaaaaaaa aaaaa…“

Martina Matuschewski: „mmmmmmmmmmmmmmmmmmmm mmmmmmmmmmmmmmmmmmmmnnn nnnnnnnnnnnnnnnnnnnnnnnnnnnnaaa a… aaaah… aaah… aah… ah… a... a... a... ha…“

Hans Hagen: „Hoh Hoh Hoh Hohhhhhh. Hoho.

Auch Sascha Tiedemann war jetzt kurz zu hören: „Brööööööööö ööööööööööö Äääääääääääääääääääääääääaaaaaaaaaaaaaaaaaa Aaaaaaaaaaaaaaaaaaaaaaaaaaaaaaaaaaaaaaaaaaaaaaaaaaaaaa aaaaaaaaaaaaaaaaaaaaaaaaaaaaaaaaaaaaaaaaaaaaaaaaaaaaaaa…“

Hans Hagen: „Pinkelt der Eiswürfel, oder warum schreit der wie eine abgestochene Wildsau?“

Martina Matuschewski: „Na du weißt doch. Jeder wixt anders! Huuh, jetzt fängst bei mir an zu laufen…“

Martina Matuschewski eilte in die Küche und suchte nach den Haushaltstüchern.
Hans Hagen drehte sich auf den Rücken, trank etwas abgestandenen Sekt und rülpste leise.
Sascha Tiedemann überlegte, wo er den Schmadder auf seiner rechten Hand hinwischen sollte und fingerte mit der Linken nach einer Zigarette. Da ihm sein Bettbeug zu schade, und die Taschentücher alle waren, schlürfte er den Glibber genervt, aber konsequent ab.

Auf dem Dach stieg ein nunmehr zufrieden schnurrender Kater von einer schwarz-weiß gefleckten Katzendame herunter, leckte sich genüßlich das Fell und dachte aus der weltmännischen Distanz des Siegers: „Nachts sind alle Katzen geil!“

Anhang

Die offizielle Webseite zu dieser Anthologie lautet:
www.nachts-sind-alle-katzen-geil.de

Für das Titelbild bedanken wir uns bei Anika Neufeld. Ihre offizielle Webseite lautet: **www.lilarte.com**

Wir bedanken uns bei allen Autoren für ihre Beiträge und Geschichten. Nähere Informationen zu den Autoren finden sie sowohl auf **www.erozuna.de** als auch auf der offiziellen Webseite zu dieser Anthologie.

Die Autorinnen Sophie Andresky und Marion Nikola verfügen über eigene Webseiten. Diese lauten: **www.sophie-andresky.de** und **www.spitze-feder.com**

Die Netzfundstücke I und III kursieren auf diversen Internetadressen im Netz.

Dem Internetmagazin **www.erosa.de** danken wir für die Bereitstellung des Netzfundstückes II.

Die Herausgeber dieser Anthologie Stephan Schlage und Krischan Schoeninger betreiben das Portal **www.erotisches-zur-nacht.de**. Diese Internetseite für erotische Literatur ist auch zu erreichen unter **www.erozuna.de**.